中国闪小说年度佳作

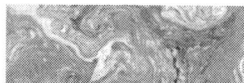

ZHONGGUO
SHANXIAOSHUO
NIANDUJIAZUO

2016

蔡中锋

主 编

CAIZHONGFENG
ZHUBIAN

山东人民出版社

全国百佳图书出版单位 国家一级出版社

图书在版编目（ＣＩＰ）数据

中国闪小说年度佳作 2016 ／ 蔡中锋主编 . —— 济南：
山东人民出版社，2017.3

ISBN 978-7-209-10376-3

Ⅰ．①中… Ⅱ．①蔡… Ⅲ．①小小说 - 小说集 - 中
国 - 当代 Ⅳ．① I247.82

中国版本图书馆 CIP 数据核字 (2017) 第 006407 号

中国闪小说年度佳作 2016

蔡中锋　主编

主管部门　山东出版传媒股份有限公司
出版发行　山东人民出版社
社　　址　济南市胜利大街 39 号
邮　　编　250001
电　　话　总编室（0531）82098914
　　　　　市场部（0531）82098027
网　　址　http：//sd-book.com.cn
印　　装　山东新华印务有限责任公司
经　　销　新华书店

规　　格　16 开（170mm×240mm）
印　　张　19.5
字　　数　338 千字
版　　次　2017 年 3 月第 1 版
印　　次　2017 年 3 月第 1 次
ＩＳＢＮ　978-7-209-10376-3
定　　价　38.00 元

如有印装质量问题，请与出版社总编室联系调换。

序言

充满智慧的闪小说

蔡中锋

随着信息化时代的来临，信息的传播呈现出多样化、多媒体、多渠道的特点，而人们的生活，也随着信息化时代的来临，出现了快节奏、碎片化、数字化的特征。在这种情况下，闪小说这种篇幅较为短小的、更适合多渠道、快节奏传播的文体，顺应时代的要求，以其独特的艺术魅力迅速发展起来。

几年前，我给闪小说下的定义为"闪小说是指将篇幅限定在六百字内的小说"，后来这一定义得到了大家的公认。毫无疑问，要想在有限的六百字内写出一篇让大家眼前一亮、心中一动的好作品，需要作者具备多方面的综合素质，但我认为最主要的一点，就是要在作品里写进更多的智慧。本书收入的一百余位作家近三百篇作品，多数也具备这一特点：

标题醒目。好题一半文。因为闪小说篇幅非常短小，题目对于它来说尤其重要。它就像是龙的眼睛，龙身画得再好，点不亮眼睛龙也飞不起来。蔡进步的作品《母亲给我八只鸡》，写"我"春节期间回农村看望母亲，"母亲杀了八只老公鸡，将它们挂在院中的铁丝上晾着，让我返回时带上。我用手机给八只老公鸡拍了张集体照，传到QQ空间和微信群里，还配了文字，想炫耀一下。"结果，返城后就有六位老同学在"我"家门口等着，因为他们都说："家养的老公鸡大补啊！""我"只好一人给了他们一只。刚进家门，科长跟进来："我在QQ空间里看到你的八只老公鸡。乡下的公鸡有营养，能不能送我两只尝尝？真不行，卖给我两只也可以！"没办法，"我"只好将余下的两只送给科长。而科长刚走，局长的电话又打过来了……本文通过《母亲送我八只鸡》这个题目，照应全篇出人意料的结尾，深刻地写出了生活在社会底层的小人物生活的尴尬和无奈。

意蕴丰富。优秀的闪小说主题要明确、新颖，内涵要丰富，要让大家明白写的是什么，想表达的是什么，让人读完之后回味无穷、感慨系之。如我的微篇小说《游鱼》素材很简单，听说一位农民工因为看不起病跳河自杀了，如此而已。素材虽然简单，反映的却是一个重大的社会问题，但写小说和写新闻报道是不同的，如何增强作品的艺术感染力和思想内涵呢？我对这个素材进行了全面的加工："他从小就喜欢鱼。"童年时代就希望自己能成为一条鱼，"到了少年时代，他成了远近闻名的游泳能手……觉得自己就是一条鱼"。这儿写他快乐的童年和少年，也为下文埋下了伏笔。"高中毕业后，因为家里穷，没钱供他上大学，他只好出去打工。"不久他和一个打工妹结婚了并有了一个男孩儿，"日子就这样过着——简单、劳累、清苦、快乐。"这儿写他的青年时代，平静祥和。但不幸不久降临到这一家人身上，他病了，如果想治疗一年得十来万，于是他决定把打工挣的钱全留给她娘俩，而自己放弃治疗选择自杀。"那天，他辞去了工作，决定再领着老婆孩子散最后一次步，吃最后一顿饭。"正在这时，一个男孩儿和一个女孩儿掉入了江中，"他毫不犹豫地跳下江去，把男孩儿女孩儿都推给了岸上的人们"。以他的游泳本领，上岸是轻而易举的事情，然而他却"深情地朝岸上望了最后一眼：'永别了，老婆，永别了，儿子。从今天开始，我就是一条真正的鱼了！'""'我已经成了一条真正的鱼了！'想着想着，他就朝江心游去，不久，就和滚滚的江水融为了一体。"我选择让他用这种方式告别了这个世界，当然会给读者更多的想象空间，既在文章上产生了震撼，又完成了在主题上的升华。

故事奇特。我认为，写好闪小说，有八字真言，即"意料之外，情理之中"。每篇闪小说最好都写别人没有写过的情节，都写那些出乎意料又在情理之中的故事。故事越奇小说越好看，越容易发表。当然，作品再奇也必须在情理之中。虽然好的故事不一定是好的小说，但我一直认为好的小说的核心处应该有一个好的故事作为支撑。陈秀春的《最好的证书》，写凯达集团要聘用一名保安，因为上市公司工作条件好，工资待遇高，虽然只有一个职位，前去应聘的却有一百多人。经人力资源部出题考试淘汰。最后只有小李、小蒋和"我"进入了经理亲自主持的面试环节。小李拿出他在部队获得的格斗擒拿培训结业证，证明他受过专业培训；小蒋拿出他的安全员证，证明自己是一位已经干了二十多年的资深老保安。而"我"最后出场，却拿出了我的"刑满释放证"给经理看。结果，只有我被录用了！但这究竟是为什么呢？作者没有说，文章到此戛然而止，但故事本身却余味无穷，寓意尽在文章外了。

角度新颖。我一直认为，文学作品的题材无新旧之分，关键是怎么写。而用别人没有用过的视角、没有用过的方法来写闪小说，往往使闪小说非常好看，也常常会让人有意外的发现。熊荟蓉的《免费旅游》，以第一人称的家常口语切入，写"我"的自我感觉如何好，在小地方如何受人尊重，如何人气旺盛，连乡镇干部都对"我"很好，敬"我"三分，请"我"吃饭等。接着又写喜事从天而降，乡里派人用专车送"我"去"免费旅游"。但作者却在文章结尾陡然一转，就在"我"旅游这两天，市里对乡里进行了考察，本乡镇因无人上访和提意见，被评为"明星乡镇"。原来，"我"是一个在当地很有名气的"刺儿头"，"我"这张嘴说谁得意不了几天，他往往就会很快下马……至此，"我"的为人，以及为何有"免费旅游"的好事会落到"我"头上，不言而喻，令人捧腹，同时又留下回味和深思。

波折众多。文似看山不喜平，闪小说篇幅短小，更应该讲究一波三折，引人入胜。特别是在结尾处，一定要转得有突破，有力量，有韵味，出奇制胜，使小说的情节和主题都得以升华。丁国梅的《他不是我老公》，写两个男人中的年轻点儿的那个声称"我"是他的媳妇，要在一家饭店内公然将"我"拉走。"我"拼命叫喊救命，没有人理睬；"我"求大家报警，结果遭到了两个男人的毒打和保安的驱赶；无奈，"我"只好冲到柜台前，"哗啦啦掀翻了满柜子的名酒。两个男人傻眼了，餐馆保安迅速上去揪住那两个男人：看看吧，你老婆干的啥事？赔钱。最后我们仨都到了警局，我得救了，警察告诉我那两个男人是人贩子"。一个急中生智的故事，让作者讲得一波三折，引人入胜，有声有色。

容量巨大。在寥寥六百字内，要努力写进更多的东西，要使方寸之间盈含万物，于尺幅之间涵盖天地，在简洁之中蕴藏丰富，在宁静之中风起云涌，在瞬息之间变化万千。当然，这个更多指的是闪小说的内涵，是主题的丰富和故事的波折，而不是啰唆。黄克庭的《魅力"八卦"》，写唐三藏当年从西天取得真经，回到长安后，皇帝李世民专门在首都为他建造了一个宣讲佛法的大学校——唐僧讲坛。一千五百年后，如来佛祖得知"唐僧讲坛"经久不衰，而佛教虽然生长在印度，却早已在那儿没落，于是便派阿难与迦叶到中原查看"唐僧讲坛"的神奇魅力到底来自何处，结果却发现，享受佛祖特殊津贴的特级佛学大师唐三藏坐在庄严的"唐僧讲坛"上，根本不是讲"修身、养性"的东西，而是大讲特讲如来佛祖的"八卦"。比如，如来佛与美女领导观音菩萨的暧昧关系、孙悟空到底是谁的私生子、白骨精当了如来"小三"后想"转正"而惹怒佛祖，最终落得个"挨打"无人救助的下场……

语言精练。几百字的文学作品，东拉西扯显然不行，要紧紧围绕想表达的一个中心，不蔓不枝，用"很小说"的语言来写闪小说，惜墨如金，力求准确生动，意味深长。我的学生吴剑系侗族，龙艳系苗族，他俩不但同是少数民族，还是一对夫妻。他们两年多来跟着我学习闪小说的写作，都取得了一定的成绩。吴剑的《一份特殊工作》写学生小颖上高三时，一场车祸夺去了她父母的生命。从此，小颖读高中的经费失去了保障，产生了退学的念头。老师一心知道这一情况后，为了帮助小颖而又不伤她的自尊，就给她找了一份可以利用周末时间来做的工作。这份工作看上去是小颖利用周日在为一心的朋友打工，实际是一心本人私下里出的费用。龙艳的《寨佬》则写翁里苗寨的寨佬犯了一个不可谅解的错误，他竟然偷砍了树木，违反了村规民约。为此，他要接受从家里拿出一百二十斤大米、一百二十块钱、一百二十斤猪肉来请大家吃饭的处罚，"寨佬一家人都既心疼又惭愧，眼皮都不敢高抬，话也说得小声小气的"。但是，其实这一事件是寨佬为了严肃村规民约，精心筹划的。他们夫妻的这些作品，既有浓郁的生活气息，又都写得非常简洁精练，还充满了少数民族作家特有的神韵。

结构简单。好的闪小说，或者通篇写一个情节、一个故事，或者写一个事物的几个层面，或者写一个大故事里层层递进的几个小故事，但无论怎么写，都能做到结构清楚，层次分明，逻辑严密，简洁有力。在闪小说创作中，最常用的手法就是我在长期的创作实践中总结出来的"三一律"，即一篇闪小说，要由三个引人入胜的悬念和一个出人意料的答案组成。书中收入的大部分作品，如段国圣的《谋杀未遂》、晓星的《妙手神医》、刘文的《鉴宝专家》、张晓玲的《幸运珠》等等，都是结构简单，意蕴丰赡的佳作。

曾有朋友问我如何写好一篇闪小说，我说能写出一篇好的闪小说是一种综合能力的体现，绝非一朝一夕之功。如果说写闪小说有什么捷径的话，那就是一定要让作品中体现出非凡的智慧，也就是说在一篇作品之中至少要有一个出人意料又在情理之中的"金点子"，同时还要适当注意一下作品的题目、内涵、角度、波折、语言、结构等，这在只有区区几百字的闪小说作品中尤其重要。因为只有充满智慧的文字，才会有故事性、思想性和艺术性，才能给大家带来阅读的快乐和享受，才能让读者在阅读中得到教育和启发。

一本好书是一面镜子，可以照出我们无数的缺点；一本好书是一艘航船，可以承载着我们到达成功的彼岸；一本好书是一盏明灯，可以指引我们顺利向前；一本好书是一位益友，可以使我们的生命充满温暖；一本好书是一个梦幻，可以让我们的生活被鲜花铺满……这部《中国闪小说年度佳作2016》收入的一百余位作家，如凌鼎年、陈永林、侯发山、黄克庭、戴希、王世虎、熊立功、晓星、林华玉、申弓、段国圣、符浩勇、谢志强、许仙、曾勇、万俊华、殷贤华、张维、王培静、游睿、李立泰、王平中、秦德龙、楸立、刘克升、纪富强、王雨、闵凡利、田洪波、许国江、满震、包利民、杨列宝、喊雷、相裕亭、赵明宇、陈玉兰、刘文、熊荟蓉、田世荣等，都是近年来活跃在国内文坛并有较大影响的著名作家或文坛前辈。在这一百余位作家中，中国作家协会会员就有 47 位，本书中选入的这些作品，都是他们创作的闪小说中的代表性作品。所以，本书可谓是一部真正的闪小说的名家名篇集萃。相信这部充满智慧的《中国闪小说年度佳作 2016》的出版，不仅能让读者享受到阅读的惊喜和快乐，也一定能给大家带来生活中的启迪和指引。

2016 年 10 月 12 日

目录

儿　子　　　　　　　　　　　　　　　　　　　包利民 / 001

偷　烟　　　　　　　　　　　　　　　　　　　包利民 / 002

日　记　　　　　　　　　　　　　　　　　　　包利民 / 003

多出的话费　　　　　　　　　　　　　　　　　曹光贵 / 004

引　导　　　　　　　　　　　　　　　　　　　曹光贵 / 005

母亲送我八只鸡　　　　　　　　　　　　　　　蔡进步 / 006

白发亲娘　　　　　　　　　　　　　　　　　　蔡进步 / 007

村口有棵大槐树　　　　　　　　　　　　　　　蔡进步 / 008

一张地图的心事　　　　　　　　　　　　　　　陈建珍 / 009

一件被退回的大衣　　　　　　　　　　　　　　陈建珍 / 010

最好的证书　　　　　　　　　　　　　　　　　陈秀春 / 011

娘要卖房　　　　　　　　　　　　　　　　　　陈秀春 / 012

娘　　　　　　　　　　　　　　　　　　　　　陈秀春 / 013

山路弯弯　　　　　　　　　　　　　　　　　　陈祥云 / 014

喜　事　　　　　　　　　　　　　　　　　　　陈祥云 / 015

声　音　　　　　　　　　　　　　　　　　　　陈永林 / 016

左右为难　　　　　　　　　　　　　　　　　　陈永林 / 017

疯女人 　　　　　　　　　　　　　　陈永林 / 018

那年初一第一个拜年的人 　　　　　　陈玉兰 / 019

父亲的密码箱 　　　　　　　　　　　陈玉兰 / 020

妈妈的眼睛 　　　　　　　　　　　　陈玉兰 / 021

真　孝 　　　　　　　　　　　　　　蔡雨艳 / 022

巧　遇 　　　　　　　　　　　　　　蔡雨艳 / 023

游　鱼 　　　　　　　　　　　　　　蔡中锋 / 024

工作经验 　　　　　　　　　　　　　蔡中锋 / 025

老赵今天要进城 　　　　　　　　　　蔡中锋 / 026

八骏图 　　　　　　　　　　　　　　蔡中锋 / 027

梦　想 　　　　　　　　　　　　　　丁国梅 / 028

寄　鞋 　　　　　　　　　　　　　　丁国梅 / 029

治　病 　　　　　　　　　　　　　　丁国梅 / 030

他不是我老公 　　　　　　　　　　　丁国梅 / 031

谋杀未遂 　　　　　　　　　　　　　段国圣 / 032

久仰大名 　　　　　　　　　　　　　段国圣 / 033

别跟朋友过不去 　　　　　　　　　　段国圣 / 034

夜　话 　　　　　　　　　　　　　　邓年华 / 035

邻　居 　　　　　　　　　　　　　　邓年华 / 036

学什么 　　　　　　　　　　　　　　戴　希 / 037

朋　友 　　　　　　　　　　　　　　戴　希 / 038

儿子姓钦 　　　　　　　　　　　　　戴　希 / 039

买车记 　　　　　　　　　　　　　　冯红梅 / 040

树　神 冯红梅 / 041

遥遥旅途 符浩勇 / 042

翻　山 符浩勇 / 043

羡　慕 奉羿 / 044

杀　狗 奉羿 / 045

办　证 奉羿 / 046

汤的味道 冯云珠 / 047

金三角 冯云珠 / 048

爱上女主播 管福泉 / 049

赔本生意 管福泉 / 050

未雨绸缪 郭海燕 / 051

互　赢 郭海燕 / 052

回　家 桂林 / 053

孝 桂林 / 054

看儿记 桂林 / 055

唐三彩 侯发山 / 056

爱的礼物 侯发山 / 057

护林员老杨 侯发山 / 058

魅力"八卦" 黄克庭 / 059

推车最幸福 黄克庭 / 060

天上一天 黄克庭 / 061

乾隆贡纸 喊雷 / 062

狼　毒 喊雷 / 063

手　铐　　　　　　　　　　　喊　雷 / 064

和平共处　　　　　　　　　　黄兰芳 / 065

大龙和小龙　　　　　　　　　黄兰芳 / 066

谁还记住我　　　　　　　　　郝明森 / 067

意　外　　　　　　　　　　　郝明森 / 068

合　影　　　　　　　　　　　郝明森 / 069

新　招　　　　　　　　　　　郝明森 / 070

诱人的苹果　　　　　　　　　霍　启 / 071

乔迁之喜　　　　　　　　　　霍　启 / 072

信　封　　　　　　　　　　　侯淑玉 / 073

两只猴子　　　　　　　　　　侯淑玉 / 074

妈妈的生日　　　　　　　　　韩铁民 / 075

登上山崦的女人　　　　　　　韩铁民 / 076

弱　点　　　　　　　　　　　胡喜荣 / 077

内部消息　　　　　　　　　　胡喜荣 / 078

愿　望　　　　　　　　　　　黄政芳 / 079

魏县长的微笑　　　　　　　　黄政芳 / 080

喜　帖　　　　　　　　　　　纪富强 / 081

错　位　　　　　　　　　　　纪富强 / 082

学摄影　　　　　　　　　　　龙登煌 / 083

深藏不露　　　　　　　　　　龙登煌 / 084

军　嫂　　　　　　　　　　　凌鼎年 / 085

鹤将军　　　　　　　　　　　凌鼎年 / 086

两幅获奖摄影照片　　　　　　　　　　　凌鼎年 / 087

儿子的国考　　　　　　　　　　　　　　刘东霞 / 088

好　运　　　　　　　　　　　　　　　　刘东霞 / 089

哈古的命运　　　　　　　　　　　　　　罗　飞 / 090

孝　顺　　　　　　　　　　　　　　　　罗　飞 / 091

回家的路　　　　　　　　　　　　　　　李　横 / 092

听谁的　　　　　　　　　　　　　　　　李　横 / 093

乡下人　　　　　　　　　　　　　　　　连河林 / 094

谁让我曾是你的老师呢！　　　　　　　　连河林 / 095

化妆品代言　　　　　　　　　　　　　　林华玉 / 096

救人的撒旦　　　　　　　　　　　　　　林华玉 / 097

当众数钱　　　　　　　　　　　　　　　刘克升 / 098

先抑后扬　　　　　　　　　　　　　　　刘克升 / 099

帽子一定要保护好　　　　　　　　　　　李　良 / 100

一网打尽　　　　　　　　　　　　　　　李　良 / 101

误餐费　　　　　　　　　　　　　　　　李立泰 / 102

猪　内　　　　　　　　　　　　　　　　李立泰 / 103

恩　师　　　　　　　　　　　　　　　　刘　文 / 104

鉴宝专家　　　　　　　　　　　　　　　刘　文 / 105

童言无忌　　　　　　　　　　　　　　　刘　文 / 106

都是微信惹的祸　　　　　　　　　　　　刘　文 / 107

百密一疏　　　　　　　　　　　　　　　刘晓斌 / 108

黑屋子　　　　　　　　　　　　　　　　刘晓斌 / 109

特制名片　　　　　　　　　　　　　　李晓玲 / 110

河边走　　　　　　　　　　　　　　　李晓玲 / 111

火狐帽　　　　　　　　　　　　　　　廖兴兰 / 112

雨夜遭遇　　　　　　　　　　　　　　廖兴兰 / 113

神　判　　　　　　　　　　　　　　　龙　艳 / 114

神　树　　　　　　　　　　　　　　　龙　艳 / 115

寨　佬　　　　　　　　　　　　　　　龙　艳 / 116

做　媒　　　　　　　　　　　　　　　李燕玲 / 117

纯净的心　　　　　　　　　　　　　　李燕玲 / 118

睡踏实　　　　　　　　　　　　　　　李宗山 / 119

不吃咋办　　　　　　　　　　　　　　李宗山 / 120

脆弱的真相　　　　　　　　　　　　　刘志文 / 121

巧　遇　　　　　　　　　　　　　　　刘志文 / 122

佛　心　　　　　　　　　　　　　　　闵凡利 / 123

瞬　间　　　　　　　　　　　　　　　闵凡利 / 124

风筝满天飞　　　　　　　　　　　　　闵凡利 / 125

人未走茶凉　　　　　　　　　　　　　莫托夫 / 126

悲　哀　　　　　　　　　　　　　　　莫托夫 / 127

栀子花在电梯里芬芳　　　　　　　　　满　震 / 128

买　鱼　　　　　　　　　　　　　　　满　震 / 129

买菠萝　　　　　　　　　　　　　　　满　震 / 130

得了什么病　　　　　　　　　　　　　农敏福 / 131

弄巧成拙　　　　　　　　　　　　　　农敏福 / 132

父　亲　　　　　　　　　　　　　　　浦四金 / 133

下棋高手　　　　　　　　　　　　　　浦四金 / 134

卖"药"饼　　　　　　　　　　　　　秦德龙 / 135

发呆茶馆　　　　　　　　　　　　　　秦德龙 / 137

卖　驴　　　　　　　　　　　　　　　钱　峰 / 138

老人与铃　　　　　　　　　　　　　　钱　峰 / 140

也是按揭　　　　　　　　　　　　　　楸　立 / 141

一发扯千钧　　　　　　　　　　　　　楸　立 / 142

翻身房奴把歌唱　　　　　　　　　　　楸　立 / 143

评头识人　　　　　　　　　　　　　　秦丽萍 / 144

换　岗　　　　　　　　　　　　　　　秦丽萍 / 145

两记耳光　　　　　　　　　　　　　　任　欣 / 146

关键时刻　　　　　　　　　　　　　　任　欣 / 147

立　春　　　　　　　　　　　　　　　宋　超 / 148

替　身　　　　　　　　　　　　　　　宋　超 / 149

映山红　　　　　　　　　　　　　　　宋　超 / 150

实时监控　　　　　　　　　　　　　　苏岱香 / 151

娘　心　　　　　　　　　　　　　　　苏岱香 / 152

落凤坡　　　　　　　　　　　　　　　申　弓 / 153

会气功的局长　　　　　　　　　　　　申　弓 / 154

旅游书记　　　　　　　　　　　　　　申　弓 / 155

骨牌效应　　　　　　　　　　　　　　宋　钢 / 156

星　光　　　　　　　　　　　　　　　宋　钢 / 157

一方水土一方人　　　　　　　　　宋　劲 / 158

姑　姑　　　　　　　　　　　　　宋　劲 / 159

幻　觉　　　　　　　　　　　　　宋　劲 / 160

镶　牙　　　　　　　　　　　　　孙金华 / 161

投资环境　　　　　　　　　　　　孙金华 / 162

种　菜　　　　　　　　　　　　　孙金华 / 163

因祸得福　　　　　　　　　　　　陶　波 / 164

一个喷嚏　　　　　　　　　　　　陶　波 / 165

你在楼上看风景　　　　　　　　　滕敦太 / 166

机关病　　　　　　　　　　　　　滕敦太 / 167

重　游　　　　　　　　　　　　　田洪波 / 168

火车之恋　　　　　　　　　　　　田洪波 / 169

第一课　　　　　　　　　　　　　田洪波 / 170

模范单位　　　　　　　　　　　　田茂会 / 171

桃花病了　　　　　　　　　　　　田茂会 / 172

预　感　　　　　　　　　　　　　田世荣 / 173

要紧话　　　　　　　　　　　　　田世荣 / 174

百合花开了　　　　　　　　　　　田世荣 / 175

货车侧翻后　　　　　　　　　　　唐胜一 / 176

攻难关　　　　　　　　　　　　　唐胜一 / 177

女　儿　　　　　　　　　　　　　吴德伙 / 178

牛书记　　　　　　　　　　　　　吴德伙 / 180

宽　恕　　　　　　　　　　　　　吴　剑 / 181

一份特殊工作　　　　　　　　　　　　吴　剑 / 182

大爱无痕　　　　　　　　　　　　　　吴　剑 / 183

反　差　　　　　　　　　　　　　　万俊华 / 184

欢迎你来"投资"　　　　　　　　　　万俊华 / 185

冤家路窄　　　　　　　　　　　　　万俊华 / 186

送　礼　　　　　　　　　　　　　　王培静 / 187

过　关　　　　　　　　　　　　　　王培静 / 188

特色美食　　　　　　　　　　　　　王培静 / 189

鼓　掌　　　　　　　　　　　　　　王平中 / 190

朋　友　　　　　　　　　　　　　　王平中 / 191

卖　艺　　　　　　　　　　　　　　王平中 / 192

暖　冬　　　　　　　　　　　　　　王秋珍 / 193

黄鸭子　　　　　　　　　　　　　　王秋珍 / 194

孝　心　　　　　　　　　　　　　　王瑞庆 / 195

意见箱　　　　　　　　　　　　　　王瑞庆 / 197

生的是期房　　　　　　　　　　　　王世虎 / 198

一只玻璃杯摔碎之后　　　　　　　　王世虎 / 199

赡养保证书　　　　　　　　　　　　王世虎 / 200

谁家的狗　　　　　　　　　　　　　王苏华 / 201

今晚我要和爸爸睡　　　　　　　　　王苏华 / 202

道　具　　　　　　　　　　　　　　王苏华 / 203

父　亲　　　　　　　　　　　　　　王晓光 / 204

母　亲　　　　　　　　　　　　　　王晓光 / 205

有人会办的 汪学猛 / 206

县级待遇 汪学猛 / 207

不是一般地深 王 雨 / 208

没事找事 王 雨 / 209

时效性 王 雨 / 210

良 心 许国江 / 211

从外婆那儿学来的 许国江 / 212

心领神会 许国江 / 213

遥控大权 熊荟蓉 / 214

免费旅游 熊荟蓉 / 215

量化管理 熊荟蓉 / 216

真不凑巧 熊荟蓉 / 217

精准扶贫款 邢俊虎 / 218

外地人 邢俊虎 / 219

扑火英雄 熊立功 / 220

天 网 熊立功 / 221

将军泪 熊立功 / 222

救 熊林森 / 223

软 刀 熊林森 / 224

乌鸦的警示 晓 星 / 225

妙手神医 晓 星 / 226

遗 嘱 晓 星 / 227

文 竹 许 仙 / 228

五粮液　　　　　　　　　　　　　　　许　仙 / 229

那个谁，我认识你吗？　　　　　　　许　仙 / 230

一棵葱　　　　　　　　　　　　　　徐新洋 / 231

欠　条　　　　　　　　　　　　　　徐新洋 / 232

儿　子　　　　　　　　　　　　　　许延荣 / 233

好员工是这样炼成的　　　　　　　　许延荣 / 234

暗　锁　　　　　　　　　　　　　　相裕亭 / 235

劝　架　　　　　　　　　　　　　　相裕亭 / 236

清　单　　　　　　　　　　　　　　谢志强 / 237

缘　分　　　　　　　　　　　　　　谢志强 / 238

金饭碗　　　　　　　　　　　　　　杨　柳 / 239

天下无贼　　　　　　　　　　　　　杨　柳 / 240

活　着　　　　　　　　　　　　　　杨　柳 / 241

人借狗势　　　　　　　　　　　　　杨　柳 / 242

社　会　　　　　　　　　　　　　　杨列宝 / 243

情感问题　　　　　　　　　　　　　杨列宝 / 244

分皮包　　　　　　　　　　　　　　游　睿 / 245

熟人就是这样变成陌生人的　　　　　游　睿 / 246

信　　　　　　　　　　　　　　　　游　睿 / 247

手机铃声　　　　　　　　　　　　　颜孙棋 / 248

红绿色盲　　　　　　　　　　　　　颜孙棋 / 249

手　机　　　　　　　　　　　　　　姚　庭 / 250

当爱情遇上亲情　　　　　　　　　　姚　庭 / 251

咱们都在开玩笑   殷贤华 / 252

今天真邪门   殷贤华 / 253

城管丁混账   袁作军 / 254

碰　撞   袁作军 / 255

喜鹊不搭桥   赵春宝 / 256

母与子   赵春宝 / 258

漂亮女护士   张长水 / 259

微信时代   张长水 / 260

替局长离婚   周德富 / 261

最宽容的老师   周德富 / 263

选助手   张富海 / 264

笑比哭好   张富海 / 265

给它一个活的机会   张焕菊 / 266

心理平衡   张焕菊 / 267

激活潜能   周红霞 / 268

请速交稿   周红霞 / 269

神　医   章理申 / 270

情人节   章理申 / 271

红手套   赵明宇 / 272

买苹果   赵明宇 / 273

祖传"神"药   郑庆虎 / 274

"好人"王老五   郑庆虎 / 275

气　功   张　维 / 276

一次性爱情　　　　　　　　　　　　　张　维 / 277

儿女有别　　　　　　　　　　　　　赵文新 / 278

绝处逢生　　　　　　　　　　　　　赵文新 / 279

看　病　　　　　　　　　　　　　张晓玲 / 280

邻床女人　　　　　　　　　　　　　张晓玲 / 281

幸运珠　　　　　　　　　　　　　张晓玲 / 282

自助餐　　　　　　　　　　　　　张晓玲 / 283

钓　鱼　　　　　　　　　　　　　张兴梁 / 284

提　拔　　　　　　　　　　　　　张兴梁 / 286

不许小跑　　　　　　　　　　　　　曾　勇 / 287

城市风景　　　　　　　　　　　　　曾　勇 / 288

包利民，专栏作家，畅销书作家，《读者》《意林》等杂志签约作家。在中外报刊发文万余篇次，出版《不能跳舞就弹琴吧》等作品二十部。

儿　子

在一个煤矿里，有一次发生了坑底塌方事件。当时井下有一个采煤组正在工作，一时间，他们陷入了绝境之中。这时，他们的负责人——一个四十多岁的汉子站出来，说："我们不能这样等下去了，应该积极地去找找有没有别的安全出路。为了减少伤亡，只能去一个人查看！"

他说的方法对，也合理，可就是没人自告奋勇地站出来执行这个任务。井下一时僵持下来，负责人在昏暗的矿灯光中，逐一看过每个人的脸，他们都躲闪着他的目光。他的目光最终停留在一个二十岁左右年轻人的脸上，年轻人也只是平静地看着他。他心里犹疑了一下，暗叹一声，决定自己去。

他正要行动，那个年轻人却站了出来，坚定地望着他，他也看着年轻人，那是一个刚刚长大的孩子啊！别人都在看着他们两个，他从年轻人的眼中看出了坚持，便轻轻地点了点头。年轻人悄悄走出了角落，而大家依旧没有言语，一片沉默之中只有年轻人的脚步声渐行渐远。

后来，他们获救了，在负责人的带领下。而那个探路的年轻人，却永远地将如花的生命停留在黑黑的井底。获得重生的人们在年轻人的坟前无不痛哭。而鬓染秋霜的负责人更是泪落如雨，他只喊了一声"儿子"便昏了过去。

偷 烟

那一年，我在遥远的他乡——一个陌生的都市，穷途末路之际，却又因病住进了医院。每日神思恍恍，万念俱灰，看着身边的每一个病友，都是如此心绪。那时为了打发时间，烟瘾奇重，常溜到走廊的角落里吸烟。

同病房里有一个十一二岁的小男孩儿，每次我吸烟时，他都探头探脑地从门口看。渐渐地，我发现自己的烟量越来越大，总是觉得没抽上几支，一盒烟便所剩无几了。有一天夜里，忽然醒来，昏暗的灯光下，见那个男孩儿悄悄来到我床边，伸手拿过矮柜上的烟盒，飞快地抽出几支，便向门外走去。

我一惊，这么小的孩子，就知道吸烟了？男孩儿是陪着父亲来的，父亲手术，家里没人照顾，便跟了过来。我起身，偷偷地跟在他后面，他跑到走廊里，把那几支烟扔进垃圾筒。我心里释然，却又涌上疑问。男孩儿忽然转头看见我，一时惊慌不知所措。我冲他笑笑，他才慢慢来到我身前，小声说："叔叔，我偷你烟扔掉，是不想让你抽的太多！"

我问："为什么呢？"他说："吸烟多容易得病。我爷爷就是吸烟太多，才得病死的。"那一刻，看着他闪闪的眸子，心里忽然温暖起来。

日 记

在麻栗坡老山前线，几个战士躲在猫耳洞内喘息着。阵地依然在敌人手上，他们一个连的战士冲锋了几次，均遇到了敌人猛烈火力的抵抗，阵地没有夺回来，战士也只剩下了这几个。

其中有个叫林锋的战士，他从怀里掏出一个日记本来，借着外面炮火的闪光匆匆地写着什么。旁边的一个战士探过头看了一眼，只见他写着："妈妈，我……"火光便熄灭了。休整了一会儿，他们又发起了一次冲锋，可是敌人的火力太强，他们被迫又退了回来。林锋又掏出了小本本，用铅笔写着什么，旁边的战士探过头看了一眼，依然只看到"妈妈，我……"便又是漆黑一片。

后来，后方部队来援，他们成功地夺回了阵地，并乘胜向前挺进。林锋一直冲在最前面，虽然身上已多处负伤，可是却没有阻止他冲锋的脚步。每次战斗的空隙，他都要在日记本上写下几句话。

天刚放亮时，全面的大反攻开始了。林锋冲出掩体，向敌人的阵地扑去，身边的许多战士倒下了，他视而不见地大步向前。忽然，一颗子弹射中了他的头部，他倒下了。在地上，他吃力地掏出日记本，用尽最后的力气写下了一句话，便永远地闭上了眼睛。

战争胜利后，林锋的母亲来到那里的烈士陵园，在儿子的墓前久久地站立着。她的手上拿着那个小日记本，每一页上都写满了同一句话："妈妈，我还活着！"只是在后面的一页，写着另一句话——一句被鲜血染红的歪歪斜斜的话：

"妈妈，你要好好活着！"

曹光贵，江苏省作家协会会员，当代微篇小说作家协会会员，郑州小小说文化传媒签约作家。作品《裸婚》入选花城出版社《2013 中国小小说年选》。

多出的话费

早晨，儿子一出门，父亲便迫不及待地给亲朋好友打电话。

次月，儿子去电信营业厅交话费，发现多出几十元。他问工作人员怎么回事，并让工作人员将上月的话费清单打出查对。

归家后，儿子说话费超支了。父亲说不会吧。每月咱家的电话能免费享受一百分钟通话，这九十九元的固定电话套餐费涨价了？

儿子取出话费清单说超出了一百分钟。并告诉父亲，超出的五十五分钟，按市话收费。"爸，这些电话是你打的吗？"儿子将话费清单递给父亲。

父亲看着一连串电话号码，随后从枕下找出一册小笔记本一一核对后说："大部分是我打的电话。"

"爸，有两个长途电话竟通话二十多分钟，这是你打的吗？"

"我想想。"

儿子提醒说："两个长途，一个打到包头，一个打到成都。"

"哦，我想起来了，是我给你二姐和一个战友打的电话……话费超了，我出。"

儿子生怕父亲误会，忙说："爸，你别在意，我是随便问问，万一让外人盗打了咱家电话……"

父亲不吭声了。

事后，儿子背着父亲问母亲。母亲说："上个月家中被盗后，你爸打电话让亲朋好友外出时将门反锁上，并建议他们换上防盗锁……话可多了……"

引 导

　　清晨，关芯躺在床上做眼睛保健操，从屋外传来一阵嚷嚷声，惊动了她。她停下手上的动作，顾不上披件外套，下床拉起窗帘向窗外看。邻居张嫂站在院内，仰脸朝东怒吼，指责相邻五层楼房里的住户往院里扔垃圾。可无论张嫂怎样气愤，大声嚷嚷，住在相邻五层楼房里的住户，一户户都紧闭窗户，无人回应。真不像话，糟蹋人不是一天两天了。关芯气愤不过，连忙穿好衣服走到院内。打听后得知，原来，张嫂一早出门，险些被相邻楼上住户扔下的香蕉皮滑跌跤。关芯见张嫂身无大碍，息事宁人地劝说了张嫂。而后，关芯像往常一样将扔下的垃圾清扫干净。后来，关芯又陪同张嫂到相邻五层楼里，向住在西头的各层住户打招呼，劝说他们不要向院内乱扔垃圾了。

　　可是，好景不长，几天后，院里又有了垃圾。这天，关芯将打印好的几张纸条贴在相邻楼道里。纸条上写着，请：居住西边的邻居不要再往楼下扔垃圾杂物了。如果你是学生，你学习是为了什么？如果你是成人，你如何为孩子树立榜样？让我们努力做一个有道德的文明人！

　　又一日，关芯在院内一块八九平方米的土地上拔草锄地。邻居见了，夸关芯又做好事了，也有人朝她笑笑以示敬意。

　　数日后，关芯从花卉市场选购了几株月季花和绿色植物栽下，建起一块花圃，邻居们才看出她的良苦用心。

　　清晨，从院里传来鸟儿的欢叫声，不绝于耳……

蔡进步，中国微篇小说作家协会会员，中华精短文学学会会员，淮北市作家协会会员，宿州市作家协会会员。已在中外报刊发表作品三百余篇。

母亲送我八只鸡

因工作忙，我有十年没回老家了。

今年春节，我携妻带子回到千里之外的老家陪爹娘过节。母亲杀了八只老公鸡，将它们挂在院中的铁丝上晾着，让我返回时带上。

我用手机给八只老公鸡拍了张集体照，传到 QQ 空间和微信群里，还配了文字，想炫耀一下。

年初二返回时，我带着装有八只老公鸡的纸箱赶到县城。刚下车，没想到在家乡县城工作的六个同学出现在我面前。

寒暄几句后，六位同学异口同声地笑着问我："老母亲给的八只老公鸡呢？家养的公鸡大补啊！"

我呵呵一笑："放心吧，每人一只！"

刚进家门，科长敲门进来了。科长跟我聊了两句，话题一转，满面笑容地对我说："我在 QQ 空间里看到你的八只老公鸡。乡下的公鸡有营养，能不能送我两只尝尝？再不行，卖给我两只也可以！"

我笑了："科长，别说两只公鸡，就是两只凤凰，我也不能收你的钱啊！"

我拿出剩下的两只鸡递给科长，科长一个劲儿地说谢谢，笑眯眯地走了。

我刚送走科长，突然接到局长的电话："小蔡，从老家回来没？"

我忙说："局长，我刚到家！"

局长在电话里笑着说："我看你的 QQ 空间了，你母亲送给你八只老公鸡啊。这个我是识货的，一看就是多年的老柴鸡，小火炖上十几个小时，那可是天下最好的补品……"

白发亲娘

二十五年前，蔡家村的蔡山在儿子蔡河出生后，把娘撵到村头一个废弃的护林房里居住。

村支书多次找蔡山，说道："蔡山你不该这样，尊老爱幼是咱中华民族的传统美德，你咋能那样对待你娘。我可告诉你，你这是犯了遗弃老人罪，就等着蹲监狱吧！"

蔡山说："支书你别跟我上纲上线，更不要侮辱我的人格，我啥时候遗弃我娘了，咱村没跟爹娘住在一起的多了。"

本家一个远房叔叔多次找蔡山，说道："小山你不能这样。你也有儿子，你这样对待你娘，万一你老了，蔡河也这样对你，你咋办？"

蔡山说："俺叔，人生自古谁无死，我死以后让狗吃。"

叔叔气得晕头转向："你死了狗都不吃！"

二十五年后，蔡山的儿子蔡河结了婚。蔡山给儿子另盖了两层小楼。

蔡河结婚不久，蔡山的妻子病故。两个月后，蔡山突然半身不遂了。生活不能自理，经常屙尿在床，屋里臭味熏天。蔡河不再去看望蔡山。

蔡山长叹："报应呀！我以前对娘不孝，现在落到我身上了。我恐怕连一个月也撑不下去，非死不可！"蔡山经常白天黑夜在屋里哀号。

那天，蔡山正躺在床上小声哭泣，突然感觉有人走了进来。

"山，山……"一个熟悉的声音响在耳边，是娘的声音。

"娘，我不能动了，小河也不来照顾我，我活不过今年了！"蔡山看见白发苍苍的娘佝偻着腰站在床前，不禁号啕大哭。

"山，别哭，小河不照顾你，娘照顾你。只要娘活一天，就不让你遭一天罪！啥时候娘不能动了，咱娘儿俩一起吃老鼠药！"

村口有棵大槐树

田家湾村口有一棵高大的槐树，圆形的枝盖像是一个天然的大帐篷。

五年前，村里修路，大槐树碍事。村里立即召开全村村民大会，村长满怀深情地说："这棵大槐树树龄四十多年了，比我们几个村干部的年龄都大，她是咱们村的'村树'，更是咱们村的骄傲，无论如何也不能动她！"

三年前，镇里修路，大槐树碍事。镇里立即召开全镇干部大会，镇长满怀深情地说："田家湾村口的大槐树树龄四十多年了，她是咱们镇的'镇树'，更是咱们镇的骄傲，无论如何也不能动她！"

一年前，县里修路，大槐树碍事。县领导立即召开会议，县长满怀深情地说："田家湾村口的大槐树树龄四十多年了，她是咱们县的'县树'，更是咱们县的骄傲，无论如何也不能动她！"

半个月前，镇长来田家湾村检查工作，看见村口那棵饱经沧桑的大槐树，不禁眉头紧锁，他对身边的村干部说："这棵树影响新农村规划建设，我限你们村两天内必须把树刨掉！"

村长满脸堆笑："我们村昨天开会还讨论这件事呢，这棵槐树影响村容村貌，得尽快刨掉！"

二十天前，四十年前栽下那棵槐树的某位大领导因涉嫌违纪被带走，目前正接受组织调查……

陈建珍，苏州市吴中区作家协会会员，中国微篇小说作家协会会员，荣获"明森杯"微篇小说大赛优胜奖。十篇作品编入《中国微篇小说 28 家》。

一张地图的心事

小云在电影院门口站了一个多小时，始终没有等到男朋友的出现，心里非常失落。其实她今天有件心事想和他说。

昨天他们两个去街上散步，路过咖啡店，他忽然停下脚步，两眼放光，望着里面。小云以为他想请她喝咖啡，顺着他的眼光望过去，原来在店内最显眼的位置上，挂着一幅地图，上面写着："钓鱼岛是中国的。"他们彼此望了望，两个人沉默地离开了咖啡店。

他说："明天下午一点在电影院门口我想和你说件事情。"说完不等她回应满腹心事地走了。

他们俩刚大学毕业，朋友都说他们是天生的一对，祝福他们将来能走到一起。男朋友的失约让小云有点儿不知所措，她应该怎么对他说呢？不由地再望了一下路口，希望他能出现。

这时候，她的电话响了起来，是父亲的电话："小云你是不是后悔了，怎么还不过来拿通知书啊？""不是啦！我马上过来。"她驱车赶到父亲工作的地方，镇人武部内挂着一条醒目的标语："一人参军，全家幸福"的字样。

一个熟悉的身影出现在门口，小云又惊又喜迎上去："你怎么在这儿？"他拿出一张入伍通知书给她看，说这就是他想对她说的心事。

她深情地看着他说："我也有心事和你说，你等我一下。"他吃惊地看着她离开，又看见她满脸笑容地走出来，手里也拿着一张入伍通知书。

一件被退回的大衣

服装店老板娘小敏平常做生意和蔼可亲，从来没有和顾客红过脸，可今天她真的很生气。

早上刚开门，就碰到一位姑娘在等她，还以为人家要买她的衣服，心里还挺美滋滋的。

谁知那位姑娘打开随身的手提袋，拿出来一件大衣，低声说："老板娘，我想把这件衣服退给你。"

小敏一看是去年冬天的款式，而且这位姑娘很陌生，于是说："姑娘，你好像跑错地方了，虽然这款我们店去年也卖过，但我卖出去的衣服，顾客我基本上是有点儿印象的。"

"老板娘，是我男朋友去年在你这里买的。"说着她拿出发票给小敏看。

小敏一看确实是她店里买的："姑娘，衣服虽然是这里买的，但去年的衣服你现在不要说退，我换都不能给你换了。"

她急忙指着商标说："老板娘，我可是一次也没有穿过，你看商标还在。"

"即便你不穿，还是不能给你退，如果是你开服装店，已经过了一年你肯退钱给人家吗？我做了多年的生意还是第一次碰到。"小敏生气地说着。

"那老板娘，这件衣服我男朋友买的时候是两千元，你现在退给我一千元，我已经亏了一半了。"说着她抬起手擦了擦脸上的汗水，两只瘦弱的胳膊无力地垂了下来。

"姑娘，你这样我还是不能退给你啊！"

"老板娘，你还是退给我吧！我也是没有办法，我男朋友生病了，需要钱，我们把家里值钱的东西都拿出来卖……"

姑娘还没说完，小敏已从包里掏出两千元钱塞到她手中——她发现姑娘两条瘦弱的胳膊上有瘀青，那是卖完血后的痕迹。

陈秀春，浙江绍兴人。出版专著《草根文化沉思录》。系中国微篇小说作家协会会员，中国微篇小说 72 星座。多篇作品发表于国内外报刊。

最好的证书

凯达集团要聘用一名保安，因为上市公司工作条件好，工资待遇高，虽然只有一个职位，前去应聘的却有一百多人。

经人力资源部出题考试淘汰。最后只有小李、小蒋和我进入了任经理亲自主持的面试环节。

最先进行面试的是小李。任经理问他："你是什么学校毕业的？"小李说："我是嵊泗陆军部队转业军人。"任经理问："你有没有在部队学过什么专业？"小李说："参加过部队格斗擒拿训练队。这是我的培训结业证。"任总经理认真地看了看，笑笑说："这个证书不错，证明你是行伍出身，有真本事。任经理满意地点了点头。

第二个进行面试的是小蒋。任总经理问："你原来是在哪个单位工作的？"小蒋说："国大五星级宾馆。"任经理问："那你现在为什么要到我们这儿来应聘呢？"小蒋说："国际大酒店最近几年越来越不景气，待遇低不说，已没有任何的发展潜力了。"任经理问："你原来在国际大酒店是干保安的吗？"小蒋说："是的，我是保安队队长，做保安已做了二十多年了，这是我的安全员证！"任经理认真地看了看，满意地说："这个证书很好，现在都要持证上岗，证明你的工作经验非常丰富，好！"

轮到我面试了，我也拿出了证递给了任经理。任经理看后大喜："你被正式录用了。

我拿出的是一张"刑满释放证"。

娘要卖房

我家的老房子已有一百多年的历史了。娘要卖房，家里人谁都不同意，可是娘执意要卖。大家都要娘说出个理由，娘就是不说。

消息一传出，第二天就有人来买房了，是一位老板，他想买这房子主要是想买这块地，冲着这块地的风水好来买的，说我家的人个个有出息。娘说买可以，只能住，不能拆，这是个条件。可老板的儿子要结婚，说要拆了造新房。娘说要拆的不卖，就告吹了。

过了几天又有人来买房，此人是城里来的，为了创建民俗村，专门收购老房子。我家的老房子是清代的，雕梁画栋，刻门绣窗，客商看了很满意。一问价格，我娘说要一百二十万元，那人听了伸出了舌头，开玩笑吧，你那椽子是金条啊，真是狮子大开口。再后来因为价格悬殊太大，没成交。

又过了几天，只见有个健朗的老头儿前看后张，绕着老房子转了好几圈，娘看到后沏茶让座，说老房子比较贵，已谈到了一百二十万元。老人说，贵就贵点儿，只要货物好，不嫌价格高。于是谈起了买卖。一谈就晚了，老头儿走了。第二天老头儿又来了，谈了房子、茶叶和笋干，谈修路和拆迁等，好像每天都有谈不完的话。就这样老头儿天天来，约有半月，突然老头儿不来了，娘心里开始发了慌。

老头儿终于又来了，娘今天把话挑明了。其实她不想卖房子，只是因为寂寞，儿孙们难得回来一趟，所以想了一招引些人来，好陪着她聊天。老头儿笑笑说："其实我也不想买房子来着，只是一个人太孤独，同你聊聊天，日子就打发过去了。"两位老人相视一笑，娘的脸红了。

娘

娘最疼我啦，因为我是她的小女儿。

我八岁那年，外婆从上海给我们姐妹带来了一条蓝色的纺绸裤子，我爱不释手，对娘说："娘！裤子这么漂亮，大年初一，我一定要穿这条漂亮的新裤子。"娘说："小女儿，你还小，这条裤子又长又大，你穿不着的，等你长大了才能穿。"

九岁那年，大年初一，我又对娘说："娘，我今年已经长高啦，我可以穿外婆带来的那条蓝色的绸裤子啦！"娘语重心长地说："小女儿啊，去年是轮到你大姐，今年轮到你二姐，明年轮到你三姐，你是最后一个轮到穿的！"娘还说："有句老话说得好，新阿大、旧阿二、破阿三！"

十一岁那年，姐姐们都穿过啦，我想应该轮到我啦！我又跟娘说："娘，我要穿外婆带来的那条蓝色的绸裤子！"娘说："好！"于是娘小心翼翼地从箱子底下挖出了那条蓝色的绸裤子，一看，颜色褪了，裤子破了，而且绸缎是无法缝补的，已经无法再穿了。我看到这条盼望已久的心爱的裤子变成这个样子，眼泪一下子涌了出来，我哭得很伤心……

大年初一那天，我睡在床上装着不起来，娘推推我说："阿秀该起床啦！你看这是什么？"只见娘从另一只箱子里拿出来一套折叠的整整齐齐的蓝色的纺绸衣裤。

在接过娘递过来的纺绸衣裤时，我突然注意到，娘那头从小留起来的长长的秀发不见了踪影……

陈祥云，当代微篇小说作家协会河南分会主席，中国闪小说学会会员，在中外报刊发表作品多篇。

山路弯弯

她和他在弯弯的山道上默默地走着。

她实在不想挪步了，说是去男方家相亲，可五万彩礼自己家已收下，收下就是人家的人了，谁让自己生在大山里？母亲因操劳过度，得上了肝硬化，没钱医治，只能用土法维持。

自己的长相在十里八乡是出众的，到现在恋爱还没有谈过，是一心想到外面的世界去看看，像城市姑娘那样也谈一次恋爱。

这时媒婆给她介绍了一个对象，男方会木工，可以拿出五万元彩礼。这里是穷山沟，能拿出这样彩礼的不多，自己家也急需。

这时，他停下来问："后悔了，后悔你就回家吧！"

她慢慢地坐在一块石头上，过了半天，少气无力地说："走吧！"

他未动，说："我知道你心里不愿意，这钱你先用着，你回家后告诉我家人，就说我去城市打工了。说起来，这都是我母亲的意思，硬逼着我拿五万元来相亲，说我愿意，钱就留下。看你很不高兴，我也不想和一个不喜欢我的人成亲！"

她认真看了看这个长相平常的男人，想到回去又咋样？有病不能住院的母亲，面黄肌瘦的弟弟学费又该交了，父亲多年没买过新衣服，认命吧。

这时弟弟追来，气喘吁吁地说："妈妈看你流着泪出的家门，心里也很难受，这是彩礼钱，咱回家吧！"

她叹了一口气，低声道："明天，我能和你一起去城里打工吗？"

喜 事

一天，李局长把局办公室王主任叫到自己办公室说："王主任，是这样的，我姑娘本月 28 日要出嫁，是人生大事。现在形势你是知道的，不能大操大办，我只办两三桌，不收礼金，你自己参加就行了，别告诉别人。"王主任很听话，一个人悄悄去了。

李局长又把人事监察科徐科长请到自己办公室，讲了女儿本月 28 日出嫁之事，并讲："我是局长又是党组书记，是咱单位从严治党的第一责任人，应带头执行廉洁纪律，严格按规定操办婚礼。我按规定已向市局申报，现在也算向咱单位纪检监察部门备案，并请你自己到场监督。这次只办两三桌，不收礼金，你自己参加就行了，你要严格保密，不要告诉别人。"徐科长很听话，只她一人去了。

执法大队赵队长这天向李局长汇报工作完毕后。李局长讲了自己独生女儿本月 28 日出嫁之事，特别强调："这次婚礼是简办，我只请你和王主任还有徐科长，局里其他人员我就不说了，千万别告诉其他同事，你自己参加就行了。"

赵队长在李局长家办喜事的头一天，把一个提包送给李局长说："这是我们队的，还有其他科室一些同事的随礼，我也不知道他们是咋知道的，让我把红包捎来。他们有事就不来赴宴了。"

过了半年，赵队长荣升到一个县级市任副局长，副队长等人也得到了满意的职位。

陈永林，《读者》《意林》等杂志签约作家，中国作家协会会员。已发表三千余篇小说，主编《世界微型小说名家名作百年经典》等三百余种著作。

声 音

做过坏事的人听了木子的声音，会头痛欲裂，因而木子很少与人说话。

木子想说话时，就跑到学校后面的树林里，一个人自言自语。

这天晚上，木子又在树林里自言自语。这时，一个女孩儿跑过来，对木子说："你的声音怎么这么好听？很有磁性，让人听着心里特别舒畅。"

他们便经常在树林里约会。

大学毕业后，尽管在两地工作，但他们还是结婚了。只要两人待在一起，木子就不停地说话。

但是仅仅在两年后，木子说话时，她的脸竟痉挛成一团，额上也冒汗。他关切地问："你怎么啦？生病了吗？……"

"别，别，你别说话。"她双手紧紧地捂着太阳穴。

木子懵了，木子从没想过她听了他的声音也会头痛，泪水无声地在脸上淌。

她说："对不起，是我错了，我太孤独，禁不住诱惑。"

此后，木子再没说过一句话。

有一回，公交车上，两个男人欺负一个女孩儿，木子大喊一声："你们不得胡来！你们还真无法无天了……"两个男人双手捂着脑袋喊痛。木子便有多大声喊多大声，两个男人痛得在地上打滚，嘴里发出鬼哭狼嚎的声音。

那个被救的女孩儿对木子说："你的声音真好听，听了你的声音，我心里很宁静、舒畅，我很想听你的声音……"

"我的前妻也说过这样的话，后来她听了我的声音也感到头痛。"

木子说完这句话，再不肯说第二句，任凭女孩儿怎么求，木子就是不开口。

左右为难

老王被调到了县里的某单位当办公室主任。

上班的第三天，范副局长对他说："过两天就'五一'了，你抄一下表，每位职工发一千元。"老王拿着表去找何局长签字，何局长一看，冷着脸说："谁说发这么多？改，每人发八百。"

"范副局长让我这么抄表的。"

何局长狠狠地瞪了他一眼："局里到底听谁的？"

老王事后知道，这两人的矛盾很深，他这个办公室主任难当啊。范副局长吩咐的事儿，他刚办好，何局长马上就给否了，让他重新去办。这是常有的事。

妻子听多了老王的牢骚，就对他说："你今后听何局长的就是，人家毕竟是一把手。"

"可是何局长快退了，我要是什么都听他的，等范副局长当上一把手后，还让我有好日子过吗？"

"那你就听范副局长的。"

"也不行。到时候要是张副局长成了一把手怎么办？他可是何局长的人。"

后来，老王渐渐地学猾了，能躲的就躲，能推的就推。推不掉的躲不过的，就让秘书去办。

转眼到了年底，何局长让老王写份年度工作报告。老王刚出何局长办公室的门，又被范副局长叫去了，也是让他代写一份工作报告。

这下老王又左右为难了。给何局长写，必然会得罪范副局长；给范副局长写，必然又会得罪何局长；给他们俩都写吧，那就把两个人都得罪了。

推是推不掉的，那只有躲。但怎样躲呢？第二天一早，老王托医院里的亲戚给开了张住院证明，然后打电话告诉秘书："最近我身体不太好，得歇几天，你给何局和范局各写一份工作报告，最晚后天交。"接着，老王又分别拨通了两位局长的电话……

疯女人

一十字路口，立一疯女人。

往日来往车辆乱闯，有了疯女人之后，竟井然有序。若有车想闯红灯，疯女人就跑到车前，挺挺地站在那儿，司机只有急刹车，惊一身冷汗，心也提到了嗓子眼儿，只有乖乖地等绿灯。

若行人想闯红灯，疯女人手里的木棍就会敲过来。因是疯女人，不好计较，只有退回去。

疯女人就开心地笑，俨然一个胜利者。

但不管怎么说，十字路口立一疯女人胡闹，有损省城形象。有人找交警队，交警就赶疯女人。疯女人却赶不走，赶跑了又来了。

疯女人仍在十字路口胡闹。

可这天，疯女人出事了。是个雨天，雨很大，蚕豆一样的雨点砸在路上，像放爆竹一样。疯女人竟不躲雨，仍站在那儿充当交警。

此时一盲人急急地走过马路，疯女人大声喊，你回去！雨太大，抑或盲人还是个聋子，盲人仍往前走。这时一辆小车飞驰而来，当司机发现前面有个拿着竹竿的盲人时，忙急刹车，但慢了，悲剧发生了。

行人惊得"啊"一声闭上眼，但让行人惊诧不已的是盲人没死，死的却是疯女人。躺在地上的盲人喃喃道，怎么回事？谁狠劲推我？显然是疯女人推了盲人一把，自己却无法躲避。

疯女人安详地躺在地上，脸上还挂着微笑。

这时来了一男人。男人扑在女人身上哭得死去活来的。男人是疯女人的丈夫。后来行人才知道，几年以前，他的儿子在这儿被一闯红灯的车轧死了。女人便疯了。

陈玉兰，河北省作家协会会员，当代微篇小说作家协会副主席，《微篇小说》副主编，作品散见《小说选刊》《百花园》等上百家报刊并获多种奖项。

那年初一第一个拜年的人

那些年，我家很穷，整天吃玉米面窝头白菜萝卜。母亲喂了一头猪，过年宰了全家人解馋。我们几个孩子盼星星盼月亮地熬着，大碗吃猪肉炖粉条，得压岁钱。

那年初一，天大亮，我听见轻轻地叩门声："给您家拜年了。"我第一个跑出去开院门，却见一个中年人，脏兮兮蓬乱着头发，对我说："我已经三天没有吃东西了，好心的大哥给点儿吃的吧。"

穷要饭的！比我大二十多岁，叫我大哥。真晦气，我生硬地撵道："去去去，找别的门去吧！"

这时，我看见母亲端着一大海碗猪肉炖粉条走出来，筷子上插着四个白面馒头，对他说："快吃吧，肯定饿坏了。"

一年才能吃到的肉，他却第一个享受。我生气地跑到屋里发牢骚。母亲抚摸着我的头说："不管他是什么人，是第一个给咱们拜年的人，是一个不能回家过年的人，我们为什么不能给他回家的感觉呢？"

我跑到院里，隔着大门缝向外看，他坐在院外石头墩上，端着碗，往嘴里扒拉一口肉，咬一口馒头，吃的那个香，我都馋得流口水。我家那只小花狗，不知啥时蹲在他面前，抬头望着他。他喂着小花狗。小花狗摇头摆尾与他一起快乐地吃肉。

他吃饱抹抹嘴，把碗放在石墩上，拍拍小花狗的头，找了一根小树枝，在地上划拉了几个字，不知写的啥，冲着我家门口弯腰鞠了一个躬，转身向村外走去。

我跑出去看，那几个字是：好人一生平安。

四十多年去了，我仍记着母亲的这句话——对人要一视同仁。我也是这么做的。

父亲的密码箱

母亲住院了，明白点儿说是被父亲气得进了医院。父母亲年已过八十，还三天两头拌嘴。

母亲胳膊上打着吊瓶，向我告状：这个倔老头子我不要了——离婚。

说起父亲的大男子主义是出了名的，简直是霸道，一般家庭都是男主外女主内。可父亲却大权独揽，内外兼管，尤其经济大权揽得紧。母亲没有工作，用现代时髦语言叫全职太太。按理说，父亲月薪应该交由母亲管理。可父亲的工资从不交家。他有一个小铁箱，用密码锁锁着，每月把工资藏在里面，生怕母亲偷了似的。柴米油盐酱醋茶，母亲花一分向他要一分。我们几个孩子更别想向父亲要一分零花钱。倒是母亲偷偷把买菜的钱省下来给我们。

记得高中时，有一次期末考试交试卷费三元，我向父亲要了几天，他脸沉了几天，最终跑到学习核实后，才给我。从那时起，我们与母亲从背后给父亲起了个外号：铁公鸡——一毛不拔。

这次母亲被气倒是因为父亲拒绝给邻居随份子。我认为父亲太过分，太不近人情。把全家召集在一起宣布：密码箱钥匙的掌管人，由全家人无记名投票选举。

父亲知道这是全家人向他发起"抢班夺权"群攻，无可奈何地说："你妈心眼软，手松。对你们无原则溺爱，你们全下岗生活都不容易。我比你妈整整大十五岁，我会走在她前面，早早把钱撒出去，以后有个大病小灾，用钱的地方很多。一来我想给她多留点儿钱，生活有保障；二来少给你们添麻烦。"

我们谁也没有作声，投票结果：父亲满票，母亲也投了父亲一票。

妈妈的眼睛

手术室里，手术床两张，女儿，妈妈。

女儿拉着妈妈的手："妈妈，我好害怕。"

妈妈紧攥女儿的手："别怕，有妈妈给你做伴。"

女儿："让我再摸摸你的脸，我要永远记下。"

妈妈："我要再看看你的脸，要永远记下。"

女儿："你的脸好多皱纹，是为我操劳的。"便有泪流出来。

妈妈给她擦擦："傻孩子，我老了，哪有你的细嫩光滑，你的人生路还很长很长。"

女儿："世界是多彩的吗？你说窗前那棵树是绿色的，绿色是啥样？你说长城险要，长城是啥样？你说天安门庄严宏伟，天安门啥样？你说我能走进清华、北大，那校园是啥样？"女儿的语气透着急切、欣慰。

妈妈："会的，你的愿望都会实现的。"说着眼里露出坚定幸福的光芒。

一个月后，女儿被医生拆去蒙眼的纱布，她第一次看见了妈妈脸上布满皱纹，那样苍老——妈妈与她一样也是一位盲人。

她永远不会知道，妈妈把黑暗留给自己，把光明带给了女儿。

蔡雨艳，锦州市作家协会理事，辽宁省作家协会、当代微篇小说作家协会会员，发表作品四百余篇。出版散文集《咬月牙儿》。

真 孝

那天，孙老太太一个人在家看电视，只听到窗外传来儿媳甜甜地喊声："妈，我回来了！"孙老太太想，一年只回来一两次的她，这不年不节地怎么回来了。问她："萍啊，回来有事啊？"萍说："没事，就是回家看你来了，这是给你买的新衣服。"

一个月后，孙老太太儿子开车，把她拉进城，带她洗汗蒸，她直说真舒服；带她吃烧烤，她说好吃。孙老太太儿子趁机说："怎么样，还是你儿子好吧，我可是你的亲儿子——财产继承人。"她说是，是亲生的、是亲儿子。他姐那丫头片子没用。

三个月后，孙老太太儿子和儿媳妇送她一部手机，她乐坏了，从来没有用过，试着打了一个电话，接电话的是本村的一个老头。于叔？她儿媳妇眼睛一亮，想起当年有人给她婆婆介绍的那个于叔。于是儿媳说："当年都怪你儿子，不同意你们的事，回去我得好好说他。"儿媳还真把她儿子说通了，同意了她再婚。儿子打电话来说："妈，当年我错了，现在想通了，同意你和于叔的事。"孙老太太一时想不明白，当年死活都不同意的事，现在竟同意了。为什么？

一周后，她儿子又打电话来，让她快点儿和于叔结婚……

儿子得到消息，他们老家那儿要修一个大水库，孙老太太的动迁款高达百万……

巧　遇

他三十多了一直没有找对象。他曾发誓，遇不到让他心动的女生，他就决不瞎凑合。多年来，不管父母怎么催，他都不曾改变初衷。

一天，他在书店，遇到她。遇到她那一刻，他知道，她就是他的她。她要拿一本名为《小王子》的童书，他也去拿那本《小王子》，就这样他们相遇了，她对他笑笑，松开了手；他没有放弃那本《小王子》，也没有放弃和她说话的机会。她美丽大方，高雅的气质让他心动。他对她说："你好，我好像在哪儿见过你，一下想不起来了。"她笑笑，想和她接近的人一般都会用这样拙劣的开场白。她也有同样的感觉，好像在哪儿见过，明知他在和自己找话说，但她无法拒绝他。就这样他们认识了。

半年后的一天，他对她说："我可以向你问路吗？"她说："去哪里？"他说："到你心里。"她说："我有一个儿子。"他说："我知道，可是，孩子没有父亲，我愿意当孩子的父亲。"

七天后她给了回复，先看孩子能不能喜欢他。没想到他和孩子就像亲生的父与子一样亲。一年后，他和她结婚了。六一儿童节，他带着她儿子去公园玩，遇到一个老妇人，对他说："你儿子长得真像你"。一句话点醒了梦中人。于是他偷偷地做了亲子鉴定，结果让他在梦中都会笑醒——这孩子是他的亲儿子。

原来，在他二十八岁那年，他捐献过一次精子。她结过婚，夫不能生，后来意外离世。她儿子是一个试管婴儿。

蔡中锋，中国作家协会会员，当代微篇小说作家协会主席，《微篇小说》《中国寓言故事》杂志主编。发表作品三千余篇，主编图书一百余部。

游　鱼

他从小就喜欢鱼。

在他的童年时代，他就常常一个人蹲在小河边看河里的鱼游来游去，心中不住地想："我要是能变成一条鱼该多好啊！"

少年时代，他成了远近闻名的游泳能手，一个猛子能扎出半里去，出水的时候怀里还常常抱着一条大鱼。在水里的时候，他觉得自己就是一条鱼，感觉特别舒畅。

高中毕业后，因为家里穷，没钱供他上大学，他只好出去打工。在武汉打工的时候，他认识了一个打工妹。不久，他们结婚了。过了一年，他们又有了一个男孩儿。日子就这样过着，简单、劳累、清苦、快乐。

有一段时间，他常常在长江边徘徊，长时间地望着江水发愣："做一条鱼多好啊！无忧无虑地生活真幸福！"

那天，他辞去了工作，决定再领着老婆孩子散最后一次步，吃最后一顿饭。

当他们走到长江边的时候，突然，一个女孩儿跳到江里，接着，一个男孩儿也跟着跳进去。转眼间，他们都被江水吞没了。

他毫不犹豫地跳下江去，把男孩儿和女孩儿都推给了岸上的人们。

他深情地朝岸上望了最后一眼："永别了，老婆，永别了，儿子。从今天开始，我就是一条真正的鱼了！老婆，这几年咱俩打工挣的钱都在你那儿呢，你和儿子好好过日子吧。你们娘儿俩还不知道，我得病了，要活下去一年就得花十几二十几万。咱看不起，咱不看了，一分钱咱也不花。"

"我已经成了一条真正的鱼了！"想着想着，他就朝江心游去，不久，就和滚滚的江水融为一体。

工作经验

单位一位副局长退了，张局长拟从本单位的科长们中间推荐一位继任者。

老王听到消息，就找到了张局长："我听说您拟从本单位的科长中推荐一位科长任副局长，希望您重点考虑一下我。"张局长笑了笑说："我希望新任的副局长要有丰富的工作经验。说说看，你在这些科长们中有什么优势？"老王说："我大学毕业后就一直在咱单位工作，已经干了二十六年了，科长也当了十五年了。现在在咱单位所有的科长中，就数我的任职时间最长，资格最老，工作经验也最丰富了。"张局长说："我们会综合考虑的，你先回去吧。"

过了几天，副局长候选人名单出来了，只有他和小李两人。这下，老王彻底放心了。因为小李是刚参加工作不到十年的一个小青年，而且他当科长也只当了三年时间，领导这样安排，意思非常明白：小李只是一个陪衬……

可出乎老王意料的是，经过一系列的选举考察等程序，最终当选的竟然是小李！

老王非常不解，气呼呼地找到张局长："为什么最后当选的是小李？"张局长仍笑着问："为什么就不能是小李呢？"老王说："你不是说要选一位经验丰富的科长任这个副局长吗？"张局长说："是啊。"老王问："小李参加工作才几年？他当科长才几年？他的工作经验哪有我丰富啊？"张局长说："小李虽然参加工作时间不长，当科长的时间也不长，但他勤学好问，善于动脑，在不到十年间，已经积累了丰富的工作经验。"老王不服："再怎么说，我参加工作二十六年积累的经验也应该比他不到十年积累的丰富吧？"张局长说："不，你的工作经验远远没他丰富。二十多年间，你只是天天用同样的方法做着同样的事。你不是积累了二十六年的工作经验，而是一个工作经验就使用了二十六年！"

老赵今天要进城

今天我刚起床，老赵就推门进来了："大兄弟，听说你有一个非常好的头盔？"我说："是啊，我这个头盔，是花一千多元买的特种头盔，别说在咱乡，就是在咱县，也绝对找不到第二个！"老赵不放心地问："那你的头盔戴在头上后用砖头猛砸几下，不会有事吧？"我说："当然不会！它最大的特点就是抗击打能力强。"老赵听了，问我："那你的头盔能不能借给我用上两三天？"我不解："你天天下地种瓜，借它做什么？"老赵说："这个你别管，我只用两三天就还你。"我说："好。别说你用上两三天，就是十天半月也没事。"

见我答应了，老赵很高兴："谢谢大兄弟。我还听说你有一个防弹背心？真的能挡子弹吗？"我说："那是当然的了！这个背心还是我当年在部队当特种兵时发的装备。一般的子弹根本奈何不了它！"老赵仍不放心地问："那你的防弹背心穿在身上后如果用大木棒狠命地打，也应该没多大事吧？"我说："当然没事！你想啊，连机枪子弹它都不怕，何况是区区的一根木棍？"老赵不好意思地问："那你的防弹背心能不能也借给我用两三天？"我更不解："这东西你种瓜时也用不着啊？"老赵说："这个你不用管。只借我两三天就行了。"

接过来头盔和防弹背心，老张仍不放心："大兄弟，一事不烦二主，再麻烦你帮助我写份遗嘱，将我的家产给孩子们好好分分……"我大惑不解："我说赵大哥啊，你今天这是怎么了？"老赵叹口气说："我种的瓜熟透了，今天，我要进城去卖瓜……"

八骏图

一年前，已经退休的老领导张局长来到了王局长家："小王啊，我在家闲着没事儿，来看望一下你！"王局长非常激动："我是您一手培养起来的，您怎么能亲自来看我啊！其实我早就想去看望您老人家了，只是单位的杂事太多，一直没有脱开身。您老请坐。"

坐下后，王局长亲自为张局长倒了杯热茶，张局长品了一口，称赞说："这是极品金骏眉啊！得多少钱一斤？"王局长说："这是一朋友送的，他说得四五万一斤呢！"张局长赞不绝口："好茶，果然是好茶！"

正品茶间，张局长看到了王局长的博古架上有不少古董，就走过去欣赏："这件青花品相真好！"王局长说："是啊。这件是真正的元青花。虽然传说能值几千万不足信，但值几十几百万应该没问题！"

张局长听了，重新坐回座位上："我听说你还很喜欢字画，这不，我亲自给你画了一幅《八骏图》。"说完，张局长从座位上拿起他捎来的那个卷轴，轻轻地展开画面，只见在一个高高的悬崖边上，有八匹马形态各异、飘逸灵动的骏马正驻足不前，仰天长嘶。王局长看了，非常高兴："您老真是大家手笔啊！不但画得好，而且寓意好！"

今天，张局长再次去看望王局长："你知道我一年前送你《八骏图》什么意思吗？"王局长说："当然是马到成功了！"张局长说："不是，我是看你在很多事上不注意，想让你悬崖勒马。谁知道八匹马也没能将你拉回来，不到一年，你就真的进这儿来了……"

丁国梅，湖北省天门市作家协会会员，中国微篇小说作家协会会员，先后在《微篇小说》《国际日报》《中华日报》等中外报刊发表作品上百篇。

梦 想

每个人都有自己的梦想，我的梦想就是当歌星，我尊重每一个为梦想而奋斗的人。

出来打工第一个月的工资我全部交给了一个声乐老师。一个星期后，声乐老师把钱退给了我，意味深长地对我说："以后不要来了，回去好好在工地上干活儿，多挣钱回家娶个媳妇过日子。"

每天下工后，我就去中山公园一角，伴着广场舞的音乐飙歌。我是大山里长大的，嗓门儿高，硬是活活地逼走了那些广场舞大妈。我也乐得清净，独享这一方乐园。

终于我也有了一个铁杆粉丝，他是一个满脸沧桑戴着眼镜的中年男人，留着披肩发蓄着小胡子，一看就是艺术家。他每天都要来听我唱歌，时而闭目击节倾听，时而对我竖起大拇指，这时候我也会冲他潇洒地挥挥手。

他让我想起德云社的那个唯一的观众，甚至联想到高山流水的伯牙钟子期。

终于有一天，他不再来听我唱歌了，我心里不免有些小小的失落。

过了很久，他又来了，硬拉着我去路边的烧烤摊上喝啤酒，说要感谢我。我问他："老师，您是不是艺术家？"他笑了笑说："应该不是，我是个作家，刚刚有作品获大奖，特地来谢谢你。"

作家好啊，旭日阳刚不就是被媒体发现的吗？我试探着问："那你谢谢我啥呢？"

他仰头喝下一瓶啤酒，抹了一下嘴说："不瞒兄弟，前阵子创作遇到瓶颈期，我一度消沉，后来我就每天听你唱歌，我在想啊，就你的歌都唱成那样了，都还在坚持自己的梦想，我有什么理由轻言放弃呢？"

寄　鞋

　　刚回来，老婆就吩咐我说："过几天就是我妈的生日了，我给她买了双鞋，你下午给她寄过去吧！"

　　我提着鞋走在街上，忽然想起了我白发的亲娘。仔细想想她生日已经过了几个月了，我竟然忘得一干二净，我甚至不知道母亲穿多大的鞋子。我这个儿子做得太失败了。

　　母亲和岳母个头差不多，应该穿一样的码。于是我给母亲也买了双一模一样的鞋寄过去，还偷偷从我皮鞋里面拿出仅剩的两百元钱塞进母亲的鞋里面。做完这些，心情顿时释然了许多，腰杆似乎也挺直了。

　　三天后，老婆一脸严肃地问："老实交代，藏私房钱了？"

　　"没有，我发誓。我可以把鞋子都脱了你检查。"我理直气壮地说。

　　"那天寄快递怎么回事？是不是动手脚了？别说没有。"

　　莫非她火眼金睛发现了什么？可明明那天她去上班了呀。我虽然心虚，但嘴巴还是硬撑："真没有，我跟以前一样寄的，又不是第一次跟咱妈寄东西，怎么了？咱妈没有收到鞋子？"

　　老婆眉头一皱，说了句莫名其妙的话："收是收到了，还出鬼了，难道是我搞错了？看来这快递还真不靠谱。"

　　还好老婆没有继续追问，我长舒一口气，幸亏我坚强，差点儿就坦白交代了。

　　正上班呢，母亲打来电话："儿啊！鞋子收到了，真合脚。你们在城里生活也不容易，娘知道这八百元钱是你背着你媳妇偷偷放鞋里面的，以后可不许这么干了。啊！"

治 病

我是一名整形外科医生。美有很多种，比如刚刚进来的这个少妇就玲珑精致，无可挑剔。看得出她很苦恼，一坐下来就喋喋不休："医生，听说你是本城最权威的整容医生，你救救我吧！你看我的鼻子，歪得这么厉害，几乎所有人都盯着我的鼻子看。"

"还可以啊，是你太过苛刻了。"我还没说完呢，她却梨花带雨呜呜地哭了起来："我找过很多医生，他们不仅不帮我，还嘲笑我。我有的是钱，根本不在乎钱，关键是我以后如何见人啊？想想我就不想活了，我大大小小整过二十多次容，不知道是哪次把鼻子给毁了。"

我仔细端详了下她的鼻子说："咦！还真是歪了，不过不要紧，你先去收费室交两万块钱，做个常规检查。马上手术精准定位，然后注射进口玻尿酸重新塑型。"

两个小时后，少妇苏醒过来，我拿来镜子递给她，慢慢撕开纱布，问她："怎么样？你再瞧瞧你鼻子，周正笔挺，小巧秀美，比范冰冰的都漂亮。"

她满意地盯着镜子里的自己，笑靥如花，拉着我的手连声谢谢，说果然名不虚传如华佗再世，临走时还硬塞了个红包给我。

唉！这就是养尊处优空虚寂寞憋出来的整形依赖症。我其实只是叫麻醉师给她打了一针安眠针，让她睡了两小时，两万元就轻轻松松到手了。

他不是我老公

公园里，两个男人对我指指点点，不停地拍照。"你在看风景，别人在看你"，我装着不知情摆了几个优美的 pose。

后来发现那两个男人总是不远不近地尾随着我。我开始警惕了，快步走出公园，朝人多热闹的地方走去。

闪进一个热闹的餐馆，我才舒了一口气。

两个男人也随即进了餐馆，那个年轻点儿的进来就拽着我的手说："阿兰，你跟我回家吧！"

我知道遇到了坏人，拼命叫喊："救命啊！有坏人，大家救救我吧。"

年轻的男人拿出手机照片说："大家看，她是我媳妇，这是我们的合影，一年前她跟野男人跑了。"

"不是，"我已经声嘶力竭，"求求大家报警吧！我不认识他们，我住东方路望江花园，我老公叫……"

"啪啪"两记重耳光，一股咸咸的液体从我口中流出来。

保安已经在撵我们："出去出去，这种事回家解决。"

有人在鄙夷地说："唉！这种女人……"

我停止挣扎，乞求那两个男人："我想喝水。"

其中一个到柜台买了三瓶红茶。

我瞬间用力挣脱，跑到柜台前，哗啦啦掀翻了满柜子的名酒。

两个男人傻眼了，餐馆保安迅速上去揪住那两个男人："看看吧，你老婆干的啥事？赔钱。"

最后我们仨都到了警局，我得救了，警察告诉我那两个男人是人贩子。

段国圣，江苏省作家协会会员。曾获首届汉语蚂蚁小说金蚂蚁奖，第二届闪小说大赛金奖。出版闪小说集《和一个叫苏末默的人说话》等。

谋杀未遂

我冒着生命危险潜入这家酒店，我知道这里将要发生一起谋杀案，我跟踪那个家伙已经多日了，这一次我不能再袖手旁观了！那家伙来了，他在一个靠角落的地方坐下，手里拿着一份报纸，他在等那女的出现，一会儿他看了看表，给服务员一个手势，服务员立即送来两杯咖啡，那家伙悄悄地从口袋里掏出一只小纸包，将一些白色的粉末倒入另一只杯中。这时女的来了，她对男的莞尔一笑，坐定，然后他们便开始窃窃私语，男的微笑着，不时地用手指敲打着玻璃桌面，女的温文尔雅，用不锈钢小勺搅拌着杯中的咖啡，我试图落在那只杯子的沿口上，阻止她喝，可女的却厌恶地用手指不断地驱赶我。女的终于端起了杯子，我不能再犹豫了，我奋不顾身地跳下去，那一瞬间，我听到女的一声尖叫："该死的苍蝇！"

我死了，而她，却得救了。

久仰大名

张三——某机关干事，普通职员。

一次，张三跟一个朋友去吃饭，席间，朋友把他介绍给大家，其中一个呵呵一笑说了句："久仰大名。"张三有点儿激动，满以为那人要伸出手来跟自己握一下，哪知那人却径自点燃了一支烟，扭头跟旁边的一个人耳语去了。张三有点儿纳闷，自己的名字和地位都很一般，哪来的大名可久仰？

又一次，张三去参加一个会议，又被几个人久仰了一下。不过久仰他的人并没有跟他有交流的意思，只是很含蓄地对他笑笑。张三愈发不明白了，不明白的事他喜欢放在心上，于是有一天就问一个朋友，怎么会有这样的事，朋友也笑："人家说的是客套话，人嘛，总是喜欢被恭维。"张三听了点了点头，不再去想这事。

一天，张三陪老婆去医院，刚走进门诊大楼，一个让张三感到有些陌生的男人突然走过来跟他老婆打招呼，张三的老婆一阵拘谨。男人又问："这一位是？"张三的老婆说，是她老公。男人哦了一声："久仰久仰！"这一回这个人跟张三握了手。等那人走了，张三问他是谁？老婆漫不经心地说是市领导的一个秘书。

不久，张三跟老婆离了婚。以后便再也没有听到有人对他说"久仰大名"了。

别跟朋友过不去

晚上和王科还有王科的几个朋友喝酒，气氛相当热烈。席后王科朝我一挤眼让我跟他去楼上的 KTV 唱歌，我推说家中有事，不去了。王科很不高兴，说不够朋友。我犹豫了一下说好好好，去吧。一行人随即涌入包厢。包厢里很热，我脱了衣服。王科的朋友朝服务生大声吆喝："叫几个小姐来。"小姐应声而入，一个小姐贴在王科身边坐下，王科顺势将她搂住。另几个也分别把小姐揽入怀中。这场面让我很不自在，尤其是王科的举止让我有些吃惊，我不想久留，推开身边的小姐起身向他们表示了万分的歉意，一一打过招呼后退了出去。

出了酒店，我才想起衣服还丢在沙发上，便折回身，取自己的衣服。嘴里不停地说你们玩你们玩，我来取衣服。这时王科正在一个小姐的脸上乱啃。我赶紧扭过头取了衣服匆匆离去。可没走多远，突然发现手机不见了，肯定是丢在包厢里了，无可奈何我又折了回来。我的两次进入让王科感到有些诧异，目光中也多了一分不快。我再一次地表示歉意，挥手离去。

可现在我不得不还要进去一趟，因为我把门上的钥匙也落在里面了。这一回我没有离开，我很痛快地说我还是跟哥们儿一起玩吧。

邓年华，湖南常德人，中国民间文艺家协会湖南分会、广东分会会员，汕头市作家协会会员，先后在全国各地报刊发表作品四百余篇。

夜　话

夜深了，他俩躺在床上怎么也睡不着。

"喂，依我看应该罚杨嫂，她平日里就仗着她男人在乡里当乡长以势欺人，这次偷放人家田里的水，还骂人，伤了活该。"

"听在场的刘大爷讲，是杨嫂只顾骂人不小心脚一滑，踢在锄头上划伤的，可她硬是一口咬定是二虎打伤的，非要二虎给她付药费和误工费。遇到这种纠纷真难办，当这调解主任真难。"

"不是听说杨乡长写了张条子吗？写的些啥？"

"他说他要去市里学习去了，无法抽身回家，家里纠纷一事，望我们实事求是，慎重处理。"

"那你就公正处理呗。"

"你晓得个啥，杨乡长在实事求是下面加了两道横杠杠，这又是啥意思啊？村长、支书看了条子，都说这些天重要的是要搞抗旱救灾，这事就让我负责办理。"

"杨乡长一向为人正直，办事公道，不过这也难说，哪种事摊到自己头上，还那么公道吗？要不然干吗还在实事求是下面加上两道杠杠？"

夜，沉静，窗外一阵阵青蛙叫，他们仍翻来覆去地睡不好。

"唉，干脆明天公正处理，实事求是，大不了再也不当这费力不讨好的芝麻官了，免得日后再背上一个偏耳朵的骂名。"

"对，我看杨乡长也不是这种人，记得去年杨嫂为一点儿小事和二虎娘吵起来后，杨乡长还训了她一顿。事后还亲自去向二虎娘赔不是，求她老人家原谅呢。"

"好，我明天就这么办了！"他兴奋地把被子掀到一边去了。月香又把被子盖好骂道："你疯了。"

他舒了一口气，紧紧搂住月香，夫妻两个不一会儿便发出鼾声。

邻　居

老刘搬进这套房子已经两个月了，还没和对门邻居打过交道，他只知对门住的是对小夫妻，门上的新婚对联还在呢。有道是远亲不如近邻，近邻不如对门，住在一起认识一下还是必需的。

"笃、笃、笃。"老刘敲响了对门儿的门，没动静，又敲，"谁啊？"门内传来一声女高音，不见人出来。老刘这才发现对门儿门上有个玻璃孔儿，这大概就是人们常说的"猫眼儿"吧，老刘大声说："我姓刘……"还没等老刘说完，里面的女高音又问："你是谁啊？找谁？有什么事吗？"

里面连抛出的三个问号，像三颗小炸弹，一下把老刘给炸蒙了，不知道如何回答，我有什么事？没事啊，没事敲什么门？神经病，其实就只想认识一下啊……果然，还没等老刘从三个问号的困惑里走出来，里面的女高音又丢出一句："有毛病啊？讨厌！"之后，就听到离开的脚步声。

老刘好尴尬，沮丧地回到了自己家。

一天中午，老刘回家取户口本，表侄子要他参加一个什么专业合作社。刚到楼梯口，看到对门儿的门开着，一对年轻的男女正在往外搬电脑、电视。对方见到老刘感觉也很不自在。老刘因上次那事，一下也不知如何打招呼，就带着僵硬的微笑，点了点头："你们忙。"就闪身进了自己家。

晚饭后，有人敲门，敲得很急。老刘忙开门，只见站着一对青年男女，感觉好陌生，便小心地问："二位找谁？"

女的抢先说："我们是对门儿的呀，今天家中失盗了……"

"啊？……"中午那对男女不是对门儿的？

戴希，中国作家协会会员。已在《山东文学》等报刊发表作品九百多篇。多篇作品被《小说选刊》等转载，入选《新中国六十年文学大系》等选本。

学什么

他们一同外出。父亲开车，儿子坐车。父亲的车开得既欢快又平稳。

儿子打心眼儿里佩服父亲。便竖起大拇指，赞美说："爸，您到底是给领导开车的！我也要学开车，把车开得像您一样好！"

"你说什么呀？"父亲一愣。

儿子又眉飞色舞地把刚刚说过的话重复了一遍。

父亲的脸就阴沉下来。把车开到路边停住，"啪！啪！"左一巴掌，右一巴掌，狠狠扇了儿子两记响亮的耳光。

儿子懵了："爸，您为什么打我？还发这么大的火？"

"不争气的东西！"父亲怒吼，"你干吗偏要学我开车？"

"不学您开车？"儿子噘起嘴问，"那您要我学什么？"

"坐——车！"父亲撂下一句话。

"坐车也要学？"儿子怪怪地看着父亲。

"是啊！"父亲气咻咻的，"你就不能学学领导，把车坐得像领导一样好？"

儿子无语，眼里泪光闪烁。

朋 友

朋友医术精湛，深得患者好评。医院却冷不丁地把她调离住院部，坚决不让她给患者看病了。

英雄无用武之地！作为记者，我为朋友打抱不平，要去找院领导讨个说法。

朋友却不以为然，赶紧劝我说："算了吧，医院没把我扫地出门，已是厚待我了！"

"这像什么话呀？"我越发不满。

朋友依然心平气和："不懂了吧，大记者？每次看病啦，我都尽力为患者开既廉价、疗效又好的药，你说，院领导能高兴吗？"

"既给患者减轻经济负担，又为医院赢得良好声誉，两全其美，怎么不高兴？"我大惑不解。

没办法，朋友只好对我实话实说，朋友问我："替患者省钱和为医院增收，你认为，院里更看重哪个呢？"

"这……"我皱眉，"既然道理你已心知肚明，那你干吗不像其他医生，绞尽脑汁给患者多开药、开高价药，在尽可能为医院增收的同时，自己也多拿些提成？"

"我心软，良心不安啦！"她摇头。

我一时语塞。

儿子姓钦

杨晶雪生了个儿子，丈夫刘年沙和她心里都比喝了蜂蜜还甜。

到了该给儿子取名的时候，刘年沙要求儿子姓刘，杨晶雪渴望儿子姓杨。俩人讨论来讨论去，就是达不成一致性意见。

"还是让我孙子姓钦吧！"这时，刘年沙的母亲建议。

刘年沙和杨晶雪同时愣住了："为啥？"

"因为吗？"——刘年沙的母亲笑着解释，"这第一，我找算命瞎子算过，我孙子命里缺金，阴阳五行金、木、水、火、土中的金，所以，取名最要紧的事儿就是补金，姓名姓名，姓在前面，而钦字就有金旁啵；第二，我查过字典，钦字是恭敬、敬重的意思，旧时也指皇帝亲自做的事；第三，钦也是一种姓呀！我孙子是个男孩儿，望子成龙，你们不这样想吗？"

杨晶雪转头征求她母亲的意见，她母亲亦点头赞赏。

"姓钦好！咱儿子就姓钦！"刘年沙和杨晶雪终于如释重负，俨然完成了一个重大的历史使命。

他们一大家子都笑了，笑得十分开心。

冯红梅，陕西武功作家协会理事，咸阳市作家协会会员，当代微篇小说作家协会会员。2015 起发表作品百余篇，代表作《小石蝉记》录入《武功年鉴》。

买车记

刘哥数着存折的数字，心里暗喜，这下够买车了。

"刘哥，偷乐什么呢？"同事小张问。

"哈，哥可以买车了。"

丢下一句话的刘哥已经整理好领带离开了办公室。

"刘哥，很精神啊，有好事？"保安探着脑袋问。

"当然有好事，哥可以买车了。"

刘哥要买车了，一下子大伙儿都知道了，纷纷要为刘哥庆喜，放鞭炮，都说这下可以组团自驾游了，刘哥也乐呵。

这天，刘哥早早来到车展，看了又看，选了又选，最后选定了车型，一番讨价还价后如愿成交。喜滋滋返回单位，就看到同事都翘首以待，就等放鞭炮，嘿嘿笑着说明天车就回来。

一天两天三天过去了，刘哥的车还是没有开到单位，同事们开始是怀疑，后来是讥笑，最后嘲讽刘哥说大话，这事成了闲暇的笑料，说刘哥想车想疯了。

这天上班，闲暇中大家又拿刘哥取乐，忽听单位门口鞭炮响起，大家涌出去，看到还有人举着锦旗，上写"感谢刘军为我校捐赠校车"。闹了半天，刘哥原来是给"陈家坎儿"小学买了车。他们不知道，那个学校的孩子们因为要走很远的山路上学，有一天雾大，一个孩子跌下了山崖。

刘哥被大伙儿抬了起来，他们要去"喜来乐"酒楼为刘哥买车设宴庆喜。

树　神

"好树根！根形如盘龙，就这！"雕刻家一边看一边称赞。有人出大价要他雕刻一个大件，苦于没有合适材料，不料想却在山下一个寂寥的小村边发现了这棵皂角树。雕刻家找到老村长的家。

"大叔，我想要咱村口那棵老树。"

"不行，那树不能动！"老村长一口拒绝。

"那树都老得不成样子了，给我吧。"雕刻家放下一沓钱在桌子上。

"不行，它是树神，靠它护村呢！"村长说。

"大叔，你看？"雕刻家又放下一沓钱。

"不要到时候后悔啊！"雕刻家有些不耐烦，狠狠心又放下一沓钱。

老村长沉默了。想起老支书为护树被恶人伤了腰，村里就剩下几位老弱病残的人了，他仰头看着山顶，抽着旱烟。

"实话说，树老成精，你要是不怕天神发怒，等我们祭了天，二十四号你来伐吧，带上你的东西走吧。"老村长松了口，也下了逐客令。

雕刻家喜出望外，回去准备了。

"来，大家使把劲儿。"雕刻家高兴地喊。

"轰隆轰隆……"刚把绳索套在树上，雷声响起，山风欲来。

"天神发怒了……"工人有些惊慌地喊。

"迷信！哪里有天神！每人加一百块钱，挖！"

刚把铁锹砸进泥土，"轰隆轰隆……"雷声震耳，山风呼啸着，卷起黄土，工人一边喊着"天神发怒了，天神要降灾了"一边惊慌失措扔掉手里的工具撒腿就跑。

雕刻家无奈地看着这棵皂角树，摇摇头离开了。

"哼，想挖树，没门！这可是几百年的老树，谁也甭想打它的主意！"他一边说，一边得意地拍拍皂角树，一边抽起了旱烟。雕刻家哪里知道，老村长那天就已经知道今儿要变天。

符浩勇，中国作家协会会员，海南省作家协会副主席。曾获南海文艺奖、冰心儿童图书奖、第六届小小说"金麻雀"奖等。

遥遥旅途

旅行客车爬在盘山路途中抛锚了。

骄阳当头，快正午了，车上的人昏昏欲睡，失去了活气。人们肚子开始发牢骚了，咕咕直叫。但盘山路上，前无村庄后无铺店，到哪里去找吃的？他喉咙开始发干，一直犹豫着是否打开挎包里一个黑色的塑料袋子。袋子里有馒头、包子、油条……但却曾被同伴谈笑不齿。

早上，在昏暗的车站餐厅用餐，也许是早起食欲不振，买下的点心剩下不少，丢掉太可惜了，他特地向服务员要了个黑色塑料袋子，将剩下的餐点往袋里装，却遭到了同伴的取笑。

"丢掉吧，别太小气，……出游要吃大餐，别寒碜了。"

"你是捡回去喂猪的吧？现在的猪肉价比不上猪饲料的涨得快！"

"乞丐相，吝啬包，太节俭就别出来观游，真丢脸！"

"扔了吧，女同伴看见了，多掉价！"

……而现在，饥肠辘辘，他再也忍不住了，悄悄把手伸进挎包，掏出一只冷硬的包子往嘴里送。

"你有东西吃？"被邻座发现了。

"哦，还有蛋糕、馒头……"后座的站起身来，也把手伸进挎包。

"你怎么这样自私，偷偷吃。"早上那位骂他是"乞丐相"的说。

"大家都饿，你怎么一个人吃！"早上那位骂他"捡去喂猪"的说。

"哎，这可是早上在车站用餐剩下的，你可不能独吞！"早上那位骂他"吝啬小气"的说。

"好，真好吃！"早上那位怕女同伴看见掉价的狼吞虎咽着。

很快，挎包里的袋子就被七手八爪掏空，车厢里出奇的平静，谁也不愿去扰乱这难得的平静。

翻　山

"不要推我……你们年轻人上吧，我在山下等。"王师傅畏缩着，几乎是哀求。

可年轻人不依，七手八脚地扶的扶、推的推、拉的拉，硬是将他往山上拽。

他脱不开身，哭丧着脸："让我上山，那是要我老命呀，上了半山腰，我会心肌梗死的。"

"那我们抬着你走。"小伙儿们嬉皮笑脸着，姑娘们也凑上来帮腔。

"上贼船了，我真不上山了。"他嘀咕叹气。

他有十多年没爬过山了。自从他退了二线就很少参加年轻人的活动。可退路给年轻人堵住了，脚下似乎只有向上攀登的路。

路上，他总觉得气喘吁吁，一边往山上爬，一边又掉头向山下望，似乎要寻机往回溜。但小伙儿们时时盯着他，姑娘们步步看着他，像押送俘虏一样紧贴着他。

他开始大口大口地喘气，接着成把成把地抹汗。途中歇下来时，他还夸张地伸腰捶腿，嘴里怨叹："哎呀，这山我是爬不上去了；我就在半山腰歇，等着你们下山！"

"爬上山后，我们就不从这儿下山了。"年轻人似乎故意将他半途而废的念头捻灭，只顾拥着他向山上走。

崎岖盘旋的山路，七拐八弯，傍着峭壁，依着悬崖，向大山深处探去。路越来越陡，窄小得只能一个人穿过。于是大家咬咬牙，挽拉手，小心而固执地前行，一忽儿昂头攀上坡顶，一忽儿又俯身探进深谷。

渐渐地，山上旖旎绚丽的风景进入他的眼帘：哦，久违的野径，开满鲜花；参天的大树，拥抱阳光。

拐过一个弯口，他忽而觉得眼前一片开阔，他爬到了顶峰，他回头望向迤连的羊肠山道，他心里惊呼："原来我真的能爬上来了？"

奉羿，中国当代微篇小说作家协会会员，中华精短文学学会会员、签约作家。作品散见月国内各大报刊。

羡 慕

自从老王的儿子包工程赚了大钱，村里的老牛就经常上他家串门。

这天中午，老牛又乐呵呵地来串门。

屁股还没坐热，他就打开了话匣子："老哥，你就比我大几岁，但咱们一个在天上，一个在地上哩。"

老王说："我不过是一普通老百姓，哪有你说得那么神？"

老牛解释："这不明摆着吗？你现在就跟城里那些退休干部一样，每天听听收音机、遛遛弯、打打牌。你再看看我，只有天生劳碌的命。"

老王笑笑："真是越说越夸张。"这时，他突然想起儿子刚刚寄了些好茶叶回来，于是赶紧去泡。

老王泡好后就招呼老牛："快尝尝，这是用上等的碧螺春泡出来的。"

老牛足足闻了几分钟，然后说："嘿嘿，我一大老粗哪懂得喝茶？不过，让我沾沾大侄子的光也行。"

听到儿子被夸，老王心里很是高兴。嘴上却说："咳，就那样，他只是运气好而已。"

老牛这时也数落起自己儿子来："你看看我家那小子，就知道'窝在家里修地球'，要是有大侄子一半那样强，我真是谢天谢地喽。"

老王不再说什么，只是笑笑。

看太阳快落山，老牛准备走人："改日再唠，家人可能在等我回去吃饭。要是大侄子的工地要人，别忘了帮忙说声。"

"如果他的工地招人，我一定告诉你。"老王热情地把他送到门口。

老牛走远后，老王就偷偷地抹起了泪。其实老伴儿走后，他就一直是一个人吃。现在自己倒是有点儿羡慕起老牛来。

杀 狗

人们常说"狗仗人势"，这话一点儿都不假。村长家的那条狗就这样，即使经常"横行村里"，但没几个人敢动它。刚当兵回来不久的我却放出话来，说一定能治它。

老头子听我说这"大话"时，表现出一脸的惊讶："你是不是吃饱了撑的？村长是什么人，你还不清楚？赶紧找个媳妇才是正事儿。"我说："您儿子什么时候说过假话？"老头子像不认识我似的，足足看了几分钟，然后叹着气走了。

叔瞪着牛似的眼睛问："你小子是不是当了几年的兵就以为老子天下第一了？老话常说，打狗要看主人，要是能动村长的狗，还轮得到你？"我笑笑："叔，您还是老样子，就喜欢门缝里看人——把人看扁了。再说，您侄子现在能和以前比吗？"叔看我不撞南墙不回头的决心。只有一脸失望地走了。

柱子听我说这话时，他一脸的兴奋："到底是当过兵的人，有胆量。我早就想治治他家那条狗了，娃每次从他家经过时都担惊受怕的。用句文绉绉的话，'你是在为民除害哩'。"我笑笑："你就等着吧，时机一成熟，我肯定敢动它。"柱子一听，好像有点儿失望："原来不是现在啊？那……那你能把它治了再说吧。"说完，摇摇头就走了。

过了几天，在大家的怀疑和期待中，我真的把那条"横行村里"的狗给杀了。柱子听到这消息后，第一个跑来感谢我。他小声地问："你怎么真的这么大胆，敢直接将村长家的狗给杀了啊？"我说："哥的女友是乡长的女儿。"

办　证

吃过早饭，李三骑着破摩托就急急忙忙往城里赶，他要去弄张假身份证。

幸好上次出来时，随手拿了张路人发的名片，不然还真不知咋办。李三乐滋滋地想。

按对方在电话里提供的地址，李三转了几圈才转到目的地，刚下车，心里就在嘀咕：这办假证的，还真的挺胆小。

看到只有李三一人，办证的人还是警惕地四处张望。李三淡淡地说："不用看了，就我一人。"

听李三这样说，办证的人也不生气，只是干笑："嘿嘿，你也知道干我们这行的，最怕碰到大盖帽。"

李三问："能不能再少点儿，我一老头儿赚俩钱也挺不容易的。"

那人也很干脆："我们干这个的就跟过街老鼠似的，随时可能被抓，也不容易，要二百是最少的了。"

看来多说无益，李三咬咬牙，布满老茧的手从包了几层的钱袋里拿出钱和个人资料，就接着说："那你赶紧弄。我还得赶回去。"

"行，那你跟我来。"说着就领李三走，还不时用奇怪的眼神看他。

看刚才那人的眼神，李三知道他想什么。也懒得理，往地上一坐就抽起了土烟。

一袋烟的工夫，那人就把做好的"身份证"交到李三的手上。走时还小声地嘟囔一句："真是林子大了什么鸟都有，都一六十多岁的老头儿了，还来弄假身份证……"

听着，听着，李三的老脸突然一红，轻轻叹口气：有啥办法，不这样弄，以后就不能在工地上待了……

冯云珠，当代微篇小说作家协会会员，鄂尔多斯市作家协会会员。作品散见《国际日报》《新华文学》《微篇小说》等报刊。

汤的味道

老王的老伴儿因为突发脑溢血离开了人世，剩下卧病在床的老王没人照顾。干临时工的大儿媳只好辞掉工作专门负责照顾老王。老王说："你妈在的时候，每天都会给我熬蛋花汤，这个规矩不能破，蛋花汤每天要照旧熬。"

第一天，老王喝着蛋花汤，边咂嘴边摇头说："不对，不是这个味儿，你妈熬的汤不是这个味儿。"说着就放下了饭碗，絮絮叨叨地说起了老伴儿在的时候怎样怎样，说着说着两行老泪就流了下来。

第三天，老王喝着汤还是一个劲儿地摇头："不对不对，不是这个味儿，你妈熬的汤不是这个味儿。"说着就放下了饭碗，含着眼泪聊起了从前。大儿媳在一边听着头都大了，心想不就是一碗汤吗，还能熬出什么味儿来。

第十天，老王喝了几口汤就不再动筷子了，他说："怎么就连碗汤都熬不好呢？拿走拿走！"大儿媳也不高兴了，心想天天吃喝拉撒一样不落伺候着，还整天因为一碗汤数落我。第二天熬汤的时候，大儿媳悄悄地在汤里加了几片安眠药，心想让老爷子喝几口汤安静睡会儿吧，省得瞎闹腾。没想到老王喝着加了药的汤却哭了，还边哭边说："对了对了，就是这个味儿，是你妈的味道呀！"

金三角

"我想开家饭店，可是地段不太好。该怎么做广告宣传才能让大家都关注我的饭店呢？你点子多，快帮我想想。"朋友愁眉不展地跟我说。

"准备给饭店起什么名字？"我问他。

"金三角。"他说。

"好了，别犯愁了，宣传工作我来做，保证让大家都能关注你的店。你快回去开始装修吧。"我笑着说。

送走朋友，我就开始印广告宣传单了。宣传内容很简单，一张红纸上印着一个金黄色的三角形，后边三个大字：金三角。

晚上，我找人帮忙把广告单贴到大街小巷的宣传栏上，塞到小区住户的信箱里和临街商铺的门缝里。忙了整整一夜，终于让这个县城的角角落落里都布满了我做的广告单。

第二天，朋友跑来找我，手上拿着我昨晚发出去的广告单。他说："这就是你做的宣传？太简单了吧？"我笑笑说："别急，你赶快回去装修饭店。"

五天后，朋友着急地跟我说："你广告做得不明不白的，现在大家都在讨论这满大街飞的'金三角'是什么。"

我笑笑说："别急，你继续回去做你的装修。"

十天后，朋友打来电话，焦急地说："人们把这'金三角'越传越玄乎了，说这是专门拐卖妇女儿童组织的暗号，还有人说这是境外军火商的交易暗语。现在人人自危，都不敢让小孩儿单独出门了！"

我笑着说："现在人人都在关注'金三角'，这不正是你想要的吗？"

一个月后，朋友的饭店开始营业了。开业当天，全城轰动。

"金三角"饭店一天之内火遍全城，此后的营业额更是直线上升。朋友再来见我，就总是乐呵呵地合不拢嘴了……

管福泉，南京市作家协会会员，中国微篇小说协会会员。曾先后在《国际日报》《金陵晚报》等报刊发表微篇小说二十余篇。

爱上女主播

一见钟情，宝强爱上了网络女主播贝贝。

他对贝贝展开了疯狂的攻势。

在网络直播中，他给贝贝刷了三架"飞机"获得了贝贝的私人QQ号，刷了十辆"跑车"换到了贝贝的手机号，当然，还有贝贝无数的"飞吻"。宝强特别兴奋。私下，他们两人聊得很开心，宝强觉得贝贝就是他的天使。每次贝贝直播，他总是从头看到尾，并不断给他送礼物，"跑车""飞机"……只要贝贝说要，他就立刻奉上。

一周时间，宝强在贝贝身上花了近万元，他觉得贝贝是喜欢他的，于是他就约贝贝吃饭。没想到，贝贝以自己是正经人，不会和粉丝见面为由拒绝了他。被拒绝后，他不是不开心，反而是更坚定了追贝贝的决心。贝贝在宝强心目中的形象更好了。

一天，宝强偶然了解到贝贝要到上海参加一个互动娱乐展览会。他不远千里赶到上海，买了鲜花，买了钻戒，在贝贝展示快结束时，他乘保安和工作人员不注意，直接登台在众目睽睽之下向贝贝表白。正当贝贝不知所措之际，宝强乘胜追击，抱住贝贝，来了个出其不意的强吻。台下"在一起"的起哄声此起彼伏，场面相当感人。满心期待贝贝回应的宝强，只听到贝贝轻轻地一声："请跟我到后台化妆间。"

宝强激动地跟着贝贝到了后台。刚进化妆间的门，贝贝就开始宽衣解带，冲动的宝强一把搂住贝贝。瞬间——他僵住了！继而，他像发了疯似的地冲了出去……

原来，他心仪的女主播竟然是不折不扣的男儿身！

赔本生意

我好不容易打开门，却发现屋内一贫如洗。我欲出门，却有人敲门了。躲不过去，我忐忑地打开了门，看到一位六十岁左右的老奶奶。

她笑盈盈地跟我说："你是小李的对象吧？模样挺俊。我是对门的王阿姨。"

"王阿姨好，进来坐。"我松了口气，热情地邀请道。

"不进去了。跟你说个事。"王阿姨直爽地说道。

"什么事啊？"我好奇地问道。

"是这样，几个月前小李借了我五百元，说今天还我。你看？"王阿姨为难地说。

我迅速拿出钱包，掏出五百元，递给她，连声道谢。

王阿姨拿着钱，开心地回家了。

我欲关门而去，却又被一位五十岁左右农民工打扮的男子堵在了门口。

"有事吗？"我直接问道。

"你们家有三个月的牛奶钱没交了。小李说今天交的。"他慢慢地说道。

"多少钱？"我不耐烦地问道。

"二百七十五元九角。"他翻开收据，在上面算了算说。

我无奈地掏出三百元给他，他麻利地找了零钱。一脸感激地走了。

我果断地关上门，欲下楼，刚到楼梯口，就听到几个人上楼，其中一个人还在兴奋地说："王阿姨说小李的对象回来了，看来欠我们的钱有指望……"

我无奈地只能往楼上跑，直到敲门声消失，才悄悄地下了楼，消失在人群中。

这一次，从未失手的我竟然做了一单赔本生意。

郭海燕，黑龙江省作家协会会员，北大荒作家协会会员，红兴隆作家协会会员，当代微篇小说作家协会会员，中华精短文学学会会员，中国闪小说学会会员。

未雨绸缪

忙碌了一辈子刚退休的王老师，不知该怎么打发多余的时间。就在无所适从时，儿子回来对她说："妈，我帮你报了一个烹饪班，你去学学吧，既打发时间又改善品位。"

王老师觉得儿子真是贴心，愉快地接受了。

半年后，王老师的烹饪手艺突飞猛进，时不时地给家人来上一桌色香味齐全的美味佳肴。

这天，儿子又对她说："妈，我给你报了一个书法国画班，一三五学书法二四六学国画，好多老年人都在那学呢，既提高水平又修身养性。"

喜爱书法的王老师，非常高兴，这个班好，适合自己。

一年的努力，知性的王老师在同龄人中更加出类拔萃。

儿子又跟她说："妈，我给你报了一个舞蹈乐器班，单号学舞蹈双号学古筝，既锻炼身体又培养气质。"

王老师一想，也对，年轻时自己也愿意唱唱跳跳的，于是听从儿子的安排，投入紧张的学习当中。

儿子的女朋友不愿意了，抱怨道："咱们马上就要结婚了，有好多东西需要添置，钱本来就不够用，你还总花那么多钱给你妈报这个班那个班的，她都那么大岁数了，还学这些有什么用啊？"

"亲爱的，结了婚之后就会有我们自己的孩子。幼儿园上特长班很贵的。我妈是老师，有一定的文化底蕴，让她带自己的孙子，不比外请老师要放心和划算到多嘛，我这叫未雨绸缪。"

互　赢

三十年前，A市的企业大部分裁员改制，很多人下岗了，再想找个合适的工作非常困难。

百货批发的王老板找到工商局下岗的小李："你选择一个合适的项目，我出资五万元帮你。"五万元在当时是个天文数字。

"我们只是普通朋友，为什么帮我？"

"我看好你的能力，相信你一定能成功，但我有一个条件，你兼任我公司的董事长。"

王老板找到税务局下岗的小张："你选择一个合适的项目，我出资五万元帮你。"

"我们只有工作关系，为什么帮我？"

"我看好你的能力，相信你一定能成功，但我有一个条件，你兼任我公司的销售经理。"

王老板又找到公安局下岗的小林："你选择一个合适的项目，我出资五万元帮你。"

"我们平时只有点头之谊，为什么帮我？"

"我看好你的能力，相信你一定能成功，但我有一个条件，你兼任我公司的总经理。"

三十年后，小李、小张、小林的公司做得风生水起，成为有名的企业。而王老板的公司在他们的帮助下，更是当地首屈一指的大企业。

在王老板儿子的婚礼上，几位哥们聚在一起，敬王老板："如果没有你当初的雪中送炭，我们也不会有今天的成就，感谢的话都在酒里了。"

王老板端起酒杯站起来："其实最大的受益者是我，我当时孤身一人来到这里，人生地不熟。如果没有你们这些兄弟帮我打点、开拓市场、维持安定，也不会做大做强。"

"当时我们都是下岗的，你不怕钱打了水漂？"

"有个性的人不受领导待见，却是我需要的。"王老板一语中的。

桂林，当代微篇小说学会理事，安徽省作家协会会员，淮南市作家协会理事，大通区作家协会主席，在《小说月刊》等刊物发表作品。作品曾入选多部文集。

回　家

刚当上局长，儿子对我的态度就变了。过去的他很少和我打招呼，如今上学前都会说："爸爸再见，晚上早点回来。"

妻子对我说："自从你当上局长，儿子好像有心事。见我回家早，就很开心；看我回得晚，就闷闷不乐。"

我说："才上二年级的孩子，能有什么心事？"

妻子说："真的，我观察他好久了。"

仔细想想，儿子还真有变化。

我也紧张起来。

为了摸清儿子到底想什么，利用周末，我们一家三口，特意去了趟儿童游乐场。——儿子最喜欢去的地方。

在游乐场，儿子玩得很开心。玩着玩着，他突然拉住我的手，仰起小脸来问："爸爸，你会离开我和妈妈，不回家吗？"

我很诧异，蹲下身来，笑望着他说："傻孩子，爸爸永远都不会离开你和妈妈。"

"那你可以不当局长吗？"儿子又问。

"儿子，爸爸当局长跟离开你和妈妈，有什么关系呢？"

儿子抱紧我说："俺班的王雨晴，她爸爸就是因为当局长，被警察抓走的。她再也见不到爸爸，好伤心……"

儿子的话，让我心头一颤。我一把搂住儿子，郑重地告诉他："放心孩子，为了你和妈妈，我会天天早些回家。"

孝

白二爷躺在医院里已经一个星期了。每天病床前照顾他的除了老伴儿，再无其他人出现。

老两口一个长吁短叹，一个不停地念叨这都是报应啊。

医院又在催他们缴费，白二爷实在是拿不出钱来。他对老伴儿说："给几个孩子打电话吧，看他们有没有良心。"于是，白二奶奶就分别给三个孩子打电话，说他们爹看病没钱了，他们看能不能送些钱来。没两天，他们的女儿来医院看白二爷。一见面，女儿就说："爹，你知道我日子过得难，没什么钱的，你生病的钱本该我两个哥哥出，他们不管不问，我也不好说什么，这五百块钱你先拿着吧。"说着，从包里掏出几张人民币递给白二爷，然后头也不回地走了。白二爷接钱的手不住地在抖，气得说不出一句话来。白二奶奶在一旁不住地说这就是报应啊。

白二爷因为没钱治疗，病情越来越重。医生给停了针水和药品，让他回家。

回到家的白二爷又气又恼，没几天竟病入膏肓。弥留之际，白二奶奶再一次给三个孩子打电话，让他们回家来，说他们爹快不行了。

这一次，三个儿女反应迅速，时间不久就都拖家带口聚集到白二爷的屋里。

大儿子说："爹，你最疼老二，你看病的钱应该老二出才对。"

二儿子说："爹，我知道你最疼我，可我忘不了我爷爷当年生病时你是怎么对他的。"

女儿说："爹，我记得我爷爷活着时，你不管不问，现在……"

儿女们的一席话让白二爷想张嘴说话却怎么也说出来，他头一歪，就走了。儿女们看见白二爷的眼角有一滴眼泪。

这时，老大老二的儿子齐声说："爸爸，我知道以后怎么对你了。"

看儿记

老孙的儿子研究生毕业后，留在北京的一家大医院工作。如今已经两年没回家。今年儿子又来电话说不回来了。老伴儿想儿心切，就对在天津出差的老孙下命令说："你抽空顺道去看看儿子，陪他吃顿饭。"

这不，一大早刚到上班的时间，老孙也没和儿子打招呼，一下火车就直奔儿子工作的医院。往里一瞧，门诊大楼里是人头攒动、熙熙攘攘，仿佛菜市场一般。他好不容易挤到儿子坐诊的科室，屋里屋外都是人，连一个落脚的空都没有。想看儿子一眼都难。还好自己是下午两点的火车，跟儿子见一面吃顿饭应该没问题。老孙退出门诊大楼，到医院的院子里溜达。不知不觉两个小时过去了，他返身到儿子的科室门口，一看还有许多人在那儿排队。这得多长时间才能看完啊！老孙摇摇头往外走。他想自己还是去超市给儿子买点吃的吧。

等老孙提着一大袋食品再一次来到儿子科室门前时人依然很多。老孙忍不住往前挤了挤，透过人缝他看见儿子头也不抬地不断询问病人的情况。老孙突然心里一动，赶紧往门外走去。

"下一位，请问你哪儿不舒服。"儿子仍没有抬头，飞快地在病例上写着什么。

"我哪儿都舒服，就是想儿子了。"老孙望着一脸疲惫的儿子心疼地说。

"爸，怎么是你？"儿子很惊讶，终于抬起头看见了老孙。

"我到这四个小时了，你一直在忙，如果不挂号看病，还真难见到你。"老孙说。

"爸……"父子俩的手握在了一起，老孙看见儿子的黑发里掺杂着一些白发。

侯发山，河南省巩义市作家协会主席。发表小说上千篇，有二百余篇被《小说选刊》等刊物转载。著有小说集十七部，有六部作品搬上荧屏。

唐三彩

康乡长到南湾村调研，得知栓保的女儿梅花考上了北京大学，他就来到了栓保家。对于栓保，康乡长是不陌生的，因为他年年都要到栓保家送温暖。

栓保家里依然空荡荡的，没有一件值钱的家当。

康乡长发现墙旮旯放着一个瓷罐，突然两眼一亮，说这个罐子是干什么用的？

栓保不好意思一笑，说当年腌制咸菜用的，现在嫌它有点儿小，就不用了。

康乡长把瓷罐搬到光亮处，用手小心地擦拭了一下，惊讶地说这个瓷罐不是一般的瓷罐，是唐三彩。

栓保说不可能吧，是俺爹活着的时候用两个鸡蛋在集市上换来的。

康乡长摇了摇头，说这个瓷罐绝对是唐三彩。这样吧，我出三万块，你卖给我如何？

栓保惊喜之余，慌乱地点了点头，他正为梅花的学费发愁呢。

梅花顺利地上了大学。

多年后，梅花开着小轿车带着十万元辗转找到了康乡长，提出要赎回那个瓷罐。

康乡长抱出那个瓷罐，说闺女，实话跟你说，这是一个很普通的瓷罐。

梅花一点儿也不感到惊讶，说谢谢您，我知道是个很普通的瓷罐。

康乡长很是意外，说那你为何还要赎回去？

梅花说做人得讲良心……当年要不是您出手相帮，我不可能有今天。

康乡长欣慰地说，梅花，我只拿回属于我的三万，其余的七万你捐给村里如何？

梅花同意了，一张笑脸如同盛开的梅花。

爱的礼物

那时，海子在镇里的初中上学。在母校念过书的一个老板，捐给了学校一批书包、笔记本等物品。由于海子品学兼优，分到了唯一的一个文具盒。

文具盒很漂亮，盖子上的图案是天安门城楼，底面的图案是万里长城。当时在整个学校，没有学生用这玩意儿。那个年代，在偏远的小镇，文具盒尚属于奢侈品。

海子的爹死得早，是娘一把屎一把泪把他带大的。为了供他上学，农闲时节，娘就到山上砍柴。家里穷，娘没有一条围巾。每年冬天，脸上都要给冻得青一块紫一块的……

等到了星期天，海子拿上文具盒来到镇里的代销点，用文具盒换了一条蓝色的围巾。海子不敢直接把围巾拿回家，他怕娘不要，就以"一个好心人"的名义在镇邮电所把围巾寄给了娘。

海子再次回到家后，并没看到娘围上那条蓝色的围巾，海子也不敢多问，他想，娘也许要等到过年才戴。那时候，只有过年了，人们才穿新衣戴新帽。

年终期末考试，海子又一次名列前茅。当娘得知消息后，一边夸他一边直抹眼角，说海子，你真争气，娘要奖励奖励你。海子以为娘又要给他煮鸡蛋吃，以往每次考到好成绩，娘都要给他煮鸡蛋吃。

海子没有想到，娘变魔术似的拿出一个文具盒——盒盖上的图案是天安门，底面的图案是长城！

娘得意地说，这是一个好心人给你寄的。你要好好学习，不能辜负了人家的心意。

后来，海子去镇里的代销点打听。营业员告诉海子，文具盒摆在柜台里多天都没人问，一个农村老大娘用一条蓝色的新围巾换走了。

护林员老杨

天一亮，老杨就装上两块红薯，背一壶开水，带上斧头出发了。他已上山将近两个月了，他也很想下山，可是，两个多月来没下一滴雨，正是高火险天气，林区枯枝落叶见火就着，实在是不敢离开啊。

来到一个小山头，老杨拿出高倍望远镜认真地四下观察，忽然，他看见了山脚下的浓烟和火光！虽然着火处在林子边缘，如果不及时扑灭，一旦引燃山林，后果不堪设想。他拨打 119 和 110 后，随后向山下跑去。

等老杨跌跌撞撞跑到山下时，他身上的衣服被荆棘扯得长一片短一截，脸上、胳膊上挂满了一溜儿一溜儿的血道子……他看到着火的地方不是林子，是一堆干草枯叶，而且已被大伙儿扑灭了，他心里一松劲儿，一屁股瘫坐在地上，好半天才在老伴儿的搀扶下站起来。

纵火者是一个不到二十岁的孩子，他怯怯地站到老杨面前，不知如何是好。老杨狠狠扇了那个孩子一巴掌，说："杨林，你不上学，咋回家放起火了？"老伴儿抹着泪，拉过那个叫杨林的孩子的手，哀怨地对老杨说："孩子早就毕业了。"

老杨愣怔了一下，愧疚地看了杨林一眼，但他什么也没说。

杨林看了看老杨，终于开口说道："我和娘好多天没看到你了，很想你，又不知道你在山上什么地方……我就弄来一堆干草点燃了，猜测你看到火光一定会下山的。"说到这儿，杨林就泣不成声了。

老杨一把抱住杨林，脸上也爬出了泪，他哽咽着说："孩子，爹对不起你……"

第二天，老杨背着一袋子干粮又上山了。他后面跟着一个孩子，那是他的儿子杨林。

黄克庭，中国作家协会会员，义乌市作家协会副主席。小说《老许》获《小说选刊》双年奖（2014-2015）。

魅力"八卦"

话说唐朝和尚唐三藏当年从西天取得真经，回到长安后，皇帝李世民非常高兴，专门在首都为唐僧建造了一个宣讲佛法的大学校——唐僧讲坛。

光阴似箭，日月如梭。一千五百年很快就过去了。如来佛祖得知"唐僧讲坛"经久不衰后，十分感叹："佛教虽然生长在印度，却早已没落，没想到开花结果却在四海九州，既让我悲伤，也让我欢喜……"

于是，如来派阿难与迦叶到中原，研究"唐僧讲坛"的神奇魅力到底来自何处？

阿难与迦叶扮成普通百姓，来到人人向往的"唐僧讲坛"听经，结果是——不听不知道，一听吓了——一大跳！

原来，享受佛祖特殊津贴的特级佛学大师唐三藏坐在庄严的"唐僧讲坛"上，根本不是讲"修身、养性"的东西，而是大讲特讲如来佛祖的"八卦"。比如，如来佛与美女领导观音菩萨的暧昧关系，孙悟空到底是谁的私生子，白骨精当了如来"小三"后想"转正"而惹怒佛祖最终落得个"挨打"无人救助的下场……

台下听众个个听得如痴如醉，浩浩十万人的会场"只有一个声音"。

终于等到散会，阿难与迦叶现出原形，呵斥唐僧："恶徒唐僧，你居然敢做如此欺师灭祖的勾当！还不赶快去西天领罪……"

唐僧恭恭敬敬地施了礼后，从容答道："世道一直在变，我们要生存就必须与时俱进。如今，讲一些高大上的东西，根本没有人听！佛教发源地印度，坚守老一套，结果不是落得个——曲高和寡，曲终人散尽，白茫茫一片，真干净吗？"

推车最幸福

玉皇大帝派太白金星与奎木狼到人间调查，了解芸芸众生的疾苦。

三年后，太白金星与奎木狼终于完成对五十八亿人的调查，回到天庭向玉皇大帝复旨。

玉皇大帝看到抬上来的三万多册调查报告，有些不耐烦地说："爱卿太白金星与奎木狼做事很认真，天庭一定要嘉奖！调查报告，请有关部门好好阅读，把该解决的问题全部分派到各责任单位，各责任单位必须落实到各责任人，相关部门一定要做好督查工作，将这项工作列入年底考核……"

台下，各神仙齐声喊："玉帝圣明！"

三万多册调查报告，很快被相关神仙领走。

玉帝说："朕日理万机，时间总是不够用，也没有时间阅读三万多册调查报告，请爱卿太白金星与奎木狼简要说说，人间什么人最痛苦？什么人最快乐？"

太白金星奏道："人间，喝酒的人，最痛苦！"

何以为证？太白金星放了一段录像：酒店里很多喝酒的人，都不肯喝酒。那些被灌酒的人、被罚酒的人，个个都皱着眉头、哭丧着脸，很无奈很无助地"痛苦"喝酒。边上那些"劝酒"的人，却像凶神恶煞一般，"强令"别人喝酒！等到有人喝醉了、倒下了、喝吐了，"劝酒"人立马变得兴高采烈……

奎木狼奏道："人间，推车的人，最幸福！"

何以为证？奎木狼也放了一段录像：一群汗流浃背的推车人，终于把沉重的货车推上一个山坡路的顶端，全身的汗水早就把衣服裤子湿透，躲到路边的大树下歇息时，一阵清风拂过，顿时，推车人个个仰天大叫道："痛快啊！痛快啊！真是太痛快了！"

天上一天

牛魔王到天上开会，在会议室没有见到一个人，禁不住大吃一惊！只是延误了一个时辰，怎么就散会了？

随后而至的赤脚大仙说道："老牛，你是第一次来这里开会的吧？"

"是第一次，你怎么知道的？"

"以前，在这里开会，我都是第一个到的！今天，我被你抢了第一，所以，就知道你是第一次到这里开会的！"

不久，二郎神、哪吒、东海龙王，也都到了。牛魔王这才确信，自己不是迟到，而是第一个"早到"的！

许多神仙来到会议室，马上就各自组队，搓麻将、打红五、下棋……整个会议室一片忙碌一片欢快！

不知过了几个时辰，主持会议的观音菩萨来到现场……

一天时间很快就过去了。

散会后，牛魔王拉住赤脚大仙，问道："今天，到底是开的什么会啊？"

赤脚大仙指了指挂在会议室外面的大红横幅，说道："转变机关工作作风会议！这几个字，你认不得吗？"

"老牛我只看见大家在这里打牌、搓麻将、下棋，然后吹牛侃大山，却没有学过什么转变机关工作作风的文件啊！"

赤脚大仙哈哈大笑，说道："我们大家都是神仙，不管走到哪里，百姓都很敬畏。我们只要不去下界惹事，便是造福人间了！观音菩萨英明，要大家来开会，目的是让我们都闲在一起，没有时间去麻烦百姓，这就是最好的机关作风！"

"说不扰民，也就一天，能起多大的作用？"

"天上一天，人间一年哩！"赤脚大仙笑道。

喊雷，中国作家协会会员，陕西富平作家协会名誉主席，富平书画院名誉院长。有作品数百篇次被《读者》《小说选刊》等报刊转载。

乾隆贡纸

范老师满天下的"桃李"之中，最大、最红的莫过于毕业于美术学院的吕欣。吕欣不画画，改行经商，成了县城的首富。他不忘师恩。当他迎娶市模特大奖赛冠军时还派专车去请范老师来贺喜。

腊月初八是吕欣三十寿辰。吕欣给范老师送了请柬。范老师想起吕欣是国画系毕业的，于是花八百八十八元买了一刀徽宣乾隆贡纸作为寿礼送去。

寿宴席散，范老师告辞。吕欣挽留说："学生想与老师长叙，务请老师留宿一夜。"说罢就吩咐保姆，叫她照料范老师的起居。次日晨，保姆说："经理夫人要我转告老师，您昨天送来的乾隆贡纸质量很好。夫人要我问问范老师，这纸在哪里才能买到？"

范老师取过纸笔，把买这纸的店名写好时说："不瞒您说，这么贵重的纸，我平时也舍不得买来用。我想知道你家夫人她说这纸好在哪里？"

保姆道："她说这纸果真如包装纸上广告词说的那样柔软、洁白、浸润好、拉力强；而且这纸又宽又长，想用多大就裁多大，比那窄窄一小块的安尔乐、护舒宝可强多了。"

狠　毒

谭局长驾奥迪车从乡下回城，途中被绑匪劫了。绑匪说："用你的手机叫你家里拿一百万元来赎你。家人如果报警，就等于你自己去投案，因为你家的钱都是你贪污得来的！"

次日，绑匪从谭局长夫人手中接过赎金之后说："钱给了，晚上我们就立即放人。"

"且慢。"局长夫人说，"如果你们把我小瓶里的安眠药让谭局长服下，把他抬进他的奥迪车，让轿车与他一起从悬崖上掉下去，我就再付给你们一百万元。"

绑匪头目说："我们不杀人质。你要我们帮你杀人，就必须说出是为什么？"

"据可靠消息，近日老头子就会被捕，死刑不可免。昨天，一家人做出了痛苦的抉择：与其让他被枪打死，还不如让他在熟睡时坠崖而死。这样死不仅保住了他的廉政公仆的名声，还保住了他的大量存款。"

绑匪头目听罢叹道："人们都说绑匪心肠狠毒，可我今天才知道，你们一家人的心肠比绑匪更狠毒！既然如此，现在我就把你也绑了，叫你的子女再拿一百万元来赎你！我很想看看你的子女会不会再拿二百万元来求我——求我把你也从悬崖上抛进深谷！"

手　铐

在上公交车时，便衣警察把一个正在掏老大爷钱包的小青年当场擒获。一双明锃锃的狼牙手铐正要戴上时，老大爷对警察说："误会，误会。他是我孙子。他取钱包是要买车票。我有风湿病，自己不能取钱包。"

小青年果然取出钱来买了车票。过了两站路，老大爷和小青年一起下了车。老大爷拉过小青年说："孩子，今后一定要学好哇。把你铐进公安局，你一辈子就完了！"小青年道："谢谢爷爷。"说罢转身就走。

老大爷大喊："你你你……还没把钱包还我哇！"

"爷爷，您不是叫我买车票吗？明天我去重庆。这点儿钱还不够呢。"

一筹莫展的老大爷发现那个便衣警察还在不远处，便大喊道："同志，快！他把我的钱包拿跑了！"

"你孙子拿走你的钱包，家务事我们管不了呀。"

正当老大爷眼睁睁地看着小青年越走越远，气得捶胸顿足的时候，这位警察的搭档已在远处把小青年擒获。

钱包终于物归原主。这时老大爷对警察说："快！快把手铐给他戴上！"

黄兰芳，广东省东源县人，中学语文教师，中国当代微篇小说作家协会会员，东源县作家协会会员，蔡中锋老师微篇小说高研班学员。

和平共处

最近我的微信添加了一位好友，他有一个好听的名字：和平共处。早晨我常常会收到他的问安信息，每次看完信息，心头感觉暖暖的。

一天，我收到他不同的信息："本月十二号在香港会举行交易买卖活动，为了这场活动于九号十号邀请北京李静老师，江西陈老师到华以泰国际大厦二十八楼举行鉴宝大会，机会难得，收到请回复信息。"我不动声色地回复："哦，知道了。"

两个月后的一个早晨，收到他的问安信息后，我又收到他的信息："上次香港展览成交效果非常不错，现在刚刚收到领导通知马上启动第二波征集活动，这一次活动直接对接香港的领导。您的藏品我觉得非常符合这一次活动，建议您带过来参加。"

这下子，我真的按捺不住了。自从我在拍卖公司的网站上发出了我偶然得来的瓷器花瓶相片后，古玩经纪人一直希望我去参加拍卖，和平共处是最有耐心的一个人。

第二天，我乘车来到拍卖公司，和平共处热情地接待我。一系列的手续办理完，花瓶交给了大师做鉴定。我等待了半小时，他拿来了鉴定书，一脸喜悦地说："黄姐，祝贺你！你的花瓶是明朝宫廷物件，价值不菲。如果拍卖的话，起拍价就是二百万。"我当即就表示同意拍卖。拍卖前需要缴纳前期的推广费用三万元，我也毫不犹豫地交了。想想最少能换回二百万，这点钱算什么！

一个月后，和平共处告诉我，我的花瓶流拍了，如愿意参加下一次拍卖会的话，我只需要五千元就行了。

还能和平共处吗？

大龙和小龙

有一个遥远的小山村，风景如诗如画，生活着一家子，家中有大龙和小龙，还有爷爷奶奶。

这天下午，烈日如火，大龙小龙来到河边，麻利地剥了个精光，像两条黑鲩鱼般溜进了水里，荡起层层鱼鳞般的水波，闪闪发光。两条黑鲩在水中嬉戏着，玩累了，找了个树荫下的河滩随意地坐在石头上歇息。

小龙玩着鹅卵石，说："哥，妈带回来的荔枝真好吃，还有鸡腿鸡翅我也喜欢。"大龙说："东西是好吃，可是妈妈大概要带我们去深圳过暑假了。我不想去！"小龙忙附和："我也不想去！爸妈天天上班，老把我们锁在出租屋里，天天看电视没意思。"大龙说："对，爸爸回来也不和我们玩，就玩他的手机，还会骂我们。"

小龙接着说："可我喜欢和妈妈在一起。"

两天后，妈妈收拾好行李，准备带上兄弟俩出门了，但大龙和小龙好说歹说就是不愿意去，妈妈很生气，只好依依不舍地走了。

三天后，妈妈在傍晚急匆匆地赶回来。由于大龙爬树掏鸟窝时摔下来，手断了，打着厚厚的石膏。

妈妈心疼极了，照顾了大龙半个月后，准备动身去深圳工作了。此时，小龙又病了，高烧不退，妈妈只得又留在家中好些天。

那天，房间里一个声音说："弟弟，我在村口的那棵栗子树上发现了一个马蜂窝，我们去捅了吧？马蜂蜇了要一个星期才会消肿。这样妈妈又可以陪我们几天了。"

从菜园回来，一只脚跨入门里的妈妈瞬间泪奔了。她决定，今天就打电话给主管辞工。

郝明森，陕西省镇巴县人，作品散见《文艺报》《微篇小说选刊》等中外报刊，散文集《乡村记忆》荣获首届蒲松龄诗词散文评选二等奖。

谁还记住我

同学聚会的那天，阿强早早来到酒店，三十多名同学也陆续从不同地区赶过来，他们当中有的当了副县长，有的当了财政局长，有的当了组织部长，个个西装革履，满面春风，在一群花蝴蝶一样的女同学的包围中谈笑风生，谁也没有注意坐在角落里的阿强。

时间差不多了，几个带"长"的同学轮流发言，大家在相互谦让中入席，没人邀请阿强。见大家疑惑地盯着他，阿强只好站起身做自我介绍："我是阿强……"

阿强？同学们面面相觑，都说不认识。

这么多年没见面了，认不得也很正常。阿强边说边走到当副县长的同学面前提示说："张县长，你还记不记得当年冻坏了身子，是谁将他的破棉袄脱下来披到了你的身上？"

张副县长摇摇头。

阿强又走到当了组织部长的同学面前说："王部长，你记不记得当年你曾掉进池塘，是谁奋不顾身跳下去把你救上来的？"

王部长还是摇摇头。

阿强失望地走到当财政局长的同学面前："刘局长，你记不记得当年你在上学路上被狗咬了，是谁把你背到医院的？"

刘局长想了片刻，摇摇头说："不记得。"

阿强强忍住泪："我当年在老乡家偷了一只鸡后退学了……"

哦，想起来了。大家纷纷围了上来。

阿强眼里闪着泪花："当年我偷鸡也不过是想为张县长、王部长、刘局长你们几个同学能在中考前增加点营养而已……"

意 外

这天，局长心情不爽，又把我叫过去训了一通，我还没来得及跟局长承认错误。办公室的老丁急匆匆走进来对我说："省上有个叫李卫的领导找你，他说是你表弟，给你打了好几个电话都是关机，要你马上给他回个电话。"

哦！我摸出手机一看，没电了。我正欲转身去办公室回电话，局长却叫住了我。

"李卫是你表弟？"

"是啊！我大舅的孩子。"

局长"哦"了一声挥挥手说："赶快去回电话吧，别让你表弟久等。"

第二天，我又被局长叫过去，我估计又要挨训，便低着头忐忑不安地走进去，没想到他却是满脸笑容。

"老王啊！你在局里工作有不少年头了吧……"

"二十多年了，待遇问题一直没解决……"

"我马上向组织反映，让上面尽快落实你的待遇问题。"

我激动得热泪盈眶，连声说着感激的话。局长却摆了摆手说："不用客气。"

不久，我被提升为宣传科科长，那些以前很看不起我的同事，也和我亲热起来，这一切把我弄的措手不及。尤其是局长，对我格外亲热。上任第一天就两次到我办公室问长问短，最后特意说："老王啊！这次解决了你的副科，再过两年就提拔正科，局里的工作你要多向你表弟反映啊！"

"是呀，我特意对他讲了您对我的关照，他说下次回来一定见见您。"

快到年底，表弟回来了，我在酒店安排了一桌请局长，当他兴冲冲地走进包间，见到表弟后脸色大变，借故有事转身出门，头也不回地走了。

后来才知道是个误会。

那天，表弟打我电话打不通，就拨了办公室的电话，怕老丁势利，就故意自称是省里的领导。

碰巧新上任的省委组织部长正好与我表弟同名。

合 影

这天，大作家白浪路过一家"定阳春"保健酒专卖店，店面不大，新开的，装修倒还有个性。他好奇地走进去，老板大叫一声迎过来拉住他的手："哇！这不是大作家白浪老师吗？今日光临小店，蓬荜生辉呀！"

白浪刚坐下，一个身材苗条，步履轻盈，仪态大方的少女端着一杯红酒向他走来，白浪接过酒杯，忍不住多看了她几眼，她害羞似的走开了。

老板介绍说，她叫小丽，是我店的员工。然后又说，我这酒是国内最新研制的保健酒，具有强身健体延年益寿的功效。

白浪品了一小口，口感还不错。

小丽拿着一本他出的书走过来，请他签名，白浪龙飞凤舞地写上自己的名字，小丽又说，她是白老师的忠实读者，要求合影留念。

老板早已准备好相机，小丽怀里抱着书靠在白浪胸前，老板说要摆个造型，端来一杯酒递到他手上，要他俩来个"OK"。

一天，白浪在大街上行走，路上的行人看见他后眼神怪怪的，白浪正纳闷着，看见邻居老王朝这边走来，他边喊着边迎上去，老王好像没听见似的走开，还骂了一句：老流氓。

第二天，白浪在小区门口看见李大妈买菜回来，他正准备打招呼，李大妈像躲瘟神似的走开，嘴里嘟囔着一句：老不正经的。

从此后，白浪老是碰到有一些不三不四的人问，定阳春酒疗效如何？

口感还不错，白浪说。

又一天，白浪又路过定阳春专卖店门口，猛然看见门口立着一张大大的广告牌，上面正是他和小丽的合影。标题字特别醒目：喝定阳春壮阳酒，女人青睐，成功男人的神采，就是牛！

新 招

新公路从村子通过，公路沿线住户陆陆续续差不多都把旧房子拆除了，唯独王二狗那三间破瓦房像碉堡似的在那儿矗立着。

邻居劝，不行。

亲戚劝，也不行。

镇里分管领导找他谈，还是不行。

王二狗的房子不拆迁，直接影响着整个工程的规划和施工进度。镇长亲自上门找他，王二狗还是那句话："不拿出一百万，谁敢动我一砖一瓦？"

王二狗的工作没做通，镇长闷闷不乐地回到办公室，正巧小舅子来找他想承包修一段路，得知拆迁受阻，便自告奋勇说，这事交给他，他会让王二狗主动找镇里拆迁，前提是答应他承包一段路。

镇长说："只要你能让他痛痛快快拆迁就成。"小舅子连声说好，然后给镇长耳语几句离去。

不久，二狗子果然急匆匆来到镇长办公室要求拆迁，镇长说："政府也拿不出一百万，经与交通部门沟通，公路改线，绕道而行，你房子现在已经不在拆迁范围。"

王二狗一听急了，连声说，只要政府同意拆迁，随便给点钱都行。

镇长摇摇头说，现在不是钱不钱的问题，关键是拆迁队已经走了，再回来一折腾又是一笔不小的费用……

王二狗忙说："只要你同意，我自己拆，绝不让政府花一分钱。"

事后镇长才知道，王二狗房子半夜被一辆报废的渣土车撞成危房，无法再住，肇事者连夜逃逸，报案数日，均无结果。

王二狗损失惨重，又无法向当事人索赔……

霍启，当代微篇小说作家协会会员，辽宁省散文协会会员，中国微篇小说新锐作家。曾在国内外多家刊物及网站发表作品二百余篇。

诱人的苹果

老赵迷恋上了用手机上网，他做梦都想有一部新款苹果手机。

老伴儿说："你个老不正经，整天鼓捣手机，干脆跟手机过算了。"

老赵眯缝着小眼睛反唇相讥："你个老脑筋懂个啥。"

老伴儿生日前夕，老赵用手机在网上给老伴儿买了一套唐装，面料质量上乘，价格合理，穿在身上大小正合适，喜得老伴儿合不拢嘴。

一次老赵去城里办事，与熟人在饭馆小聚，喝高了，结果把心爱的手机弄丢了。

那几天，老赵就像丢了魂一样，整天耷拉着脸，像害了相思病。老伴儿看不下去了，扔给他一千元钱，说："去买个新的吧！"

老赵多云转晴，搂着老伴儿来了个深吻。

"这些钱要是能买一部苹果手机就好了。"老赵小声嘀咕。

老伴儿剜了他一眼："什么苹果、梨的，也不看看兜里的钱，这已经不错了。"

"你看人家徐老头，就有一部苹果手机，人多的时候就拿出来显摆，一看他那德行我就生气。"老赵愤愤地说。

"人家儿子是大老板，有的是钱，你呢？"老伴儿揶揄他说。

这天，老赵和网友聊天，网友说他侄子手机店现在正搞活动，一部苹果 6S 标价只要八百元，而且数量有限。老赵动心了，就托网友订购了一部，并通过转账汇了款。

老赵天天盼这部手机，梦里都盼。

三天后，手机到货了，他急忙打开外包装，打开层层包裹，一下子愣住了：原来里面装着一个大大的手机型苹果馅饼，上面还做了六个 S 型图案……

乔迁之喜

早晨，还没睁开眼睛，就被一阵电话铃声吵醒了。

"喂，老张啊！我是大鹏。"

"哦，这么早打电话有事吗？"

"我在虹源小区买了新楼房，明天上午十点在鹿城大酒店招待大家，早点到啊！"

"哦，好事儿，祝贺，祝贺！一定准时参加。"

撂下电话，老婆问我是谁打来的，我就一五一十跟老婆说了。老婆说："一个月前他家老爷子过生日咱不随了五百元礼了吗？"我说："过生日是过生日，上楼是上楼，一码是一码。"

第二天，我准时来到鹿城大酒店，酒店里宾客云集，好不热闹。

席间，大鹏带家人挨桌敬酒，我说："大鹏，你可真行，旧楼才买几年啊，这又换新楼了，啥时候把弟妹也换了。"大家都笑起来。大鹏说："还不是托大家的福，说出来不怕大家笑话，其实这楼是我和我爸、儿子三家合买的。"我说："你可别逗了，合买的，谁信啊！再说，现在哪有老少住一起的？"大鹏说："真的，不信你问问我儿子。"大鹏的儿子给每人斟了一杯酒，说："我爸说的是真的，我打算把现在住的楼卖了，和爸爸、爷爷住一起，大家彼此都有个照应。对了，三天后，还在这儿，我招待大家，请各位一定赏光啊！"

这时，大鹏的老父亲在女儿的搀扶下也来了。"各位，十天后，我也在这儿招待大家，请各位一定来啊……"

侯淑玉，北京写作学会会员、北京市大兴区作家协会会员、北京小小说沙龙会员。作品曾入选《北京文学》《北京青年报》《家庭》，出版文集《我是农民》。

信 封

她去找表姐办事，表姐顺手给了她一沓信封。

她迟疑地拿出一个信封，哆嗦着手在信封上把寄出的地址写上，不足十个字，竟写错了俩。只得重来。写好信封，叠好稿纸，往信封一装，手竟也哆嗦了一下。她低着头走出家门，好像怕人看见似的，来到邮局门前，犹豫着走到信筒跟前，下意识地左右看了看。信封塞进信筒"咚"发出的声音，吓得她心也跟着一跳。信发出的第三天，一个电话打了过来："您好，我是区里的张主编，恭喜您，您的稿子我们留用了。"

撂下电话，她再次拿出一个信封，拿着笔的手准确地填好了要寄去的地方，叠好的稿纸，一推就进去了。她走出家门，一直走到邮局的信筒，抬手信封就进去了，"咚"的声音，让她的心一阵激动。第二天上午，一个电话打了过来："我是市文学报的主编，恭喜您，您的散文我们下期刊登。"

她按捺住喜悦，放下电话又拿起一个信封，把压在抽屉里的长篇小说文稿，一出溜儿就装了进去。迈出家门，走出小区，内心竟有一丝丝莫名的兴奋。千米之外的邮局，没几步就到了，信封稳稳地落进了信筒。

一天、两天，第三天，她盼望的电话终于来了："您的小说，太棒了！我是省文学杂志张总编，恭喜您，您的小说我们录用了。"

"妈妈，您成功了！"女儿搂着她欢呼。

她，眼睛湿了……蒙眬的目光落在那沓信封上：某某省政府办公厅。

两只猴子

马戏团买进两只猴子。一只双目放光，机灵乖巧；一只眼神迷茫，木讷憨钝。

一日，驯兽师牵出两只猴子，来到训练场。扬起小气锤敲击猴子头顶，训练躲闪能力。

"一、二，一、二，……"小锤随口令，上下起落。

那只机灵的猴子，除了第一次头挨一锤，其余皆是灵巧躲过。到后来，只是歪歪头就躲过去了。

另一只笨猴子，简直就是点不着的柴火，锤子落在头顶，仿佛不是练"躲"，而是练"接"。

接下来的训练，钻圈、骑车、跳舞，机灵的猴子更显它的灵气。而那只笨猴子，在灵猴的比较下，更显得愚钝。不要说驯兽师恼，就是旁观者都摇头叹气。

几个月下来，那只灵猴越发灵巧，只要看见驯兽师的口型，就知道下一步了。而那只木讷之猴，仍是一副榆木疙瘩的老样子。

"这是一只傻猴子！"众人结论一致。

马戏团团长，决定放弃。就把它丢在舞台后长满杂草的院子里了。

儿童节日到了，灵猴在舞台上一展身手迎来了雷鸣般的掌声！

就在前台掌声雷动的时候，"笨猴子"一改往日的傻样，机灵无比地一个跳跃蹿上了一棵小树，接着一纵身子登上了墙头，一扭身，没影了。

韩铁民，长春人，中国诗歌学会会员，中国微篇小说新锐作家。已在《北方文学增刊》《国际日报》百家中外报刊发表作品四百多篇。

妈妈的生日

腊梅——山里妹子。

在城里李阿姨家做保姆，李阿姨人好、心眼儿也好，待腊梅就像待亲闺女似的。

可腊梅有时心里疑惑：李阿姨的相貌怎么长得和自己的妈妈一模一样呢？可这是咋回事呢？

腊梅做这份保姆工作挺称心，平时心情都很好。

这几天她有点儿心神不定，过几天在山村的妈妈过生日，她回不去，心里着急。

李阿姨儿女都在外地工作。一年中只能在国庆节、春节放假时回来。儿子、儿媳想把她接到外地的家去住，可她却不愿意去。

老年人在一个地方住惯了，服这儿水土，又有老的街坊邻居多好啊！儿子儿媳很有孝心，不能违老妈的意，就给她雇了保姆。

保姆就是腊梅。腊梅虽说是保姆，待老人就如待亲妈一样，啥人都在于相处嘛，人在人心上嘛。

李阿姨自然也就挺喜欢这来自几百里外的山村妹子。见腊梅这几天总心神不定的样子，李阿姨说："腊梅一会儿到我这儿坐会儿。"

"嗯。"

"这几天忙活累了吧？"

"我年轻，不累。"

"过几天是我六十六岁生日，到时咱家你哥嫂回来，稍后你去车站替我接位客人。"

两天后，腊梅去车站接客人。"妈妈怎么是你呀！"腊梅很惊喜。

"我是你李阿姨曾失联的孪生妹妹，李阿姨才是你的妈妈。"

"你俩都是我的妈妈。"

登上山峁的女人

米二妮是居住在秦巴山地山旮旯里的女人。当年家里穷困，她没考上大学。高中念完后，她在山塬里务农。结婚生娃，相夫教子，当个好婆姨得了。

一晃都三十多岁了。这些年，她似乎和书本有着不解之缘。在别人看来，这个种地的、放羊的婆姨也忒不着调啦，成天看哪门子书呢？啥，还要写书？是不是有病啊！书是你能写的，不知天高地厚，不知道自己是几斤几两。

米二妮去镇上卖果菜后，总趸摸到书店去买书。买到梦寐以求的书，她就如同见到久别的亲人，如同在沙漠中跋涉遇到甘洌的清泉。一天再累，也觉得很有精神，未来也有奔头。

闲暇时，她很少去左邻右舍串门，陈芝麻烂谷子，扯老婆舌。她却去村里八九十岁的老爷爷家听他们讲过去的事和故事。

她时常会在窑洞前树下，如醉如痴地看书。名家的书写得真好，给了她很多启迪和信心。

写书谈何容易。那不是哪个婆姨的事儿，那是人家作家的事。

她写着。她把山塬的风俗、家长里短、锅碗瓢盆交响曲、鸡毛蒜皮、杂七杂八的事儿，人生的苦涩和幸福写出来。

最初投出的稿子是泥牛入海——无消息。多次投稿后，一篇小小说发表了。

她站在山峁上痛哭起来，个中的酸甜苦辣只有她自己知道。

寒来暑往，她在写。她用三年时间写的长篇小说，投出已有大半年时间了，到现在一点儿动静和回复都没有，真叫人心焦。

谁生的娃谁不惦记。别人讲话，"你这是瞎子点灯——白费蜡"。看来这书是不能发表了。

一天，邮递员交给她一个邮件，她当下打开邮件。

"哎呀，我的书出版啦……"

胡喜荣，湖北省咸宁市人，中国当代微篇小说作家协会会员，微篇小说高研班学员。发表散文和微篇小说多篇，多次在各类征文比赛中获奖。

弱　点

龙老师很想评上高级教师，可教育局指标有限。

为了弄个指标，这段时间一家人出谋划策。一天，儿子说："爸，我打听到了，刘局长爱养生。这是我买的精装的冬虫夏草，您去找刘局长说说情。"晚上，龙老师提着礼品去拜访刘局长，刘局长热情地接待了他，但是指标一事儿却绝口不提。

又一天，老伴儿说："老龙，听说刘局长的母亲生病了，咱去看看她。"那天，大雨滂沱，龙老师租了一辆的士来到省城 XX 医院探病，他卷起裤腿，蹚过没膝的积水，找到了病房，刘局长正好也在，龙老师连忙过去，送上了大红包。可好长时间过去了，指标的事儿却杳无音讯。

今天早晨，儿媳妇小莉说："爸，我把您的事儿跟我哥说了，让他去跟刘局长打声招呼。"小莉他哥是副县长，龙老师心想这回估计有戏了。谁知中午他哥打电话来说，评职称的指标已全部发放到学校，刘局长也无能为力。

"爷爷，道馆里的高兴旺同学今天说他爸爸叫刘德福，是个大官，可牛了！他要同学们都当他的小弟……"午饭时，小勇气呼呼地说。

下午，龙老师走进刘局长办公室，递给刘局长一张纸条，出来时，龙老师手里拿着一份职称推荐表格。

那纸条上写着三个字：高兴旺。而这孩子，是刘局长和二奶生的私生子。

内部消息

三月，细雨如丝，邵钢来到龙潭公园散步，看见有人坐在那张长靠椅上，他皱着眉头走过去一看，清秀的脸庞，熟悉的身影："周芩，你怎么在这儿？"

"邵钢，真的是你吗？"周芩泪眼蒙眬，脸仰起 45° 角，激起了邵钢心底的怜惜，"当年，我妈拆开我们，逼我嫁给一个老板的儿子。这个男人花天酒地，经常把女人带回家……邵钢，十五年了，我好后悔，我好傻，当年为什么不抗争？我离婚后经常到我们约会的地方来坐坐，就想再看你一眼。"

邵钢颤抖着手去给周芩擦眼泪，周芩顺势投进了他的怀抱。邵钢紧紧地抱住那个魂牵梦萦的人儿……不久，邵钢在偏远的小城租了一套房子……

七月，邵钢升任教育局长。邵钢情场官场双丰收，他兴奋地搂着周芩说："芩儿，你就是我的幸运星！等时机合适了，我就休掉家里那位，娶你！"两人激烈地热吻在一起……

十一月份，在省城一间豪华宾馆里，周芩数着一大堆钱，兴奋地对一个男人说："亲爱的，幸亏你搞到内部消息，知道邵钢会升教育局长，我们提前布局，感情投资，才拿到了这批教学器材的优先采购权，哈哈，赚了两百多万啊，发了！你说邵钢那傻小子要是知道真相，会不会疯啊？"

黄政芳，贵州省作家协会会员，当代微篇小说作家协会会员，有作品发表于《小小说选刊》等报刊，出版有文学作品集《生命的足音》。

愿　望

十岁时，他站在家乡的田野里，呼吸着清新的空气，但肚子咕咕直叫。他想，要是能饱饱地吃一顿白米饭，看几本心爱的小人儿书，那该多好啊！

二十岁，他有了一份体面的工作，顿顿有鸡鸭鱼肉，书柜里摆满了各种书刊。他想，要是能把倾慕已久的鹃娶回家，那该多好啊！

三十岁，他成了部门的主管，娶了鹃做妻子，生了个白胖儿子。他想，要是再有个红颜知己，那该多好啊！

四十岁，他成了单位的领导，在外面也有了别的相好的女人。他想，要是钱来得再快一些，那该多好啊！

五十岁，他进了监狱，四面高墙电网。他想，要是能再站在家乡的田野里，呼吸着清新自由的空气，那该多好啊！

魏县长的微笑

浩文是县某局的一名副职。

某次开会与挂职副县长魏川同桌吃过饭后，就对魏副县长留下了非常好的印象。魏副县长年轻，温文尔雅，微笑着与他交谈，向他敬酒，很是平易近人。

大地方来的就是不一般，浩文想。

后来，在大街上遇见几次，魏副县长都会微笑着握手打招呼，老朋友一样，浩文心里热乎乎的。

每次路过县政府时，浩文都会情不自禁地想起魏副县长。

这天，浩文被通知与政府办的兰主任陪魏副县长去下乡调研。

赶到县政府门口时，魏副县长和兰主任已在那儿等他了。

浩文刚准备给魏副县长打招呼，兰主任却介绍起来，这是魏副县长，这是某局的副局长浩文。

浩文紧紧握住魏副县长的手，对兰主任说：“还用你介绍吗？我和魏副县长是老熟人呢。”

浩文刚说完，兰主任便转向魏副县长问道：“你们以前认识吗？”

魏副县长松开浩文的手，看了他一眼，微笑着说：“感觉在哪儿见过？但是不太熟。”

浩文顿时愣住了……

纪富强，鲁迅文学院结业，专攻小说，出版专著十五本，有作品被拍成影视剧。曾两获冰心文学奖、金盾文学奖、全国侦探推理小说奖。

喜　帖

办公室女孩儿毛红要结婚了，委派精研书法的周敛帮她写喜帖。

周敛领命后静静伏在桌上，一笔一画写那一长串名单，俨然画家在精雕细琢地勾勒一幅幅绝妙工笔，又像文物保护专家一点一毫地修补千古名画。

其实名单说短不短，说长不长，写完用不了很长时间。但周敛一写就是一个下午，好像参加应试的学生，边写还不时陷入深深的思考。

时值单位正准备举办乒乓球赛，有人几次跑进办公室喊周敛出来练球，但窥见他全神贯注一丝不苟，不时驻笔摇头，不时仰面望天，根本就无视来人的存在。

有一次，我进去喊他，却发现他正泪流满面，泪眼蒙眬地凝固在那儿，像痴了一般。我更是疑惑不解。

终于，突然有人在他背后拍了一下，开玩笑说外面有人找！

周敛这才吓了一跳，回过神来猛背过身去，把那张写满了一长串名单的纸，狠劲地揉碎了。

待他狼狈地蹿出去，我们纷纷涌上前去查看。只见那些喜帖上竟然空空如也。倒是翻出的那张被他揉碎了的纸上，密密麻麻写得都是毛红的名字！

错 位

"爸！"他猛地惊叫一声，吓坏了身边的女友。

女友颤颤地疑道："什么，你叫他什么？"

他即刻羞红了脸，像个做错了事的孩子低下了头："梅子，对不起，我欺骗了你！我爸爸根本不是什么局长……他，就是我爸爸！"

女友慌张地捋起额前被风吹乱的秀发："他？你不是在开玩笑吧……"

眼前的这个人，衣衫褴褛，蓬头垢面，一双失神的眼睛呆滞地凹陷在枯树皮一样的脸上，皲裂的嘴唇微微地抖着，不时流下肮脏的涎水。这老人显然也是惊呆了，慌忙将手中的麻袋往身后藏去。

女友痴痴地站在原地。不知所措，像是呆了，又像是傻了。

他紧张地晃晃女友，沉重地说："梅子，你果真那么在乎吗？难道我们的爱情不值得你留恋？我向你坦白了，我们是不是要……要结束了？……"

女友闭口不答，她仿佛在震惊中还没有反应过来。

突然，他诡秘地一笑："呵呵，梅子，好梅子，我只不过是逗你玩呢！谁又能真的不在乎？！"

他搂起女友纤瘦的肩："开开玩笑，一个游戏。好了好了，别再想了！"

这时，老人已经背着麻袋默默地走远了。

女友眸子里肆意地流出泪水："那是我爸爸……"

龙登煌，笔名大隐，贵州省从江县人，教育工作者。作品散见于《当代教育》《杉乡文学》《清水江》《微篇小说》，印尼《国际日报》等报刊。

学摄影

石虎来到好友谭学家，看到他家客厅、饭厅、走道的墙上，全挂满框好的相片："晨曦初露，夕阳晚照，雾中大雁"。遂大呼过瘾。当谭学拿着一本本获奖证书和新华社签约摄影记者证摆在他面前时，石虎更是眼睛瞪得大大的，张开的嘴也合不拢了，硬缠着要谭学教他摄影，并要谭学为其代购一部相机，出去采风时一定要带上他。潭学一一应答，并借给他一部自己不用了的索尼，为他讲解一个个按钮的功能。

一个周末的凌晨四点钟，睡得正香的石虎手机突然响起，他迷糊中按了接听键，是谭学打来的，说是今天天气好，要去照晨雾中的霞光，出林的大雁。

来到指定地点，一群摄影发烧友纷纷从车上拿下长短镜头，三脚架，找好理想地点，摆弄面前的长枪短炮。只有石虎，坐在车里，听着音乐，发出鼾声。任凭谭学叫喊，就是装聋不下车。谭学摇头，朽木不可雕也。

后来，谭学出去采风，再也不喊石虎了。

又是一个周末，石虎还在迷糊，却听见妻子在接电话，说是要到四联看荷花。去四联看荷花，迷糊中的石虎立马来精神。以前，石虎听说去四联看荷花的人回来说，荷花不但很美，而且每天都有当地的漂亮村姑站在荷塘边当模特。石虎听到后，立马翻身下床，和老婆说："今天我们去四联赏荷花如何，也考考我的摄影水平，为你和你的姐姐们留下瞬间靓影。"

石虎背上相机，带上妻子，驱车直奔四联。

晚上，把当天的成果放进电脑，妻子从头查看自己的青春，哪知几百张相片，全是村姑和荷花的。

妻子杏目圆睁，相机落到了地板上。

深藏不露

在村级小学教了二十多年书的赵荣老师，在领导的照顾下被调到了中心校区工作。

赵老师刚进老师办公室，说了句"可惜了，这样励志的警句全是电脑打的"。他这话刚说完，从后面走来的李锋老师接了一句："我都不敢说这话，你才被调来，就倚老卖老，你有本事，你写得好，就不会在村小待二十多年了。"

两天后，李锋老师写了一幅字，拿到办公室，老师们直夸字漂亮，赵老师也凑上去，只瞟了一眼，就回到自己座位上去了。李锋看赵老师一言不发，拿了那幅字到赵老师面前，求指教。赵老师随口说道："侧锋起笔，没穿透力，也没临过帖，没有章法。"李老师当场把那幅字揉成团，丢进了废纸缕，说了一句"井底之蛙，不会团结同志，怪不得在村小待了二十多年"。

这学期刚开学，学校要开展一次"三笔字"大比武，并在教师节那天展出，颁奖。到时请县书法协会来评审，要求教师全部参加。李老师听到后，看了赵老师一眼。

"临阵磨枪，不快也光"。每天放学后，老师们都围在李锋身旁，求指点钢笔字、粉笔字、毛笔字的写法；和他关系好的，还求他写一幅，署自己的名字，赵老师偶尔也凑上去，揣摩李老师的笔法。

教师节前一天，县书法协会行五个专家，对全镇老师的三笔字进行了为期一天的评审。

下午的会上，县书协的专家们做了总结，本次评审，遵循了宁缺毋滥的准则。由于参赛作品质量不高，只评出优秀奖，我们期望明年的作品会有更大的突破。这次作品展，因赵老师是我省书法家协会会员，征得本人同意后，作品只参展，不参评。

凌鼎年，中国作家协会会员，世界华文微型小说研究会秘书长。已发表过九百多万字作品，出版四十五本集子，获冰心图书奖等三百多项。

军 嫂

阿莲是军嫂，严格说是准军嫂。她与林卫国定了亲，还没有办婚礼。林卫国是海军南海某部队的参谋，原来说好五一劳动节回来领证办婚礼的，但突然林卫国来电话说部队进入了一级战备，暂时不回来了。

南海的局势阿莲很关注的，作为军嫂她明白：只要是一级战备状态，卫国就不可能回来。而这一级战备也许一个月两个月，也许半年一年，谁说得准呢。原本天各一方，两地相思，至少每年探亲一次，如牛郎织女般相会一回还是有保证的，可现在，连婚期都可能遥遥无期了。

阿莲很矛盾，她给卫国写了一封又一封信，诉说着相思之苦，但她一封也没有寄出。她知道自己的另一半在海防前线保家卫国，她不想让卫国分心。

相思真的很苦，或许是为了排遣，阿莲去了海南旅游。她想，哪怕站在海边，看看海，望望水天一色处的小岛，也是一种安慰。

部队首长知道了林卫国是位准新郎，特意批准林卫国回老家完婚。

林卫国打电话到家里，才知道阿莲到了海南，他又打阿莲手机。阿莲说："听到你声音我就心满意足了，我正站在海边，远远看着你呢。"

林卫国征求阿莲意见，要不要请假回来完婚？

林卫国来电话时，已是新月一弯，漫天星斗的时候，阿莲站在海边大酒店的阳台上，辨认牛郎织女星多时了，她忍着泪水说："卫国，你安心在部队，你是军人，国家的事是大事，你放心，我很好，我会等你的，会等你的！"

放下手机，阿莲的泪水再也止不住了。

鹤将军

春秋时期卫国的第十八任国君是卫惠公的儿子卫懿公。卫懿公的国君之位是继承得来的，从小娇生惯养的他，只知享受，不思进取，终日奢侈淫乐，过着花天酒地的生活。

卫懿公有一个特别的嗜好，就是养鹤，到了如痴如醉的地步。他对自己喜欢的白鹤赐予大夫待遇。并按毛色、体型、品质等将鹤封为不同的官阶，享受相应俸禄。

如果卫懿公出游，这些鹤也按官阶大小随行，而且各有豪华的车乘载，谓之白鹤开道。这些得到封赏的白鹤被尊称为"鹤将军"。

上有所好，下必甚之。那些无耻的大小官吏便想方设法逼迫百姓去逮鹤抓鹤，以献给卫懿公，邀宠求官。这一来，宫中养鹤的宫苑不断扩建，卫懿公封的鹤官也越来越多，老百姓的负担自然越来越重。民间怨声载道，大骂卫懿公为昏君，谴责他眼里只有白鹤，没有百姓，可卫懿公依然陶醉在鹤舞鹤鸣之中，对外界的真实情况不知不觉。

卫懿公好鹤荒政、人心尽失，此消息传到北狄后，北狄发兵攻打卫国。卫懿公一看大军压阵，兵临城下，慌了，马上下令紧急征兵。谁料到老百姓早受够了卫懿公横征暴敛的苦，对卫懿公的不满爆发了，勇敢地喊出："让国君派鹤将军去领兵抵抗！它们平时都享受大夫的俸禄，该为朝廷出力献身了。我们一介草民，穷得连饭都吃不饱，哪有力气打仗？再说，我们无田无房，也没有什么要保卫的。"

无兵可用，无将可调的卫懿公节节败退，在逃跑的路上，被狄兵团团围住，最后惨死在乱刀之下。而那些鹤将军大多被兵士或百姓抓了杀了，甚至吃了。

两幅获奖摄影照片

张华裔与李中华两人不期而遇，邂逅于偏僻、遥远的山寨。同为摄影爱好者，都是来采风的，两人结伴而行深入山区，拍到了不少在大城市、在家里绝对拍不到的精彩照片。张华裔很开心，李中华也很满意。

半年后，张华裔拍摄的山寨组照，取名曰《苦难岁月》，在海外获了国际摄影比赛的金奖。

此后不久，李中华在北京举办了他的山寨之行摄影汇报展，其中一幅题为《世外桃源》的作品，获得了"华夏杯"全国摄影大赛特等奖。

有位摄影发烧友是个有心人，他把张华裔与李中华两幅获奖照片进行了比较，得出结论：是同时间段、同一地点拍摄的，只是使用的相机与拍摄的角度稍稍有点儿不同而已。

有网友跟帖评之：人生的许多苦乐，不在于你的处境，而在于你看问题的视角，以及你的心境，你的理解。

刘东霞，山西省晋城市人，当代微篇小说作家协会会员，山西微篇小说作家协会副主席兼秘书长，在国内外报刊发表作品近百篇。

儿子的国考

哥哥在电话里对王鹏说："医生说了，爸最多就是活一个月了。在医院治疗已经没有效果了，爸要回家养。"

国考完第二天，王鹏就回到家里，看着躺在病床上瘦骨嶙峋的父亲，王鹏转过身泪如雨下："爸，巨大的就业压力让儿子这段时间拼命备考，没时间照顾您，儿子对不起您！"

父亲关切地问："鹏儿，考得怎么样？"王鹏回答："爸，两个月之后才出来结果。"父亲每天掰着指头数离两个月还有几天。

考试完第六十五天，王鹏告诉父亲："爸，笔试过了。"父亲急切地问："是不是考上了？"王鹏小心回答："笔试过了，还有面试。"父亲问："什么时候面试？"王鹏回答："大概还得两个月左右。"父亲叹口气："这么久。"于是，又每天掰着指头数离两个月还有几天。

再过去六十三天，王鹏外出走了两天，回来告诉父亲："爸，面试通过了。"父亲问："是不是考上了？"王鹏回答："不能最后确定，还有体检。"父亲问："什么时候体检？"看着越来越衰弱的父亲，王鹏心如刀割："大概再等一个月左右吧。"父亲每天掰着指头数离一个月还有几天。

三十天之后，王鹏又外出走了两天，回来告诉父亲："爸，体检过了。"父亲的声音已经微弱了，向前努力伸伸脖子，问："考上了？"王鹏心情极为复杂地回答："嗯。"

父亲深陷的两眼立即放出喜悦的光芒，对王鹏咧嘴笑笑，然后，安详地闭上了眼睛。这笑，永远凝固在父亲的脸上……

王鹏扑在父亲尚温热的尸身上放声大哭："爸呀，笔试我就没通过……"

好　运

　　雯和莉是同事，她俩的孩子从小学到高中都是同学。雯的儿子大学毕业后，在市里的一家银行上班。

　　那天，雯在办公楼里遇见莉，正想和莉打招呼，莉低下头匆匆过去。莉怎么啦？雯对莉不放心，转身叫住："莉，不高兴啦？"莉说："没，没有。"雯说："不高兴的事儿就说出来。"莉叹一口气："还不是我那不争气的儿子。"莉的儿子大学毕业后，几次都没考上好的单位，现在在一家饭店打工。知道莉是因为这事而郁闷，雯劝莉："以后考的机会很多，让孩子好好看看书，功夫不负有心人，你儿子一定会成功的！"莉羡慕地说："哪像你家儿子，大学没毕业就院校招聘了工作，多省事儿！"雯谦虚地笑笑："我家儿是运气好，你家儿也肯定能考上理想的单位。"

　　两年后，雯路过莉办公室的门口，莉看见雯，隔着几米远的距离就朝门外大喊："喂，雯，进来坐坐！"雯犹犹豫豫想拒绝，莉几步跨到门口，热情地拉着雯的手："进来，坐坐！"雯随莉进了办公室，莉抑制不住满脸笑，问雯："玮找到对象没有？"雯答："没有。"莉说："该找啦。"雯说："嗯。"莉又问："玮工作怎么样？忙吗？"雯答："很忙。每天上下班时间紧，还有各种任务，压力大。"莉说："挣个钱真不容易。哦，对了，玮感到银行工作累的话，可以再考公务员。"雯摇摇头："再说吧。你家波儿，这次公务员应该没问题吧？不是笔试过了吗？"莉笑眯眯地回答："也是运气好，省旅游局的公务员，笔试面试都通过了，昨天体检也过了！"

罗飞，山西省朔州市作家协会会员，《诗中国》编辑、《新诗歌》第77期编委，发表作品千余篇，有诗歌、散文、小说入选多个选本，曾多次获奖。

哈古的命运

为了亡羊补牢，防贼，富商在自己的别墅安装了一套监控系统，但还是没能逃脱被偷的事实。

于是，他又增加了一套，这次将两套录像设备都安装在最隐蔽的地方。等他旅行回来，家里的东西照旧被偷。

不久，哈古被荐，来到富商家。

从此，富商家里再没丢过东西。

哈古，生性秉直，尽职尽责。不管是谁，要进出富商家，都要过哈古这一关。富商的儿女也不例外。

哥妹俩开始给哈古上坏话，向父亲告状说："这家伙是个白眼狼，喂不熟，六亲不认，快打发了吧。"其实他们俩没敢说实话：我拿自己家的东西，关你啥事？吃饱了撑的。

富商的朋友也不给上好话："这个哈古，见谁都不礼貌，快打发了吧。"其实，他心里记恨的是：我不就是那次喝多了进错小姐的门吗？她都不说，你嚷嚷个啥？

一次，富商出差半月有余，他的现任妻子醉酒，带着新朋友回家，她和他搀扶着进了院，冷不丁儿被哈古一声吼，他便丢下她，望风而逃。

富商经不住小二十岁的妻子吹床头风："朋友们都说，有哈古在，都不来了，你老出差，我想打麻将都找不齐人。"

半年后，哈古便又一次失业了，重新回到待业行列。

哈古的履历写着：擅长——别墅门卫；工作经历——局长家、商业精英家、单身美女家、富商家……

有时哈古也犯嘀咕，怎么会这样呢？难道忠诚错了？唉，可是本性难移啊。

哈古，是条狗。

孝　顺

好友杨忠一早打来电话，说她九十五岁的老娘走了，要我帮忙操办后事。

他是长子，在城里住楼房，老二的家在村里，停棺的地方就选在城里的老三家——平房，院子又大。

早上就打了电话，直到傍晚，离城仅十里地的老二才赶了过来。

要盖棺了，老二先在外面响了三个麻炮，然后趴在棺材上号啕大哭，哭得很痛。我心里说，这人真孝顺。

老大没哭。老三也没哭。

老二双眼红肿："要是妈活着，多好。"

偌大个房子，十多个人，硬是没有人接茬。

七日后，要出棺，埋葬。

老大没哭。老三也没哭。

老二扶棺大哭，昏了过去，其他的本家赶紧拉过来，开始掐人中，好久才缓过劲。

老人入土为安。

中午，在最后的答谢饭上，老二双眼红肿："要是妈活着，多好。"偌大个房子，二十多个人没人应答。

这回，他姐接茬了："活着，老二，你可真会说漂亮话，三十多年了，你从没管过，妈连你一口水都没喝上，要不是老大和老三，妈早死了。"

李横,贵州省大方县人,微篇小说作家协会会员。在《领导科学》《贵州都市报》《贵州教育》《牡丹晚报》等报刊均发表过作品。

回家的路

这几年,鹏子没回过一次家。

因为,家乡还有三里的山路,路被大货车轧得坑坑洼洼的。上次鹏子从老家回来,他的大众轿车,过坑洼时被石头剐伤了底盘和侧门。

后来,逢年过节,鹏子总是推脱,回家的路坑洼大得很,车底盘低,过不了。每次,鹏子要不就是打个电话,要不就是从银行寄点钱,草草了事。

一天,鹏子接到妈妈的电话:"你爸出事了,快回来吧。"

鹏子风尘仆仆赶回家。这次,鹏子回家的路,走得很顺利。

鹏子刚停好车,母亲迎了上来。

"鹏子,是妈对不起你,没照顾好你爸!"母亲哽咽着说。

"妈,您别这么说,是我对不起你们!好久都没回家看您二老了!"鹏子愧疚地说完,上前拥着母亲。

"我爸爸是咋出事的?"鹏子伤心地问妈妈。

"上次,你的车剐伤了,你爸心疼了好久!你爸说,把路填好,鹏子的车就不会被剐了,鹏子就会回家了。那天他刚垫平了路,就被车给撞了……"

鹏子的眼泪夺眶而出,疯了一样地跑向父亲的灵前……

听谁的

为了迎接市政府对我乡的均衡发展验收，我们这些资料员都忙得晕头转向。上面说，"硬件"缺，"软件"补。这不，就是那些恼人的"软资料"，翻来覆去都做了好几遍了，均未能让领导们满意。

一天，乡办公室王主任来资料室巡查。王主任认认真真地查看了一遍，让我把资料员集中起来开一次小会。王主任说："各项资料都完善得很好。不过，我提六条意见……"王主任提出了六条意见，让我们在两天之内围绕这六条意见狠抓落实。

三天后，王乡长来资料室督查。王乡长仔仔细细地查看了一遍，又让我把资料员集中起来开一次小会。王乡长说："各项资料都准备得很不错。不过，我提四点建议……"王乡长又提出了四点"建设性"的建议，让我们在两天之内围绕这四点狠抓落实。

五天后，王局长来资料室督导。王局长扎扎实实地查看了一遍，再让我把资料员集中起来开一次小会。王局长说："各项资料都准备得很充分。不过，我有两个要求……"于是，我们又需要按照王局长提出的两个"可操作性"的要求在两天之内狠抓落实。

……

一个月后，市验收小组一行来到我乡进行验收。验收小组仔细核查后，得出结论：资料中的大部分数据是造假得来的……

验收小组走后，我呆呆地站在资料室里，喃喃自语："这都是按照领导的安排做的……"

连河林，内蒙古人，中国微篇小说作家协会会员，中国闪小说学会会员。作品见于《中国闪小说年度佳作 2015》《中国微篇小说 28 家》等。

乡下人

"呸……见鬼了。"王二见到杨寡妇就不由得这么骂，而且脸红脖子粗的，一跺脚转身往自家院子里走。

杨寡妇也不示弱，也骂他："你个老毛驴，姑奶奶才见鬼了……"

而且还跟脚想闯进大门，不想王二的狗呼的一声扑出来，吓得杨寡妇倒退了好几步，一屁股跌坐在地上，龇牙咧嘴直叫疼。

"王二死鬼，你不得好死呀！……"杨寡妇索性放开嗓子大哭起来，引来许多看热闹的，却没有一个人过来扶她一把。男人活着的时候，她是村里有名的河东狮吼，自从男人憋屈死了，又成了一个人见人怕的泼妇。王二可没少挨她的骂，因为他们是邻居，每天都有鸡毛蒜皮的事发生，所以，一见面就像仇人似的。

就那么过了几年，两家人的疙瘩越结越死，真有些老死不相往来的味道。

有一年秋天，淅淅沥沥的小雨下了两天两夜，杨寡妇提心吊胆地住在自己的土坯房里，夜里总听见后墙掉土渣的声音，最让她揪心的是墙皮还裂开了好几道缝。打电话给儿子，儿子说道路泥泞赶不回来，等天晴了再说吧！

夜里不敢睡，只能在白天迷糊一会儿。

等风停雨住，儿子回来了，帮她加固一下屋子，走到后墙一看，却发现好多柱子死死地顶在了后墙上。

"妈，这不是顶住了吗？你顶的？"儿子有些不怎么相信。

杨寡妇也看到了，不觉得一愣，隔墙看看王二空荡荡的院子，眼泪一下子蹿了出来……

谁让我曾是你的老师呢！

二泥鳅凭着胆大和圆滑，开发房地产发了财，开着宝马回村显摆，村里人把他围了个水泄不通，嘘寒问暖地抬举着他。

作为曾是他老师的自己，也有着说不出的骄傲，似乎那也是我的一种荣耀，我根本没必要去向他套什么近乎，只是静静地站在路边，等待他的问候。

二泥鳅从车上拿出一条软中华，撕开封条，开始分烟，一人一支，当走到我面前时却是看了我许久。

"你是……"只是十几年没见，他竟然不认识我？在周围这么多人面前，我真的尴尬至极。

我没接他的烟，也没说一句话，径直地走出了他的视线，回了家，生气了好一阵子。

也就在第二年，金融危机，二泥鳅最终因为经营不善，一下子跌入了谷底，房子车子票子都没了，还负债累累，据说老婆领着孩子也离开了他。

秋季的一天，我去城里办事，发觉一只手伸向了我。

"老师，好几天没吃饭了……"

看了半天，竟然是二泥鳅，污浊的衣服，已经找不到原来的颜色，脏兮兮的脸上强挤出一丝苦笑。

"你……认识我吗？"我问他。

"怎么能不认识呢！您是我的老师。"二泥鳅有些不好意思，"都怪我当年……"

"不用说了。"我打断了他，"不能怪你，怪就怪钱……"

说着，掏出身上仅有的几百元递给他，又拍拍他的肩膀说：

"谁让我曾是你的老师呢！"

林华玉，山东省作家协会会员。已经在《故事会》《小说月刊》《杂文月刊》《读者》《青年文摘》《格言》等刊物发表作品一千余篇。

化妆品代言

阿美长着一张饼子脸，皮肤有些粗，而且还有一些若隐若现的雀斑，但即便是这样，阿美对自己的容貌还是很满意的，经常买最贵的化妆品打扮这张脸。

阿美有一个好姐妹，叫阿丽，长得面白唇红，妩媚动人。最近，一家叫"一施白"的化妆品公司看上了她，让她去做形象代言，那个厂子一年给她一万元的代理费用，而且还可以免费使用这家化妆品厂的产品一年，其实要做得很简单，就是逢人就说："我一直使用'一施白'化妆品厂的产品，所以我的脸才会又白又嫩！"阿美羡慕得差点儿把眼珠子瞪出来，心说我要是也有这样的机会多好呀！

这天，阿美正在路上散步，忽然感觉后边有什么异常，用余光一瞥，才发现有一个中年男子一直在她后面。阿美快走，他就加快步伐；阿美慢走，他就放慢脚步。阿美暗骂一句，在一个拐角处，她突然回过头，厉声质问："你为什么跟踪我？是不是不怀好意？"男人不好意思地笑了笑，走到阿美的身边，先递上一张名片，然后说："我是'肤白净'化妆品厂的广告部主任，我们厂最近要招收一批形象代言，不知道小姐有没有兴趣？"阿美故作矜持地说："如果你们待遇好的话，本小姐可以考虑！"

中年男人说："我们给你两万元的佣金，免费使用两年的化妆品，而且不耽误你正常上班！"阿美再也抑制不住内心的喜悦，说："这活我接了！"中年男子又说："我们招聘你之后，你知道下一步该怎么做？"阿美说："我会逢人就说，我一直使用'肤白净'化妆品厂的产品……"中年男人一听，说："你这么说会把我们公司搞垮的！"阿美纳闷了，问："那我该怎么说？"

中年男人狡黠地一笑，说："你就说，我一直使用'一施白'化妆品厂的产品……"

救人的撒旦

英国探险家约翰去非洲大草原探险，食物吃没了，水洒了。在这茫茫大草原，没有了食物，没有了水，没有了枪械，没有了指南针……就意味着死亡正一步一步逼近。

无边无际的大草原除了一望无际的青草，还是一望无际的青草，别的什么都没有。

可怜的约翰在草原上走了几天，也没有找到回去的路，已经几天几夜"水米不打牙"，饿得头昏眼花了。

没有办法，约翰只得将希望寄托于上帝，他有气无力地祈祷——"仁慈万能的上帝啊，饿死我了，快救救我吧！"

一个穿黑袍子的人就忽然出现在他的面前，约翰吓得一下子倒在地上，结结巴巴地问："你……你是谁？你要干什么？"那人说："我不是你们的上帝，我是撒旦，但是你不要怕，我是来救你的！"看着约翰不相信的样子，撒旦进一步说："你不就是想吃饱吗，这里虽然没有面包，但是却有吃不完的嫩草，我可以将你变成一只羊，变成了羊，你就可以吃草啦！但是这需要你本人同意，并在这张合约上签字。"接着，撒旦掏出了一张纸条。

约翰听了，觉得撒旦的话很有道理，就在那张合约上签了字。很快，他就变成了一只雪白的绵羊，羊低着头，很幸福很忘情地啃着草原上的青草。

两只早已潜伏很久的猎豹一下子扑了过来，就将约翰变成得那只绵羊扑倒咬死了。

两只猎豹美美地吃了一顿羊肉，却留下了最鲜美的羊腿，献给了它们的合伙人——那个口口声声要救人的撒旦。

撒旦在云端一边吃着喷香的烤羊腿，一边想："上帝警告过我，不许我用强硬的、欺骗的手段对待他的子民，这不算强硬吧，也不算欺骗吧！因为他是签了合同的，他是自愿的！"

刘克升，山东省沂水县人。著有《发明大王在小人国》《人生就像焖地瓜》《白领伊索》《为什么我们依然纠结》《为什么我们还在纠结》。

当众数钱

单位里新来了个叫苑广阔的小伙子，和我对桌办公。

可能是刚到单位来工作，和我们不大熟悉的原因吧，小苑干完了工作后，平时都是独自一人趴在电脑前，上上网或者听听音乐什么的，很少和大家说话。

一天上午，我忽然听见对面办公桌上不断传来"啪啪啪"的声音。抬头一看，小苑正在那里数钱呢。他左手里捧了一把面值一元的硬币，右手不断地将硬币一个一个地拿起来，然后放到办公桌上面的玻璃板上，每放一次就发出一声清脆的响声。而且，几乎每隔一个小时左右，小苑都要把那些硬币拿出来，重复数一次。

我好奇得终于忍不住了，想问一下小苑，他为什么这么喜欢数钱。

可是，还没等我开口问小苑，同办公室的老王慢腾腾地站了起来。他红着脸走到小苑跟前，从兜里掏出了一个一元的硬币，嗫嚅着说："小苑，这个硬币是我在你的办公桌下面捡到的，是你的吧？"

没想到小苑的脸也红了，他满脸不好意思地说："老王，你误会了！这钱不是我的，我也没有掉过钱。我一般都是在看电脑把眼睛看累了的时候，就把兜里所有的硬币掏出来数一数，兜里的硬币越多，数的次数就越多，眼睛感觉就越舒服！"

先抑后扬

买出租车还差两万元。老婆说："不如找对门的老王看看，他做胶合板生意，借两万元还不是九牛一毛？"

我来到老王家，嗫嚅着说明了来意。老王正在翻看一份小报，头也没抬地答复道："太不凑巧，我刚从外地进了一批货，手里一分钱也没有，货款估计一个月之内也回笼不过来。"我沮丧地从老王家里晃了出来。

第二天一大早，我和老婆正在睡梦中，忽然响起了敲门声。我开门一看，是老王。他把一个纸包硬塞到我手里，一脸诚恳地说："朋友有难，我还真看不下去！这是我从别处弄来的两万元钱，你拿去用吧！"没想到老王能送钱来，我们感动得一塌糊涂。老王走后，老婆谆谆告诫说："等咱过好了，一定不要忘了老王！"我连连点头。

当天晚上，我们去老王家里拜谢。老王两口子逛夜市去了，只有小儿子在。我随手拿起沙发上的那份小报翻了起来。翻到某一版时，发现有一段话被用红笔重重地勾勒出来，那段话的内容是："将钱借给别人是有技巧的，可以先拒绝他的请求，让他陷入极度绝望，忍受心理折磨，然后突然出现并满足他的需求，可以起到先抑后扬的效果，使他对你感激涕零……"

我心里涌出一股说不出的滋味，那篇文章的题目是：《借钱的艺术》！

李良，当代微篇小说作家协会会员，2016 年新锐作家。在《微篇小说》《国际日报》《作家文苑》等多家报刊发表作品数篇。

帽子一定要保护好

听说新上任的闫乡长下午要来村调研，这可急坏了村长老华。

自从有了"先进村"这个牌子，老华每年都会得到一万元的"个人贡献奖"，另外，乡里对村集体还有很多优惠待遇。老华心里清楚，这几年的村里状况根本不配"先进村"这个称号了，之所以能够仍然戴着这顶帽子，都是自己精心打点的结果。可这位新来的闫乡长与前两任不同，老华去了三次想拉关系套近乎都没能见到新乡长长什么样。现在突然要来村调研，老华真有点儿措手不及了。

最让他头疼的是出事的那几家。王福前几天赌博输得精光，把家具都卖光了。刘海的媳妇跟婆婆吵架，把婆婆的彩电和冰箱砸了。还有二愣子杨成，两口子吵架居然把他老爷爷传下来的柏木床腿给砍掉两个。新乡长说不定去谁家，这要知道了村里赌博成风，打架斗殴屡见不鲜，先进村的帽子一定会给摘掉。好在自己家的家具都是双配套，老华决定用自家的家具去应付乡长调研。可让谁搬呢？

"收酒瓶废铁旧报纸！"街上突然传来吆喝声，老华一拍大腿："就他了！"

收废品的是个四十出头、白白胖胖的外乡人，很像个书生。老华说："我是村长，帮个忙，你搬几件家具给你四十块钱。"那人爽快答应。这个人很健谈，还不时问起村里的事，很快就跟老华聊得特近乎。他问："为什么要给这几家送东西？"老华见他是外乡人也不隐瞒，就把事情的来龙去脉都说了出来。

下午，当村长见到新乡长时，他的脸霎时绿了。原来，上午那个收废品的其实是新乡长微服私访。

一网打尽

"我们饭店真的不缺人手！"我被这个姓郑的中年人缠磨恼了，"去去去，你还是到别的地方问问吧！"

他仍然微笑着说："是这样的，老板，我是个作家，打算写一篇跟饭店有关的小说，可我对饭店里的事很陌生，所以我想亲身体验一下。这样吧，我在您这体验一天给您一百块钱。"说着，他掏出一百块钱放在桌子上。我无奈地摇了摇头，心想，遇到个傻子。

姓郑的倒是勤快。来了客人嘘寒问暖沏茶送菜，很像一个熟练的服务生。

我发现老郑对一个房间的两位客人很感兴趣。一个络腮胡，一个尖嘴猴腮。

"出去，出去！"突然传来络腮胡的叫喊声。只见老郑从那个房间里被轰了出来。"客人不叫就不要去打扰人家。"我嘱咐道。

"我不懂规矩。"他挠了一下头不好意思地说。

虽然老郑没再进那个房间，可他总在那个房间门口有意无意地站上一站。突然，老郑又闯进那个房间。

"这家伙！搞什么鬼，砸我生意啊？"我急忙跑了过去。

"滚出去！出去！"络腮胡大声怒吼。

"你看看这些钱有问题吗？千万别上当！"老郑指了指桌上的几摞钱冲尖嘴猴腮的说。

"对不起！对不起！他是新来的不懂规矩。走！"我拉住老郑就往外拽。

"全是假钱！"尖嘴猴腮怒目圆睁。

"行动！"老郑突然大喊一声。荷枪实弹的警察从天而降，突然出现在我面前。

"老板，谢谢您。"老郑拉住我的手微笑着说，"我们得到可靠消息，一个搞假币的和一个文物盗窃犯在你们这里进行交易，我们就想出了这个一网打尽的方案。"

李立泰，中国作家协会会员，发表作品二百万字，出版中短篇、小小说集九部，获第七届小小说金麻雀奖、梁斌小说奖等。

误餐费

市直机关又长工资哩，名曰：误餐费。

区直机关工资没长，没"误餐费"一说，大家觉得不合理。自从地改市，原来的市升区，工资却没升，市直机关工资却"蹭蹭"地长。区直干部职工比市直干部职工工资少领好几百，快小一千了。同吃一城饭，同喝一城水，同一菜场买菜，同一面粉厂的面。活不少干，力不少出。应了区里干部职工"挣钱的不下力，下力的不挣钱"的憋屈。

这不男人听说市直又长工资哩，叫误餐费，每月六十五元。区里没有这一项，男人回家给女人发牢骚。

女人没听明白男人说的意思。女人问男人："你说说咋回事，什么叫误餐费？"

男人说："就是误了吃饭的补助费叫'误餐费'。比如你做好饭了我没回家吃，你做的饭不浪费了吗？浪费的米饭、白菜、自来水的水、液化气、电等等都是钱买的吧，你做饭的工时费不也是钱吗？就是发给你浪费补助费。"

女人说："这就是你的不对了。"

男人说："咋是我的不对？"

女人说："你啥时候误过我做的饭啊？早、中、晚三顿饭你吃的都很及时。"

男人想：也是，我还真没大误过家里的饭。

女人说："不像人家市里别墅楼上的大领导、局长、主任们经常误饭。"

"你咋知道这些？"男人问女人。

女人说："他们家属我们买菜买的认识了，在小区也常碰面。她们不断地抱怨，饭也做好了也来电话了，又不回来吃饭了。人家大领导才该领误餐费。你不该有误餐费！"

男人一拍头："对呀！我没误过餐啊！"

猪　内

三中全会前买啥都凭票：肉票、糖票、烟票、布票、油票、菜票、粮票，等等。

吃肉得找公社食品站朱站长。好长时间没吃肉了，家人都馋了。苦于没肉票，想解馋就得找朱站长批条子。

他虽然长得比食品局局长还胖，像个反面人物，但人挺好的。俺小学同学、同桌，当年考试多次帮助他，允许他抄我的卷子，他小学顺利毕业，颇感激我。他后来接他父亲班到食品站工作，从小朱到老朱，工作积极、服从领导、团结同志，当了站长。

我去找他，朱站长很给面子，给我签了字。上写：请售猪内三斤。朱。某月某日。临了扔给我一包烟。

回家我一看他签的字，"扑哧"笑了：老朱啊老朱，你还卖猪肉哩，还是小学三年级文凭，连肉字都不会写，还当肉站长哩？我提笔在内字里添了两笔，唉——这才念肉！

我来到售肉门市部，递给营业员条子。女售肉员瞟了一眼，看我穿得土里土气，再翻眼看朱站长签的字，她的圆圆胖腚在椅子上没动一动。

拉着长腔，懒洋洋地说："没肉。"

我说："朱站长签字了还没肉啊？！"

她说："我说没肉就没肉，还是没肉。"然后把条子扔给我。

我的自尊受到莫大的侮辱！找朱站长说了女售肉员的态度恶劣，她啥态度？！告她一状。

他说："别跟女人一般见识？注意你不能乱改字。"

他给我重新写了字，朱站长说："去吧，这回就有了。"我递给她老朱重签的字，售肉员她脸儿虽然没开花，但好看了许多，猪样的胖腚也离开了椅子。

刘文，北大荒作家协会会员，中国微篇小说作家协会常务副主席兼秘书长，《微篇小说》执行主编，发表作品四百余篇，多篇入选权威选本并获奖。

恩　师

逢年过节，学生阿文总会拿着各种礼物去看望自己的老师阿海。

"没有老师的提携，就没有我阿文的今天！一点儿心意，您别嫌少。"

阿海客套道："老师帮助学生，应该的，你这么客气干吗？来，快坐下，喝茶。"

阿文被提为办公室副主任后，成了家，逢年过节又带着妻子去看阿海。他对妻子说："这是恩师阿海，没有他的提携就没有我的今天！"

阿海笑着说："还是阿文工作干得好，我只不过是推荐推荐，让你师母做菜，咱喝酒！"

阿文当了主任后，宝贝女儿一晃也十二三岁啦，一家三口经常到阿海家看望老师。他对女儿说："这是你阿海大爷——我的恩师，没有他的提携，就没有你爸爸的今天！"

阿海笑着对孩子说："还别说，要不是我慧眼识人，四处举荐，你爸还真就到不了今天。你说是不？"

阿海和阿文相视而笑。

阿文被提拔为公司副总，一次和上级组织部门的官员在酒桌上交流，阿海向组织部门的领导说："这是我的学生阿文，这些年，他的每一步成长，都是我的极力举荐，没有我，他绝对到不了今天……"

"老师说得极是！"阿文尴尬地笑着，表情极为不自然。

转年，阿文升为公司老总，阿海发现，作为家里常客的阿文，极少上门了，起初逢年过节还打发手下送点礼物过来，渐渐地就无声无息了，根本就见不到人影。

"良心都让狗吃了！当年没有我一步步举荐，他今天能当上公司老总，他咋就……"

退居二线的阿海怎么也想不明白。

鉴宝专家

"大家帮我看看，这小盘子是我家祖传的，我小时候就在了，可这专家却说是新的！"阿海气冲冲地从电视台鉴宝海选现场出来，不时打开盒子让在场的藏友看手里的物件。

"老哥，别瞎说，专家可都是省、市博物院的名流，他们的鉴定是很权威的。"

"近代的高仿技术，真让人伤不起呀……"

藏友们你一句我一句，七嘴八舌地说道。

"大爷，能不能让我看看？"阿文挤到阿海身边。

"看吧，看吧，随便看！"正在气头上的阿海赌气地打开盒子。

看到物件，阿文眼前一亮，东西非常开门，从釉面老化程度上看，起码有七八百年的历史，釉水肥润，开片极为自然，布满金丝铁线，非常精美。

"能翻过来让我看看吗？"阿文掩饰住内心的激动央求道。

"看就看，反正专家说是个高仿的赝品。"大爷嘟囔着将小盘翻了过来。

底部满釉，中间三个细小支钉，圈足呈八字状外翻。从器型、釉面、制作工艺来看均符合宋代哥窑的特征。

"大爷，专家都说是假的啦，要不便宜点卖给我玩玩？我出两万咋样？"阿文掩饰住内心的激动伸出两个手指头。

"哥们儿，可别上当，专家都说是假的，还出这么大价钱。"

"卖他算了，高仿的哥窑盘子能值啥钱？"大家又七嘴八舌地插言道。

"算了，反正我留着它也挺闹心，卖你可以，一口价五万，不过我可要现金。"大爷思忖片刻答应了。

"表哥，五万搞定了。"阿文掏出手机激动地向表哥报喜。

"好！纵有家财万贯，不抵哥窑一件，这个盘子咱最少可以赚到五十万。"

电话那头的表哥正是电视台鉴宝节目的那位权威专家。

童言无忌

"同学们，城里的叔叔阿姨，不辞辛苦、翻山涉水来到我们山区小学为大家捐赠书包、铅笔、作业本、橡皮等文具，让我们对他们的到来表示衷心的感谢，行队礼！"

在校长的指挥下，山坳里低洼不平的操场上，近一百个孩子整齐列队，行着队礼。

"新书包送给你，好好学习。"记者阿文把一个崭新的花书包递给一个六七岁的女孩子。

"谢谢叔叔。"女孩儿木然地接过书包。

女孩儿和其他孩子一样，神情木讷，机械地领着文教用品，没有阿文和爱心志愿者想象中的兴奋与快乐。是山里孩子紧张，还是没见过世面？阿文和爱心志愿者们心里同样犯着嘀咕。

"领到新书包高兴不高兴？"阿文亲切地拉住女孩儿的手边问边示意同伴合影。

"高兴。"女孩儿随口回答着，面对镜头可脸上却依然没有表情。

"好孩子，除了领到文具你还有什么愿望？告诉叔叔好吗？"阿文亲切地问小女孩儿。

"叔叔，听说我们学校是离城里最近的，哥哥姐姐们都来我们这儿献爱心，这已经是今年教师节我收到的第十个书包了，可我要这么些书包干什么呀？"

闻听此言，阿文和爱心志愿者们顿时哑然无声。

都是微信惹的祸

"赶紧付钱走人，别在这里丢人！挺大个男人也不嫌碢碜，还先报警。"

"你欺骗我居然还让我付饭钱？报警咋啦，就让警察评评理究竟该谁埋单！"

警长阿文、助手阿海和两名巡警进入西餐厅就见一对时尚男女在争吵，边上一群人围着看热闹。

"闲杂人等都散了吧！该干吗干吗去！"阿文、阿海等人喝退围观者，把二人带到餐厅经理室。

"叫什么名字？说说吧，究竟为什么吵架！"阿文问时尚男。

"警察同志，我叫李海，您看看，她的拍照技术真好，居然把自己的照片拍得那么美，我都没认出来。"时尚男边回答边打开手机递给警长阿文看。

"我叫孙梅，你以为你好看吗？你本人也没有照片帅，早知道不来了！"时尚女愤愤地边反击边递上自己的苹果手机。

"你带孙女士去边上的房间询问。"阿文示意阿海。

半小时后，经现场调解，李先生主动向孙小姐赔礼道歉，孙小姐主动支付一半餐费，这起约会用餐纠纷以 AA 制处理完毕。

"世界之大，无奇不有啊！我从警三十多年，今儿算长了见识了！"返回警队的阿文一边跟值班长汇报一边感慨道。

"咋回事？快说说看。"值班长好奇地追问。

"两位时尚男女用微信摇一摇相互搭讪聊天，孙女士晒出的自拍照张张美艳动人，李先生心生好感，每天都嘘寒问暖，成功打动孙女士。很快，两人相约在西餐厅正式见面。点餐后，当确认眼前这个又黑又胖的女子就是自己朝思暮想的美女，真人没照片上好看时，李先生便拒付饭钱，两人言语不和便报了案……"

刘晓斌，四川省资阳市作家协会会员，当代微篇小说作家协会会员，中华精短文学学会会员，中国闪小说学会会员，已出版诗文集四部。

百密一疏

我们单位综合管理部经理朱熠有一条叫布朗的斑点狗，每天下午下班都会去单位接他。节假日值班，那狗也总是陪着他。

你可别小瞧布朗，它可有本事了——

跳高跳远，帮人拾东西，点头摇头，直立行走，与人握手，磕头作揖……

它为朱熠的荣升立下了汗马功劳。2013 年 3 月，钱行长家的斑点狗发情了，钱夫人看了几条公狗都不中意，就叫钱行长帮着打听。于是，钱行长就对她说："我们综合管理部小朱有一条，你看行不？"钱夫人说"你叫他晚上带过来吧。"当天晚上，钱夫人看了朱熠的狗，觉得不错，就让两条狗好了。自那以后，钱行长家的狗一发情，总是找朱熠。

它能分清官衔。一天下午下班后，我去综合管理部交竞聘报告。一进办公室，就见一条四五十斤、身上布满不少斑点的狗立即起身盯着我。朱熠马上招呼："布朗，这是来竞聘业务部经理的老刘。"只见那狗重又轻轻地坐了回去，既没叫，也没再看我。我将报告交给朱熠，转身见我们局长走了进来。我还没有来得及招呼，只见那狗一个纵步从我身边蹿了过去，头在局长腿上轻轻磨蹭，眼睛温柔地看着他，尾巴左右摇着。"握个手吧。"行长的话还没落音，那狗就主动伸出了前爪……"你可别小瞧它，它还分得清县长、厅长呢。"行长走后，朱熠对我说。

今年春节后，朱熠被省分行点名通报批评。原因是春节省分行审计处的苟处长到我们单位检查时，无论朱经理怎样招呼，布朗一直对苟处长一行人狂吠不止。

下来听朱熠说，训练布朗时，忘了告诉它处长有多大了……

黑屋子

快五十年了，这事我没告诉过任何人——在我梦境的左后方，一直有一座黑屋子。外面罩着一层灰色的东西，像雾，又像电网。

几十年了，因为父母、老师的不断警告和提醒，我始终没有越雷池半步。前几天，我不小心摔了一跤。没有流血，却肿得厉害；没有钻心的疼痛，却酸麻得特别难受；周围没人，却老觉人影幢幢；看不清前面的路，却可以朝任何一个方向行走。

我转向左后方。我看见了黑屋子。这一回，我终于没能忍住好奇心，走了进去。屋子很大，床铺很多，每个床都有人。没认识的，很多很多的人都似曾相识。走了一段，我看到一个铺上躺着一位似曾相识的老人。"老人家，您是怎么进来的？""我是自愿进来的。""难道您不想外面的亲人和朋友吗？""朋友都被我出卖了。或者说，朋友都出卖了我。至于亲人，我就是他们送进来的。"

又走了一段，我看见一位似曾相识的中年妇女坐在床铺上。"大姐，你是怎么进来的呢？""我是被一帮天杀的人贩子蹂躏后卖进来的。""你想出去吗？""出去干啥？丢人吗？我可丢不起那个人！"

我只好继续往前走。在一个拐角出，我看见一位似曾相识的年轻人。"年轻人，你为啥也跑到这里来了？""我对父母和老师很烦。于是，他们叫我往东，我就偏往西。开始对了几次，也过得特开心。后来不知怎么的，稀里糊涂就到了这里。"

"你想回去吗？""想呀！叔叔，您能带我离开这里吗？""试试吧。"我牵着年轻人的手，走到屋子的南面，一头向墙壁撞去……

叔叔，您终于醒了！您看，太阳刚刚出来，空气多清新呀……

李晓玲，山西省临汾市人。当代微篇小说作家协会会员，获"2015 中国微篇小说新锐作家奖"；2016 年明森剪纸杯第二届微篇小说大赛铜奖。

特制名片

"我刚从国外回来，特来拜访张县长，这是我的名片。"

张县长看后一脸诧异，惊慌："这是……你？"

我说："哦，名片上的照片，是我和父亲的合影，及父亲的座右铭，我怕忘了，就印在名片上了。"

张县长脸色阴沉："有什么事要我办尽管说吧，我一定尽力。"

第二天晚上，我来到刘市长家，刚落要座，我又把我的名片递过去说："刘市长这是我的名片，请多多关照。"

刘市长接过名片看后，一脸惊恐："他是……你？"

我说："哦，他是我父亲，这是我和父亲的合影，及我父亲的座右铭，我怕忘了就印在名片上了。"

刘市长的脸一下子变的黑青："有啥事让我帮你办，说？"

"我父亲是某县的主要领导，因行贿受贿双规了。我是他的……"

我名片上的那句话是：我无权让一个人上去，但我仍有权让一批人下来！

几天之后，我的父亲被解除双规，内退回家颐养天年。

河边走

孙局长常告诫下属，执行公务或办业务，切记要把握原则：不能大吃大喝，跳舞不能乱摸。不要什么事都没办，就先乱了分寸。

其实，孙局长本人就有这方面的业余爱好，时不时地演奏出风花雪月的故事。只是他手段高明，又有名望，权势和经济做后盾，多年来常在河边走，却从没湿过鞋。

前不久，酒足饭饱后，孙局长换上便装，驱车去邻县的高档俱乐部体验生活。酣畅淋漓时被例行检查治安两名公安逮个正着。孙局长抖出昔日的威风："我是XX局的局长，你们？……"公安人员说："逮的就是你们这样的局长，跟我们走一趟！"

正在这时，一位穿得非常整齐，腰挎手机的中年男人快步走到孙局长面前，朝他脸上"噼噼啪啪"地扇了两巴掌，边打边威严地骂："瞧你这熊样，还冒充局长？！"

两名公安愣住了，问："你是干什么的？"

中年男人赶忙给两名公安人员让烟。"警察同志，我是邻县药厂的厂长。这小子是我的远房亲戚，在我单位保卫科当保卫。"说到这中年人压低了声音，"晚上他还值班。两位看看能否在这儿说一说，罚点钱行吗？"

公安人员看中年人毕恭毕敬，态度好，就依照有关条例罚款五千元。中年人称谢，交钱走人。

到了年终，中年人被评为优秀厂领导，奖励一万元。领导批示，过了春节，该厂长随有关人员赴英美考察二十天，费用全由局里支付。

廖兴兰，现居于重庆市区，国企退休人员。中国微篇小说作家协会会员，曾有散文、小说发表于报刊。

火狐帽

多年前，家里遇到劫难，丢失了大量的世界名著，那是我爷爷当年留学英国时买的。作为文史馆员的爷爷，为此大病一场。同时丢失的还有一顶火狐帽，那是我爷爷的父亲留给他的东西。此后，爷爷一直很消沉。

后来国内盛行炒股票，爷爷突然来了热情，那时他已退休，七十来岁的人了，一天到晚就往股市里转。静下来时常长吁短叹，哎！火狐帽。

哦，对了，爷爷这把年纪，是该戴顶皮帽子。于是，我托人在外地给爷爷买回一顶水獭帽，爷爷戴上可气派啦。可是爷爷摸着皮帽子叹口气："哎，这有啥用哟！"

火狐帽，火狐帽！爷爷就这样念叨。知道那火狐帽很神奇，据说带上它，头上三尺高的雪都会融化。可是，我一出生就没看见过那宝贝，你叫我去哪儿找？

多年过去，爷爷快九十了，他的意识有些模糊，可是对火狐帽一点儿都不模糊。无奈，我只好又去寻觅。可当年涉案的人也有六十来岁了，如果再不寻觅，恐怕……

有一天收到一个包裹，里面有顶毛快掉光的红皮帽和一封信："对不起，老先生！我因当年的事服刑在川西，出狱后，在当地安了家。因为这里寒冷，一直带着皮帽。十几年前听同案人说起你家的事，我当时舍不得，现在我病了，可能是报应，特给您寄回，望能减轻一点儿罪过。"哇！我立即拿着这顶臭烘烘的红皮帽来到爷爷床前，爷爷激动得两眼发直。半晌，他喘过气来："快！将它捐给政府……"

原来，在这顶火狐帽的夹层里，有几张当年苏伊士运河的原始股票……

雨夜遭遇

我摸出那张被雨水浸润了的名片，给那个贾总打电话，总无人接听。可能是不接陌生来电，理解。

我又打座机，一连串的语音提示后，好不容易有个人问话，她又问我有没有预约，真是活见鬼！

怎么办？我站在路边，愁得忘了饥饿。

电话不接那就发短信吧！

"贾总，昨晚上你车轮陷在泥坑里了，是我帮你推的车，后来，你帮我拦了一辆回城的小货车，可那辆车里是一伙偷电线的贼，还没到县城就被抓到派出所了。我受到牵连，你能帮我证明一下吗？

"贾总，我昨晚上冒着雨，主动帮你，现在我要说不清楚，就只有'进去了'。"

我想起在雨中，为他折腾了一个多小时，那车轮就在泥坑里打转，推不出来。后来，还是我把披在自己身上的蓑衣取下来，垫在车轮下，才推出来了。我却淋得像个落汤鸡。

"贾总，做人要讲义气，你就帮我一回嘛，我谢谢你了。"

又等了很久还没有回音，我现在是又冷又饿。怎么办？哎，我咋这么倒霉哟，我昨天栽完红苕，就连夜冒雨赶回来上班，不就是为了多挣几个钱？现在好了……

我蹲在路边，越想越气，真想把这没用的手机摔掉！突然，我一拍大腿，站了起来：来狠的！威胁一下。

"贾总，我手机里有你人和车的照片，你若在三十分钟之内不赶到城关镇派出所，我就在网上对你进行人肉搜索……"

十分钟左右，手机响了："兄弟，是我，老贾。刚才在开会，手机静音。没想到你受了这么大的委屈。我马上就到，马上就到！"

龙艳，苗族。16 岁开始发表作品、获奖。系中国闪小说学会会员，贵州省作家协会会员，黔东南州作家协会副主席。

神 判

以前，在苗族村寨里若发生了什么重大的纠纷难以解决，就会用"捞油锅""砍鸡"等方式来进行"神判"。

1939 年，寨头苗寨就曾发生过一起因借枪支用而引发的"捞油锅"事件。

万老贵跟好友万金保借一支"汉阳造"枪去打猎。不久，万金保出门办事，就去找万老贵要回自己的枪。万老贵奇怪地说："我借你的枪支早已退还给你妻子了。"

万金保回家来问妻子，可妻子却说没这么一回事。

万金保很生气，觉得万老贵太不像话，自己好心借枪给他，他不但不还，还说是已还给了他的妻子，这不是存心想霸占自己的枪吗？他又去找万老贵说理，可万老贵还是说已经亲手还给了他的妻子。万金保的妻子一口咬定没有收到万老贵还来的枪。三人越争越凶，最后，万金保生气地对万老贵说："你敢捞油锅不？"万老贵也生气地说："敢！"于是双方找来祭司，用"捞油锅"来"神判"。

捞油锅当天，前来观看的人特别多，人山人海的。大家都想看看到底是谁输谁赢。捞油锅仪式由双方选定的祭司主持，寨中的榔头、理老等都参加做证，双方又各选若干人参与做证。

原告万金保把一口大锅子架在神判台架上，后将三斤黄牛油、三斤水牛油、三斤泥鳅、三斤黄鳝、五斤糯米和一把斧子放入锅里，升火烧沸。这时，祭司站在神判台上，口里念着神判巫词。万老贵和万金保高高地挽着衣袖，闭上眼睛，咬紧牙关，把手伸向了滚开的油锅……

"慢！别捞了！万老贵已把枪还给我了，我把枪支藏在了谷堆里。"万金保的妻子哭着喊了起来。

神　树

每一个苗寨里几乎都有几株上千年的古树，苗寨里称之为护寨神树。寨头苗寨也不例外，在苗族祖先蚩尤庙旁，一棵树干粗壮、树叶繁茂的千年古银杏树与几株名贵的树静静地守护着一代又一代的苗家儿女。

为什么这些树能够很好地存活下来而没有受到破坏、砍伐？因为苗族人民都深深敬畏神灵，认为树木也是有灵性的，不可随意乱伐。更何况，这是几株长在蚩尤庙边的树。

可是，一天，寨里来了几个外地人。他们一见到这几棵树，便想着要把它们变成钱装进他们的口袋里。

他们先是想买树，可村里人一致不同意卖树，说无论他们给多少钱也不会卖。这几个外地人碰了灰和钉子，灰溜溜地走了。

"想买我们的护寨树，那是走错了庙门，打错了算盘！"寨佬对村里人说，"我们就算穷得吃不起饭，也决不会卖树的！"

"对！决不卖树！"人们都说。

"他们也不打听打听，这树是能随便乱动的吗？也不怕遭到报应？"

"就是！谁敢去动这些树呀！"

"送我一百个胆，我也不敢去碰一下呀！"

……

然而，那几个人却没有死心，他们在一个下着大雨夜里来了，带来了电锯和车子，准备偷走树。

可是，没等他们靠近树，说时迟，那时快，一道耀眼的闪电闪在他们的眼前，拿着电锯的家伙一下子倒在了地上，死了。其他的人见状吓得屁滚尿流，抱头鼠窜。

从此，他们再也不敢打这些树的主意了。寨头苗寨蚩尤庙旁的几棵大树愈发青翠了，人们称之为神树。

寨 佬

翁里苗寨的寨佬犯了一个不可谅解的错误，他竟然偷砍了树木，违反了村规民约。这下，寨子里可热闹了，说什么话的人都有。

"村民们都没有谁犯事呀，寨佬自己却先犯了！"

"还是寨佬呢！却自己抽了自己的耳光！"

"这寨佬是怎么了，竟然会犯这样的错误。唉！他今后怎么还能服众哟！"

"是寨佬也要按规矩办事，该怎么处罚就得怎么处罚！"

"对！按道理，处罚还应该再重一点儿！"

"唉，不知寨佬是怎么想的，怎么会这样做呢？"

……

寨佬出来了，他悔恨万分地说："我一念之差，做错了事情，很对不起大家。我愿意按规定接受处罚。"

"好，就按照你说的办！"

"大家听好，寨佬违反了村规民约，愿意接受处罚。他家要拿出一百二十斤大米、一百二十块钱、一百二十斤猪肉来请大家吃饭……以后，寨子里谁犯了同样的错误，也要受到同样的惩罚！"

寨佬一家人都既心疼又惭愧，眼皮都不敢高抬，话也说得小声小气地。

有了寨佬这个"榜样"，翁里苗寨的风气越来越好了，村民们都很守规矩。

一天，他们不知从哪儿听到了一个消息：寨佬那次是故意犯错误的。

"寨佬故意犯错误？！为什么？"

"还不是为了寨子？"

"对呀，为了让人们知道做错事就真的要受到惩罚，寨佬不惜花钱费米，以身作则。"

"哦，寨佬真是用心良苦啊！"

知道了事情真相，村民们恍然大悟。从此，更敬重寨佬，也更守村规民约了。

李燕玲，中国当代基础教育学术研究百佳带头人，当代微篇小说作家协会会员，中国微篇小说新锐作家，《微篇小说》编委，已发表作品四十余篇。

做　媒

新上任的高局长第一天上班就下基层体察民情，亲自视察各部室的工作情况。当然，每到一处不过是走马观花地看看，听听陪同相关部室领导的介绍，微笑着频频点头，给人留下亲和、不摆架子的好印象。

唯独视察后勤部时，破天荒多逗留了一会儿。高局长看似随意地走到刚就职不久的严卓面前，和蔼地询问："小伙子，刚大学毕业吧！工作还适应吗？"

突然得到这种大人物的关心，对严卓这种小职员来说，像中了大奖。严卓不禁愣住了，还是在一位前辈的好心提醒下才回过神，红着脸结结巴巴地回答："适，适应。"

高局长满意地点点头，正准备出门，又像突然记起了什么，回过头意味深长地问："小严啊，你有女朋友吗？"

严卓心神一荡，想起了温柔美丽的女友姜婷婷，但转念一想，若是让领导知道自己刚上班就有女朋友，恐怕会影响将来事业的发展。于是，理直气壮地答："报告局长，目前，我还没有女朋友！"

高局长微微一怔，随即又笑了。

一周后，高局长亲自做媒，把他的远房侄女介绍给严卓。

一个月后，女友姜婷婷和严卓平静地分手了。

一年后，在高局长儿子的婚宴上，严卓震惊地发现，高局长的儿媳竟然就是自己的前女友姜婷婷。敬酒时，微醉的高局长拍着严卓的肩膀说："小卓啊，真要谢谢你！当初，如果不是你甩了姜市长的女儿，我儿子就没机会和婷婷相亲，我也做不了市长的亲家！"

"啊，婷婷是市长的女儿？之前，她怎么从未向我提过？"严卓呆呆地自言自语，突然感到头痛欲裂。

纯净的心

一次朋友聚会上，我认识了青春靓丽的萌萌。让我下定决心追萌萌做我女朋友的原因，不仅仅是她美丽可爱的外表，更重要的是她有一颗纯净的心。在聚会上，萌萌对那些有房有车的成功男士爱答不理，唯独对我这个刚上两年班、一无所有的小职员很上心。我想，这可能就是缘分吧！

约萌萌吃过几次饭后，她问我，同不同意"不以结婚为目的的谈恋爱都是耍流氓"这个说法。我连忙点头赞同，并举起右手保准："我对待感情是百分百的认真！绝对不耍流氓！"看到萌萌扑哧笑了，我觉得我和萌萌绝对有戏，要不，我俩的想法怎会这样的契合？

又过了几天，萌萌告诉我一个好消息，"星月名城"正在开盘做活动，认筹一万抵五万，并且，她有认识的朋友做销售，还能拿到九五折优惠，机会难得，建议我用分期付款的方式购买一套婚房。

这个消息让我欢喜让我忧。喜的是，这不明摆着是萌萌对我的暗示和考验吗？都买婚房了，结婚还会远吗？忧的是，我手头上并没有多少存款，上哪儿弄十几万的首付呢？我只好厚着脸皮向父母开口，七拼八凑弄齐了首付。

我西装革履，愉快地接萌萌一同去选房、签合同，萌萌果真善解人意，她没有要求在房产证上加上她的名字，即便如此，萌萌仍一脸的满足，这令我很是欣慰。

晚上，告知有房的一哥们儿，从今天起，我也是一房奴了。他笑道："是萌萌介绍的吧？这个月，她的销售业绩又是第一了！"

我一怔，又想起萌萌曾对我说过的话——"不以结婚为目的的谈恋爱都是耍流氓！"

李宗山，当代微篇小说作家协会会员、中国闪小说学会会员，作品入选《中国闪小说 2015 年度佳作》《中国微篇小说二十八家》等。

睡踏实

我睡不好觉的时候，只要回到母亲那里，就能睡踏实，甚至还能听到自己的呼噜声。

那次连加几天班，回去躺下怎么都睡不着，脑子里全是报表数据，我就到了母亲那里。母亲说干活累了就歇歇，没个好身体说什么都白搭。母亲坐在我旁边，没唠两句我就睡着了。醒来的时候，母亲还在我旁边坐着，我一看表一觉竟睡了两个小时。

有次活干了不少，却还是受到领导的批评。我气不过回家蒙头想睡，但翻来覆去怎么也睡不着，就到母亲那里。母亲说再冤还能比窦娥冤？再大不了的事睡一觉就好了。母亲坐在沙发一头，我倒在沙发上果然很快就睡着了。等到醒来，母亲笑着说我睡觉打着呼噜，哪来的冤屈？我果然释怀了。

那天中午去看母亲，吃完饭和母亲又说了好一阵话。母亲说是不是最近工作挺顺的，我说是挺顺的。母亲说顺了就好好干吧。母亲又说她想睡一会儿午觉。我一看表快到上班时间了。我起身就要出门。我突然觉着是否也应该坐到母亲旁边，让母亲好好睡一觉。母亲却赶我似的说："你不走，我怎么能睡踏实？"

不吃咋办

晚饭后常到公园散步，认识了老范。老范见面第一句话总要说："中午吃了那么多，不锻炼那是要出大毛病的。"

那天老范和我边走边说："中午手抓肉就吃了有一公斤，还有荤菜、素菜、主食，害得我连午觉都没睡成。"我羡慕地说："能吃可不是坏事呀，能吃能干能消化，那可是人生的幸福事。"老范停下脚步说："哪能消化得了？不过要是把午、晚饭合并算到中午，那还是能说通的，这也是我晚上一般不吃东西的原因。"他拍着肚子，"这不，到现在还鼓鼓的。"老范颇显无奈，"唉，做都做了，不吃咋办？"

有一次，老范埋怨道："今天中午的红烧鱼、清炖肉、四喜丸子，倒都是我平时爱吃的，可也害得我晚上连水都喝不下了。"他又拍拍肚子，"这样下去的确要得病的。"我说："吃饭讲个七分饱，身体可是自己的。"老范还是无奈地叹气说："早早都做了，不吃咋办？"

时间长了，我发现老范其实也并不是每天都大鱼大肉，逢周六、周日是必吃素的，甚至大多数周六、周日干脆也不到公园散步了。我问老范："这一定有什么讲究吧。"

老范很认真地说："也算荤素搭配吧。"我说："荤素间隔那么长，还那么集中，搭配也不科学合理呀。"老范笑着摇头说："平时中午吃的那是单位食堂，自己做不了主，不吃咋办？大家都吃，我也没法例外。好在一顿饭个人只付一元钱。钱虽不多，可剩多了也是浪费，于公于私都不利呀。"

刘志文，当代微篇小说作家协会会员，中国微篇小说新锐作家，在《国际日报》《牡丹晚报》《微篇小说》等中外报刊发表多篇闪小说作品。

脆弱的真相

小草的父母因为一次意外不幸双双离世，家中只剩年迈的奶奶，我母亲心善，怜其孤苦无依，从此便多加照顾。

当年物资匮乏，家里难得做次红烧肉，每次母亲总要盛出满满的一碗给小草祖孙送去。读书那几年，家中经济已日渐拮据，但母亲还是不遗余力辅助小草学业，满足小草的生活所需，为此倾注了最大的心血。我和小草的成绩都很拔尖，但当时乡里只有一个免费保送名额，抓阄的结果，毫无悬念是小草摸出了"上"。她不知道，这次的"公平"抓阄，母亲写了两张"上"，又让她第一个抓。

后来，小草成了律师，工作蒸蒸日上，生活一帆风顺。母亲常欢喜小草没有辜负她的期望，然而，小草却越来越冷漠。

我心里怨恨："娘，小草不懂感恩，您……她简直是头白眼狼！"这时，母亲总是叹口气，只说不能怪她。直到母亲弥留之际才终于道出了真相：小草的父母竟是因为父亲才会出的意外，原来……我还想追问，母亲却永远沉默了。

几年后，功成名就的小草回乡探亲，来到父母亲的墓前，深深鞠了三个躬，又磕了三个响头。

我正惊疑，她却泪水涟涟地说："姨，这么多年您为什么不告诉我真相？我最近才有机会在当年的卷宗中看到了真相，叔叔在执勤时遇到我父母偷窃珠宝，他们是拒捕逃走才出的车祸啊！"

巧　遇

　　街角，白兰竟巧遇李丽。多年未见，两人激动万分，当下决定找一处茶室叙旧。

　　两人从儿时的顽皮嬉闹聊到少女时期的纯真懵懂，再到工作嫁人，渐渐地话题就转到了彼此的丈夫身上。

　　"你看，这就是张伟。"李丽晃了晃手中的"苹果"手机。

　　原来张伟这么俊朗，赵明可就逊色多了！白兰指着屏幕里一个黝黑中等个的男人羞赧地笑道。

　　"对了，白兰，你家赵明是做哪一行的？"李丽为人很是快人快语。

　　"他啊，就是个普通创业的。"白兰淡淡道。

　　李丽瞄了一眼白兰，一身素净，心道果真是"普通"。

　　"要说我家张伟吧，也真是能耐。你是不知道，他刚毕业就进了一家五百强企业，没几年已经是研发部门的经理了，年薪四十多万呢！"

　　"哦，那真是年轻有为，你真幸运。"白兰真心道。

　　"是啊，我家张伟可是博士毕业，高才生！"李丽优雅地呷了一口茶。

　　"赵明的学历只有高中，这样一比，可差了一大截！他起点低，现在的一切来得不容易！"白兰惭愧万分。

　　面前的杯子空了，白兰又主动添了些茶水，李丽更是得意。

　　夜幕时分，告别在即。

　　"张伟等等来接我，要不顺路送送你吧！"李丽盛情相邀。

　　"谢谢，不用了，赵明稍后就到。"白兰婉拒。

　　两人各自旋转着面前的茶杯，静寂无声。

　　不多时，两人的丈夫先后进来，李丽迎上前去，却见张伟对着赵明恭恭敬敬地鞠了一躬："赵总，多谢您顺道带我来，这真是太巧了！"白兰转身时分明瞧见，李丽刚要绽放的微笑瞬间枯萎在了脸上。

闵凡利，中国作家协会会员。在《当代》《天涯》《大家》等报刊发表作品三百六十余万字，已出版长篇小说两部、中短篇作品集等十三部。

佛　心

一日，佛在打坐，菩提树下来三者：名、利、权。三者围石桌而坐。权曰：多日不见，今日难得一聚，一醉方休如何？名，利齐赞同。利看二者皆两手空空，曰：无酒，怎么个醉法？名手指菩提树下的智慧井曰：那里盛的不是世上最美的酒吗？利又问：菜呢？权指着自己曰：名、利、权不是世间最美的三道菜吗？众皆大悟，曰：妙！

权觉得有点儿美中不足，曰：若再来一者，就更妙了，四者，事事如意乎！

佛感到三人的喝法滋味非凡，移莲步而来，曰：我算一者，如何？

众皆欢呼，曰：妙哉！

佛曰：你们三者皆拿出尘世三道最绝的菜肴，老衲也入乡随俗，献出一样。说着伸手入怀，掏出一物，鲜鲜艳艳，活蹦乱跳——是心。

四者推杯换盏，逐一品尝。佛看三者之菜鲜嫩金黄，凡心大动，便各自夹些填入嘴中，品时味儿美；过后，肚里异常难受，排出三枚臭气来。

名、利、权三者见佛心鲜红，食欲大振，皆抛箸入盘。进口皆吐，大曰：苦也！便不再问津，吃起另外三样菜肴，竟吃得杯盘狼藉，忘乎所以。

酒毕，唯佛心完好如初。三者其问佛：心怎这般苦？

佛看看三者，想说说因为所以，但看三者之疑相，哈哈大笑。

佛曰：佛苦的是心，甜的是人，香的是味。

三者咋舌，只觉口内异香如兰麝，皆大惊，忙呼佛，佛已无踪。

瞬 间

很久以前的事了。

有一女孩儿喜欢上一个男孩儿。男孩儿长得帅，气质也好。样样都长到女孩儿的心坎上。女孩儿很喜欢。

女孩儿就想每天看到男孩儿。一天不见，心里就慌慌地，干起啥来都丢三忘四的，很烦。可见面了，女孩儿却不知说啥，就装着很严肃，一本正经的。女孩儿也不知为什么。

很多次，女孩儿就想，我得问问男孩儿，问什么呢？噢，女孩儿想，最好问问他，他信缘吗？可见了面，就怯了。她不知说啥。只觉脸很红，很羞，想快点走开。

有一次，她和男孩儿又相遇了。男孩儿唤了她一声："哎！"她装着没听见，还是急匆匆走。她想，他要是再唤，她就停下。就答应。就问她想问的那句话。

男孩儿没唤第二次。

后来，女孩儿有了丈夫成了女人；男孩儿有了妻子成了男人。两人的日子都过得很平淡。男人和女人都想，要是和他（她）在一起，一定会是另一个样子的。

再后来，两人相遇了，女人就问男人。男人说：他信缘。非常非常信。男人问女人："我当时唤你，你为啥不应呢？"

女人问男人："你为什么不再唤一次呢？"

男人想想就笑了，说："我当时也叫了，叫了很多次。都是在心里，是流着泪叫的。叫了，没喊出口。"

女人的泪就落了，说："这就是缘吧？"

男人想想，想了很久，才对女人说，也许是吧。

女人就擦自己的泪。女人想，都这么大了，落泪干啥呢？女人就对男人笑了。笑得很好看。男人看到女人的笑，很感动。男人想，自己是个大男人，他是该笑的。就对女人笑一下，笑得很干巴。女人没怪他。

后来两人就各自回家了。脚步都走得很沉。

那时，太阳落山了。

风筝满天飞

天一放暖，花儿就蓄劲儿开了。花越开越浓。春就越来越近了。

田里的花儿铺天盖地，姹紫嫣红。此时，天上也开始开花了，后来越来越多，饱满了天空——是风筝。

很久以前，我认为风筝是天空开出的花。那时的我还很小，很小的我常跟着二爷爷玩。

二爷爷最爱的就是放风筝。雪花绽放时，二爷爷就开始扎风筝。二爷爷不扎青蛙、龙、蜈蚣之类的风筝。二爷爷不喜欢这文静的天上飘着这么张牙舞爪的东西。不美。二爷爷喜欢扎花，最爱扎的是梅花。梅花很白，微微透着些红，但最动人还是那白。白的整个天空都颤颤的，香喷喷的。

放风筝时，二爷爷一手牵好几个。别人一手牵一个还放不起。二爷爷的风筝不，只要他一松手，迎风一跑，风筝就全开在了天空。最多的时候二爷爷一手放过十个风筝。线都有条不紊，从不纠缠。

二爷爷一年只放一次风筝。二爷爷的风筝在天空开花的时候，那时所有的风筝都在地上叹息了。所以这一天就是二爷爷的日子。二爷爷的周围就聚了一堆人，一堆人就都把脸开成向日葵，仰望着天空中的风筝。大的花，小的花，忽上忽下，生动着天空，很诗意。

暮色西沉，该收风筝了，二爷爷就松开十指，手中牵风筝的线儿就匆匆飞上了天，只一会儿，就飘得很高，很远……

二爷爷看着风筝说："走吧，你们都走吧！"之后，长叹一口气，如释重负。所以二爷爷扎了一辈子，放了一辈子，最后一个也没留下。

村里好多人都纳闷，问他，怎不留一只呢？他只笑笑，从不说。

后来我长大了，长大的我渐渐明白了，那是因为二爷爷把风筝都交给天空，把他们各自的线儿都还给自己。

莫托夫，广东省遂溪县人，遂溪县作家协会理事，现在遂溪县某机关工作。

人未走茶凉

神龙县县长雷丘年满六十周岁，到了退休年龄，已办理退休手续。

雷丘在神龙县苦心经营十年，劳苦功高，人脉深厚。县内各镇镇长、各行政局局长、县直副科以上企（事）业单位的负责人、县管中小学校校长都是雷丘一手提拔起来的。

为隆隆重重、风风光光欢送雷丘离开工作岗位，神龙县举办欢送雷丘同志茶话会。为表示庄重、隆重和严肃，县府办主任林日月亲自向各镇，各单位"一把手"共一百一十六人打电话告知此事。

晚上八时整，一百一十六名"一把手"兴高采烈、神采奕奕赴会。

热烈的掌声中，茶话会拉开帷幕。望着齐刷刷的与会人员依依不舍的神情，雷丘心中无限感动。

雷丘感叹道："这十年没白费啊！"

这时，一条消息在会场悄然传开。长川县副县长黎江被调任神龙县县长，长川县政府正举行欢送黎江履新茶话会。

原本依依不舍的一把手纷纷拿出手机，装模作样地到会场外接听电话，或者到洗手间撒尿去。

一条长长的车龙闪烁着璀璨的灯光，浩浩荡荡、风驰电掣地奔向长川。

热热闹闹的茶话会突然寂静了，剩下几个人无精打采、垂头丧气地坐在空旷的大厅里。雷丘一时想不起，这几个陌生的面孔是属于哪一个单位的？

望着稀稀拉拉几个人，坐在宽敞、明亮、豪华、金碧辉煌的大厅里，一种失落的情愫袭上雷丘的心头。

雷丘感慨地说："唉！人未走茶就凉！"

悲　哀

钟廓村村长温玉从国外回村自首，沸沸扬扬的"钟廓村贱卖集体土地案"得以结案。温玉向区纪委提出一个特殊的要求——请准许他回钟廓村向村民道歉。

区纪委调查组陪护温玉回到钟廓村。进入村办公楼的院子，望着熟悉的办公楼，闻着泥土芳香的气息，温玉"扑"的一声，跪在办公楼前，亲吻着钟廓村的土地，号啕大哭、泪如雨下。

钟廓村是市里的城中村，钟廓房地产集团正大手笔建设钟廓新城。温玉把村里能卖的土地全卖光了，连千年祖墓地都不放过。十年间，共收受现金五千多万元。

温玉向调查组讲述逃亡国外的惨痛遭遇。

第一站，温玉跑到原老婆吴珠处。温玉和吴珠搞了一个假离婚，送吴珠出国，吴珠却假戏真做，嫁给澳国人詹姆。温玉逃到吴珠处，连门都不能进。

第二站，温玉跑到女儿温懿处。温懿带着财产嫁给美国仔奥比，温玉出事后，温懿断了财源，被奥比赶出家门，财色两空。温懿除了裤裆下面阔了一点儿，什么都没有。

第三站，温玉跑到儿子温顺处。温顺是二世祖，吃喝嫖赌，样样都沾份，就是不干活。温玉出事后，儿媳卷了全部家产，跟着一个外国佬跑路。

温玉在广播里痛哭流涕地对村民说："温玉潜逃两年，是一条丧家之狗。逃亡国外，才知道什么是国，什么是家？才知道家乡的温暖。温玉时刻想回钟廓村，但愧对钟廓村的列祖列宗。温玉生不能为钟廓村人，死也要回来当钟廓村鬼。如果有来生，温玉一定做一个遵纪守法、堂堂正正的中国人！"

满震，江苏省作家协会会员。出版小小说集《好人无处不在》《夜色多么好》等五部，曾获中国微型小说（小小说）年度评选一等奖等奖项。

栀子花在电梯里芬芳

她早上去菜场买菜顺便买了一把栀子花回来，走进电梯，又闻到了一股呛人的烟味。她一直讨厌烟味。

这电梯里明白警示"禁止吸烟"，可有些人就是视而不见，非得在电梯里抽烟，真是素质低下！她一边在心里指责那个不自觉的烟鬼，一边从袋子里取出几朵栀子花来，前后左右扫视了一番，终于找到了一个放置的地方。顿时，栀子花的芳香冲淡了难闻的烟味。

中途，又有几个人进电梯。闻到了栀子花的清香，他们看着她说："好香哦！是哪位放的花？真是个有情趣的人啊！"

她笑笑，也不接话说她就是那个放花的人。

下午，她下楼，进了电梯，却发现花没了。她在心里说，真是林子不大却也什么鸟都有，几朵小花竟然也有人贪！

第二天早上，她去菜场买菜的时候顺便又买了一把栀子花回来，她打算再在电梯里放几朵。走进电梯，她惊喜地发现那个地方已经放了几朵栀子花。洁白的花瓣上还滚动着晶莹的露珠。她开心得笑了。

买　鱼

去菜场买鱼。

问："这鲢子鱼怎么卖的？"

卖鱼的说："六块钱一斤。"

称一条，四斤，二十四块钱。想到我们一家人都怕鱼刺，而鱼的下半身小刺特别多，就问："我可不可以只买鱼头（上半身）？"

卖鱼的说："可以，但鱼头十块钱一斤。"

我说行。

卖鱼的利索地把鱼一刀两断，鱼头部分一过秤，二斤五两，二十五块钱。

出了菜场，我才清醒过来：一整条鱼二十四元，只要鱼头二十五元。我傻呀？我又回到鱼摊前，指着刚才斩下的鱼的下半身说："你把这个鱼尾巴给我吧。"

卖鱼的把鱼尾巴放进秤盘里，说："鱼尾巴便宜卖给你，四块钱一斤，一斤五两，六块钱。"

买菠萝

路边停着一辆卖菠萝的小货车，车厢的挡板放下来，所剩不多的削好的菠萝装在塑料袋里整齐地码在车厢底板上。摊主是个中年男子，斜靠在车边看报纸。

妻子说："菠萝是好东西呀，营养价值非常高。我们买几个吧。"

我就问："菠萝怎么卖的？"

摊主说："十五块钱，一袋两个。"

我还价："十二卖不卖？"

摊主说："十二就十二吧，自己家种植的。"

妻子说："拿一袋吧。"

摊主一边拿一袋菠萝递给我，一边说："菠萝里面含有丰富的营养，还有一定的食疗效果，经常吃菠萝可以减肥、美容，还能清理肠胃和消除感冒。注意，吃前先用盐水或者糖水浸泡一下。"

妻子夸他说："你懂得不少嘛！"

摊主说："哦，还有，过敏体质的人不能吃菠萝。"

妻子说："是吗？我可就是过敏体质。不能吃——那我就不买了，不好意思啊，对不起啊。"

摊主说："没关系的，没事的。"

我们转身走不多远，妻子说："这卖菠萝的人多说一句话就丢了一笔生意，说明他是一个多么实诚的人。就冲这一点我们就应该照顾他的生意，你说是不是？"说完又转过身来，回到摊主跟前，说："我们买两袋菠萝。"

农敏福，中国微篇小说作家协会会员，作品散见于国内外报刊。获"百花园"原创作品等奖项。作品入选《中国闪小说年度佳作2015》等。

得了什么病

钱举问老婆："我好好的怎么突然就病了？"

"有病治病，听医生的。"老婆答非所问。

钱举住院的第一天，看望他的是单位的同事。大家都不谈病情，说话也都很轻松。老韦抓住钱举的手，抬头看看吊瓶，说："我说老钱，你吊这个没用，要吊就吊52度的。"

同事走后，钱举开始感到不安：怎么这么多同事来看望我？我到底生了什么病？怎么突然之间我的人缘好了许多？

第二批来看望他的是班子领导。白局长握着钱举的手，脸带笑容地说："老钱，你的病很快就会好的，你只管放心。既来之则安之，一定要配合好医生。"所有的人都像局长一样，脸上有笑容可话却很严肃。

白局长他们走后，钱举心情更加沉重了：我到底生了什么病？连单位的头头都惊动了？这可是没有过的事儿。

紧跟着，钱举开始感到吃饭有点儿困难了，咽不下，也不想吃。他愈加感到不安：自己一定是患了不治之症。

过了几天，他老婆突然告诉他要出院了。这让钱举恐惧得手发抖：完了，这病治不了了！

钱举抓住老婆的手说："我到底生了什么病？"

他老婆犹豫了一下说："你根本就没什么病。"

"没病我怎么住了院？"钱举音调都变了。

"还不是因为你那臭嘴。"他老婆埋怨地说，"让我也陪着你受罪。"

"我嘴怎么了？"

"每次纪委组织部到你单位去调研，你都口无遮拦，句句像把刀。"老婆接着说："局长这也是为你好，免得招人恨。"

弄巧成拙

宋空退休之后就非常失落，天天大门不出，二门不迈。春节快到了，他提了个小椅子在门口坐着，想着以前的车水马龙，看着眼前的门前冷落，非常伤心。

这天，一辆小车来到了小院的门前。宋空眼睛一亮，站了起来。一看，是儿子来了。他失望地又坐了下来。儿子提着个包兴高采烈地直奔宋空而来："爸，这些古董是赵总托我孝敬您的。"宋空一把抱住包，急忙往里屋走去。把包放好后，宋空又回到了门口，继续坐在那里，盯着小院的门口。

不一会儿，一辆小车来到了小院门前。宋空眼睛又一亮，站了起来。一看，是女儿回来了。他失望地又坐了下来。女儿笑吟吟地直奔宋空而来："爸，这些金银是张总托我孝敬您的。"宋空一把抱住提包，急匆匆地往屋里走去。他把包放好后，又回到了门口，继续坐在那里，盯着小院的门口。

不一会儿，他老婆提了个包从外面回来。她乐呵呵地直奔宋空而来。到了跟前，她把包往宋空眼前晃了晃，然后神秘地在宋空耳边说了一句："这是黄总托我孝敬你的，我数了一下，足有二十万元。"宋空一听，兴奋地站起来，开着口"呀呀"地说不出话来。突然，他两眼一瞪，嘴一歪倒了下来。

其实，这些所谓孝敬的钱物都是他老婆从他过去收取人家的钱物中，拿出一部分来"安慰"他的。

浦四金，当代微篇小说作家协会会员，浙江省微篇小说作家协会副秘书长，中国微篇小说新锐作家，已在中外报刊发表作品五十余篇。

父　亲

中年男子第一次来我们村叫卖蜂蜜的时候，正值午饭时间，于是，我父亲留他在家里吃了便饭，并跟他聊了不少家常，后来，一向节俭的父亲居然一下子买了两罐蜂蜜。

以后，每到夏天，中年男子总会来我们村叫卖蜂蜜。

父亲听到叫卖的时候便会习惯性地走到卖蜂蜜的摊子前，买下一大罐蜂蜜，而且，还会啧啧称赞，劝乡邻们买点。

众乡邻都说我父亲真傻，说我父亲太容易相信人了，也不想想，哪来这么多纯蜜？肯定是掺兑了糖稀之类的东西。

今年，父亲又买了一瓶，我责怪父亲："您傻不傻呀，人家都知道那蜜不纯，是兑了假的，可你去年买的还没有喝完，又买这个……"

父亲微微一笑道："你真的以为我不知道那蜜不纯？"

我狐疑地望着父亲："您知道干吗还要买？"

父亲深叹一口气："这个人不容易，老婆半身不遂，还有三个未成年的孩子，就靠他养点蜜蜂过日子。"

父亲的叹息里透着比蜜还要浓稠的善良。

一天下午，一个十六七岁的孩子来敲我家的门。

他说，他父亲出了交通事故，临终前嘱咐他送罐纯蜜给我父亲，还说他父亲觉得最对不起的人就是我父亲，因为这么多年，他的父亲一直欺骗了我父亲的善良，卖的根本不是纯蜜。

父亲望着跟卖蜂蜜的那个中年人长得一模一样的孩子，颤抖着手接过那罐纯得不能再纯的蜜，并把两张百元大钞，硬是塞进那个孩子的口袋里。

下棋高手

张少帅是某颇有权力的局里主管业务的副局长。

有一次，一位李老板登门拜访，要请张少帅帮忙。

李老板悄悄地把一张银行卡放在茶几上，说："老兄知道现今的行情，不能让您吃了亏，这里是六十万，麻烦您帮帮忙。"

张少帅沉默半晌，推回银行卡，诚恳地说："兄弟倒想帮这个忙，只是决定权不在我这儿。我们局长明年就要退了，局里眼下真正当家的是常务副局长王大帅。"

"不如这样，我给你王大帅局长的卡号，你把这张卡上的钱翻一番，直接打进他的卡里去，他女儿出国正需要钱，他收了你的礼物自然会在局务会上向我施加压力，到时候我只要顺水推舟就行了，保证你能拿到项目。只是别提你认识我，否则，人家王局长就不好办了。"

第二天，李老板依计而行，果然成功。李老板对张少帅非常敬佩感激。

一年以后，老局长要退休了，王大帅是呼声最高的接任人选。恰在此时，市纪委收到了王大帅收受一百二十万元的直接证据：李老板往他卡上打入一百二十万元的银行记录……

不久，王大帅被判入狱，座次排在王大帅后面的张少帅，被宣布担任局长职务。

秦德龙，中国作家协会会员，致力于小小说和闪小说的创作，发表闪小说上千篇，有闪小说作品被推介到国外。

卖"药"饼

又到卖月饼的时候了。张三来找我了，请我给他策划。"策划"这个词，过去叫坏点子，现在叫有创意。

今年的月饼，不叫月饼，叫"药"饼！当我把创意说给张三时，张三愣住了："你不是在玩儿概念吧？"

"怎么会呢？！'概念月饼'，早就有人玩过了，吃别人嚼过的饼，有什么味道呢？"我盯着张三，"今年，你不要摆月饼摊了，你去药店租个柜台，卖'药'饼吧！明白吗？"

"你是说，把月饼卖给买药的人？"张三狐疑地看着我。

"对，谁来买药，你就向他推荐'药'饼。保健、补钙、补铁；滋阴、壮阳、排毒、养颜；防治高血压、高血糖、心脏病；增强免疫力、抗衰老……怎么编，全凭你三寸不烂之舌了。"

"可人家是来买药的……"

"那就看你怎么忽悠了。你记住，没有不吃药的人，就没有不吃月饼的人！只要他来买药，就想办法让他吃上'药'饼！"

张三哈哈大笑，兴冲冲地走了，卖"药"饼去了。

很快，中秋节过去了，没卖完的"药"饼该下架撤柜了。张三问我没卖完的"药"饼咋处理？

"当然还是送到养猪场喽！"张三点头笑着，感谢我为他出了这么富有创意的秘诀。张三学着电视里名人做广告说："吃了'药'饼的猪，不得高血压、不得糖尿病、不得癌症……"

我大笑："咱们做完了人的生意，再做猪的生意。人是前半截，猪是后半截，这叫一条龙销售！"

张三的嘴里继续跑着舌头："吃了'药'饼的猪，绝对不生病！人吃了这样的猪肉，绝对能长寿！"

张三这头笨猪，总算成精了。

发呆茶馆

有人把郊外的荒山打造成了风景区，据说可以欣赏到古野风光。

趁着闲暇，我和几个朋友上了山。

老板笑嘻嘻地出现在我们面前："欢迎！欢迎到山上发呆。"

发呆？几个朋友大笑。我们这次来，可不是为了来发呆的。不过，老板的爽快，很自然地拉近了我们的距离。

"发呆嘛，就是望着蓝天白云，遐想无边。"老板笑着，为我们找座，沏上山泉泡的热茶。

"老板，有小食品吗？我们挑几样。"

"对不起，朋友，我们茶馆不卖小食品。"老板笑道，"那些袋装的、瓶装的食品、饮料，我们都不卖，会污染环境的。你们想吃东西，请到山下去用。"

"老板，我们在这里搞几天小型会议怎么样？会议代表住到山上，还可以看日出呢！"

"不好意思了，山上不需要高谈阔论，小心惊动了神仙！我们不接待任何会议，开会可去城里的会议中心。"老板笑道，"不过，每个月的农历十五，我们欢迎客人到山上赏月。"

"老板，您不是想卖月亮吧？"

"卖月亮？朋友，您真有趣。月亮是全人类的，我怎么有资格出售呢？"

"不是说，让我们对着天空发呆吗？"

"哦，您说对了。我开这家茶馆，就是让城里人过来发呆的。现在，太多太多的人，不知忙些什么，而丢失了自己的灵魂！其实，到我们这里来的，就是为了抚平纷繁的心绪，对吧？"

不说了，什么都不必说了。我们那颗浮躁的心，已渐渐平静下来了。

以后每到周末，我们便逃出钢筋水泥包裹着的玻璃盒子，来到郊外爬山。我们坐到山上的茶馆里，望着天空，状若发呆。

钱峰，当代微篇小说作家协会会员，中华精短文学学会会员，《作家文苑》签约作家。在《国际日报》《作家文苑》等刊物发表作品上百篇。

卖　驴

集市上，八十岁高龄的赵老汉，与驴交谈着。

"老伙计，儿孙们把地卖了，不让种菜了，让我去城里享福，我舍不得你呀！但也没办法，我只好给你再找一户好人家，继续拉车，卖菜……"

"老大爷，您是卖驴的？"一位中年汉子过来搭话。

"嗯，嗯，是的，您想要？"赵老汉擦去泪水说。

"好，拉拉手吧。"两个人都把手伸进衣袖里。

"价格还可以，您是做什么的？"

"我是驴肉贩子，看这驴膘还可以，才出这个价，五千元卖吗？"

"不卖，再多的钱也不卖，我不想让它死，你看看，它在流泪呢……"

"现在谁还用驴车啊……"中年汉子嘟囔着走了。

"赵叔，您干吗呢？"

"二喜，我要去城里了，给我的伙计找个下家。"

"您老看待这头驴同您儿子一样，您舍得卖吗？"

"不舍也得卖呀，刚才有个肉贩子想买，出五千元，我不能卖。不能让我的老伙计成为砧板上的肉。"

"那是那是……"二喜附和着。

"你家不也种菜吗，你替我照看着，咋样？"

"价钱好商量，给四千就成。"

二喜听后，诡异地一笑，随即又恢复了镇静。

"赵叔，哪能让您吃亏？就五千吧，我要了。"说完，掏出了五千元。

"二喜，谢谢你，好好对它……"说完，抽出五百元塞给了二喜。

"老伙计，我会回来看你，听话，哈。"赵老汉拍了拍驴的脑门。头也不回地走了……

晚饭的时候，赵老汉的小儿子回来了。

"爹，二喜哥家的驴肉火烧，说是用刚杀的驴肉做的，很好吃，我就给您老买回来几个。"

"作孽呀……我怎么没想到他家还卖驴肉火烧……"赵老汉一头倒在地上，已然不省人事……

老人与铃

20世纪70年代末，随着联产承包责任制的推广，越来越多的生产队开始解散。此时此刻，王村的生产队也已解散。

王村的王老汉坐在村头一棵大槐树下抽着旱烟，一会儿仰起头看看槐树上吊着的大铁铃铛。摇摇头，一会儿又低下头，用手拭去一行浊泪。

这位王老汉是曾经的生产队长，每天总是他拉响生产队上工的铃声。

"拉了大半辈子的铃，突然不拉了，真有点儿不得劲。很失望。"王老汉自语道。

一天，两天，三天……

终于在一天早晨，王老汉起得很早，忍不住拉响了上工的铃铛。清脆的铃声传得很远。

"你想干啥？孩子们都在睡觉，你年纪大了睡不着，我们还睡呢。"离这棵大槐树最近的李飞披着衣服边跑边冲这边嚷道。

"该上工了，不敲铃铛怎么成？"

"你疯了，现在没生产队了，谁还这么早上工？"

"没生产队，也得种庄稼呀，都学懒了！"

"你管得着吗？谁听这铃声不烦！"李飞气呼呼地走了。

一个星期之后的早晨，王老汉和往常一样来到了槐树下。

"这是谁造的孽啊！我的铃铛……"王老汉口吐鲜血，不省人事。

槐树下面，地上的铃铛碎成八瓣……

楸立，河北省作家协会会员，河北公安文联理事，第二期鲁迅文学院公安作家班学员，全国公安文联会员，公安部首届签约作家。

也是按揭

"老公你不能这么拼命了，咱把房子退了吧！"妻子心疼着对我喊，我伸手抚摸了一下她的小脸。

"亲爱的，我说过我一定让你住上这个县城最高的那层楼，我们要在那楼顶上看月亮。"我的话虽然气力不足，但字字说得清晰。

我是个普通科员，每个月薪水不高，妻子是个教师。我们为了拥有一个属于自己的家，我利用晚上去做装卸工，妻子则带了几个学生做家教。

半年前我们办了购房贷款。月还两千元，期限十年，为了还贷，日子过得相当清苦。

由于营养不足，加上劳累过度，我上班期间昏迷住进医院。

我对妻子说："咱出院吧！身体没事了，多待一天就是好几百。"我说这话是真心的。

妻子低头垂泪。

我心里不是个滋味，妻子生在富贵人家，当初不顾家人的反对跟我来到这个县城。嫁给我真的是受了委屈。

我有责任让她过上幸福的日子。

病房的门开了，远在上海的岳母风尘仆仆地走进来。女儿是娘的心头肉，看到自己女儿消瘦成这样，看到我输着液，老人心疼不已。

不久我出院了，搬进了那座最高的住宅楼。

中秋的夜晚，我拥着妻子登上楼顶，俯瞰着阑珊的小城。

我现在不做装卸工了，在一家报社做兼职编辑。

我们会在每个月六号，把一千元钱寄到上海岳父的公司。

期限是多少？大家算算。

一发扯千钧

我们终于搬进楼房啦!两室两厅两卫。

你猜对了,凭我们两口子公务员工资准不够,我们也没有个大款爹给帮衬着,更不是中了千万大彩。

我凭啥?贷款?不是。

咱张嘴借来的。

三年前我们辛辛苦苦的攒了八万块钱准备买楼,当时差三万,寻思艰苦奋斗一年吧!这又努力了一年,一算,楼价涨了差五万了。又继续奋斗,差七万,得了,自力更生的脚步,拼不过房价上涨的速度。

我一咬牙眼皮一奋拉,只有借了。

同学祥子、六子各借了一万。

大舅、表叔一家借了两万。

朋友白子、海子每人三万。

自从我借钱后,压力是有了,当然地位提高了,亲友三天两头探望我身体如何。

我感冒发点烧,家里的电话就会造成通信堵塞。

一般聚会我也不轻易参加,吃人家嘴短,一身债不好意思大吃大喝。

半年里,大舅家的表弟来了两次,我说表弟我给你算个经济账,我和你表嫂一年挣三万,十年就是三十万,我们可以再活五十年吧!那是多少?努把力再多活几年,国家福利制度再提高些,那就是二百多万,二百多万还你那点钱不算啥。

不幸的事情真的发生了,那天傍晚下班,一辆倒霉的大货车把我撞了,我被送进了医院。醒来时看到许多人围在病床前。

海子喜极而泣:"兄弟你有个三长两短我们咋办?"

翻身房奴把歌唱

祥子正用筷子夹那块鸡肉，媳妇用手打了一下他的手背，祥子只好缩回手。

"鸡是给儿子留的。"

自从办了住房贷款按揭后，祥子家生活水准每况愈下。

以前早晨是鸡蛋、鲜奶。现在就是油条、豆浆、小咸菜。

家里提倡素食主义，猪肉改为每三天才能吃一次，后来改为四天。牛羊鱼肉轻易看不到了。

晚上只给孩子饱餐，祥子和妻子就是一碗小米粥。

没办法，要还贷呀！这楼房住的一点儿都不轻松了。

以前过年过节的怎么也得换身行头买双皮鞋的，现在全免了。好在单位发制服，祥子是一身橄榄绿，妻子是全套的税务装。

冬天两口子把气暖开的小小的，只供儿子的卧室，然后祥子和妻子就去跑步，在操场上一跑十几圈，不知道咋回事的邻居还可劲地夸，看人家小两口多棒！

夏天就逛超市或者书店，那有免费的空调，拿本书坐在椅子上就看半宿。

为了少买菜，媳妇还学会了腌酸菜萝卜条榨菜。

祥子出差回来又拎回一缸酱，两口子天天大葱蘸酱。

别人问祥子，身体受得了吗？

祥子一拍胸脯："嘿！咱牙好胃口好身体倍棒吃吗吗香！"

三年后终于还清了按揭，两口子从银行出来长长地出了一口气。

祥子说："今天是翻身房奴把歌唱的日子，咱得庆祝庆祝。"

老婆问咋庆祝？

祥子砸吧砸吧嘴："晚上搞个活动吧！"

老婆点头："同意！搞个活动。"

秦丽萍，山西省临汾市安泽县人，当代微篇小说作家协会会员，东方诗词研讨会理事，汾水诗社会员。作品散见《新诗刊》《临汾日报》等。

评头识人

我应邀去见在一所乡村小学当了校长的闺蜜时，忍不住哈哈地笑了。她疑惑地问："疯丫头，笑什么？"我指了指她的头问："在哪儿弄的头发呀？只见头发不见脸呀！"她说："可别提了！走，进屋喝茶。"

在她的办公室里，还坐着三人。她一一介绍我们认识后开始喝茶聊天。

"你们看我的头发弄得怎么样？好看吗？"我朋友突然问她的下属。

教导主任王老师笑眯眯地回答："校长的头发正是现在流行的，挺好看，再配上这套衣服，那是又时尚又庄重，校长真会打扮自己，我们也该学着点。"

安全管理员李老师笑了笑说："我年龄大了，看不出个好坏来，还是年轻人懂。"

"呵呵，李老师越活越精了。"政教主任张老师抢口说。

"张老师，你觉得呢？"我朋友笑问。

张老师自知失言，脸唰地一下红了。她喝了口水，嘟囔道："我觉得大多数人欣赏不了。"

我连忙打圆场："是呀，一人一个审美观。"

一会儿，三个同事都走了。我问朋友找我何事？朋友说："教办给了一个副校长的名额，明天上报，我初来乍到的，怎么选呀？这三个中层领导业务水平都不差……"

"喜欢听奉承话的还是大实话的？"我打趣她。她斜了我一眼："干工作当然要实在人了，政教主任张老师咋样？"我说："切，这你就不懂喽，只知道干工作的实在人是应付不了各方面检查的！"

我朋友顿悟："那就选教导主任王老师吧。"我点头赞许。

换　岗

　　清晨，王大力像往常一样匆匆赶往街道中心。

　　扫东街的赵大姐看到他，忙凑过来，一脸不悦地说："大力，你听说了吗？咱要换队长了。"

　　大力先是一怔，继而笑了笑说："无论谁给咱当队长，只要咱干好自己的工作也是一样的。"

　　"知道啥呀，听说来的这位可是上眼皮烂，下眼皮肿，看上不看下的主儿。"赵大姐又说。

　　大力笑了笑："干我们的活吧，不要相信这些谣言。"

　　果然，负责他们的新队长上任了。

　　两周后，赵大姐在街道中心和大力不期而遇："怎么样？还相信是谣言吗？李晓为人耿直，工作敬业，就因为和队长评了几句理，就被调到外环去了。"大力摇了摇头："干活吧！"

　　又过了几天，老实巴交、乐于助人的李大姐也被调离了工作岗位。一个月后，王大力发现赵大姐也没像往常一样来上班，代替她的听说是新队长的亲戚。

　　一天下午，王大力正在干活，忽听有人喊："你，过来！"他一抬头，是他们的新队长吴德。愣怔间，队长把手伸出车窗一摆："就你，我喊你听不见呀！告诉你，要是不好好干，我随时可以解雇你！"王大力不语，低头继续干活。队长继续喊："让你过来听不到吗？聋啊？"这时，车上下来两个人，跟王大力说了两句话，返回车里后，队长从车窗扔出一句话："这些临时工，不给点颜色看看，就不知道马王爷三只眼！"

　　王大力看着远去的车："呸，我请你喝酒？等着吧！王八犊子！"

　　第二天，吴德队也换岗了。知情人透露，他工作日饮酒的事让上级领导知道了，给他来了个大换岗——就地免职。

任欣，中国微篇小说作家协会会员，中国闪小说学会会员，《燕赵文学》签约作家，发表作品五十余篇，多篇入选权威选本并获奖。

两记耳光

阿强和阿珍青梅竹马，两小无猜，长大后成为一家人。

有了孩子以后，阿珍天天练习让孩子叫爸爸，感动得阿强兴奋不已。

一天深夜孩子大哭，爸爸爸爸叫个不停。阿珍一脚把阿强蹬醒，说了一句："孩子叫你哩，快起来。"然后翻身入睡。"怪不得老教孩子叫爸爸，分明是让我伺候孩子，哼！"

一天，阿强的二叔因孩子考学来借钱。阿强和他二叔的感情很深，阿强想借，可阿珍却坚定地回答："没钱！"弄得阿强无地自容。没想到第二天阿珍侄子来了，因买房子需要一笔钱，阿珍当场就答应了。不一视同仁，看不起人，两人大吵起来，阿强抬手打了阿珍一耳光。

月底，阿强单位发工资，几个哥们儿相约喝酒，阿强喝多了。不能每次都让哥们儿请，咱也是要面子的人。酒壮英雄胆，阿强当即支钱结账。回家的路上酒醒了，阿强吓坏了，想了许多对策应付阿珍。

"钱呢？怎么少了三百？"阿珍厉声道。

"钱，钱……"阿强支支吾吾，想好的对策早跑到爪哇国去了。

"又偷着给家里了是吧？"随即骂了起来，声音越来越大，整个楼都听见了。阿强一个劲儿地道歉，阿珍就是不依不饶。急得阿强多年的头痛病犯了，痛得他打滚。可阿珍依然喋喋不休、咄咄逼人，无奈之下，阿强打了阿珍一耳光。

阿珍跑到娘家哭诉，父亲听完她的话，抬手给了自己两耳光。

"爸爸，您为什么打自己？"阿珍不解地问道。

"你不好好伺候孩子，不让他孝敬父母，不让他有自己的朋友……我怎么教养了你这么一个孩子？"

父亲厉声吼道。

关键时刻

老王行伍出身，办事雷厉风行，敢作敢当。

一次，公司领导进行满意度问卷调查，老王实名填写公司状况：经营不善、管理混乱……

一次，公司召开职工代表大会，在讨论本年度工作报告时，老王一鸣惊人，雷语连连。

为什么财务不公开？为什么任人唯亲？为什么职工待遇得不到保障？为什么……

一连七个为什么，火药味十足，空气瞬间凝固。老王一副壮士一去兮不复还的样子，会议只好临时休会。

"行了，老王，别光图嘴痛快了，有什么用呢？"同桌的老赵小声提醒。

工会李主席把老王拉到一边，悄悄地说："老王，公司的事情，谁不知道？人家都看破不说破，明哲保身，你这是何苦呢？"

"这些我都知道，你不说，我不说，歪风邪气谁来说。你不做，我不做，弘扬正气谁来做？我是一个兵，来自老百姓，关键时刻我得冲上去。"

一次，上级领导来公司召开会议，拟提拔重用公司主要领导人。按程序要找职工代表座谈，老王被推举出来，人们对他的期望很大，内心深处盼着他再开一次炮。

面对众多的领导，老王一点儿也不怯场，他清了清嗓子，开口就讲：

"我这个人好实话实说，我就讲两句，不当之处领导莫怪。"说完，老王还有意识地望了主要领导一眼。

"我认为我们公司领导勤奋工作，指挥有方，政绩突出，堪称楷模。如果公司领导被提拔重用，我认为是实至名归……"

老王滔滔不绝，口若悬河。人们目瞪口呆，大失所望。

原来只有老王和主要领导知道，昨天老王的儿子已被总公司正式录用，主要领导功不可没。

宋超，陕西省镇巴县人，中国微篇小说作家协会理事，陕西省作家协会会员，陕西金融作家协会理事，发表微小说五百余篇，作品入选多种权威年选。

立 春

快过年了，镇上突然通知，有家企业的老板要到村里来献爱心，重点是村里的学校。村长的心里一下子乐开了花。

村里的学校这些年一直是压在村长心头的一块心病。

教室里四面通风，村长打算把牛肋巴换成铝合金，找人合计了一下，即使是用普通的也要一万多。

课桌缺胳膊儿少腿，村长打算换一套新的，去周边条件好一点儿的学校考察了一遍，又得要两万多。

操场是原来生产队的打谷场，坑坑洼洼，一下雨就积水，村长想买点水泥硬化一下，还得一万多。

村里没企业没收入来源，打报告向政府伸手，政府也心有余而力不足。

为了村里这几十名祖国的花朵，村长几乎每天都仰着脖子，指望天上什么时候能够掉个馅儿饼。

望着，想着，盼着，还真掉馅儿饼了。

立春那天，村里举行了隆重的捐款仪式，老板一下子捐了十万。

仪式结束后，镇里的领导把村长叫到一边，老板不失时机附在村长耳边悄悄说："听说你们村有块空地，闲着也是闲着，我给镇里的领导也沟通了，我们打算把化工厂迁过来，就等你一句话……"

是答应，还是拒绝？村长的笑瞬间悬在了半空中，心里五味杂陈。

"这事我一个人说了也不算，容我在村民大会上议议……"村长沉思了一会儿说。

不久，村长退回了那笔捐款。

替　身

　　一部农村题材的电影在村里开拍，导演需要一名群众演员饰演一个低保户的角色。

　　为了真实，乡长把村里的低保户全部集中起来轮流试镜，却没一个能够让导演满意的。关键时刻，村长过去跟导演说："如果您信得过，我给您推荐一个人。"

　　就这样，二虎子就被村长推到了导演面前。

　　"演一次戏多少钱？俺不能白干。"不等导演发话，二虎子先开了口。

　　"演得好，五百，演不好，一分没有。"导演说。"五百俺不干！"二虎子说。"嫌少？"导演问。

　　"俺好歹也算是个名人，大报小报年年上头条，俺给村里演一次戏，村里补助俺一千，少一个子儿俺都不干。"二虎子说。"你只要能演好，一千就一千。"导演说。

　　一试镜，二虎子果然天生就是演这个角色的料。于是，导演简单交代了一些规矩，就开始安排让二虎子化妆，二虎子摆摆手说："不用，俺自己来。"

　　"你自己？"导演一惊。"不信俺？俺保管比他们弄得好。"二虎子说完转身走了。

　　很快，二虎子又来了，这回，彻底让化妆师傻眼了。"啥人我都化过妆，还真没见过这么逼真的。"化妆师无不感叹。

　　正式开拍，二虎子一气呵成，导演非常满意。摄制组离开村子那天，导演单独拜访了二虎子。

　　"你还会演一些什么角色？"导演问。"俺啥不会，俺只会演这个角色！"二虎子说。"这个角色你演得如此到位，你过去也当过演员？"导演有些疑惑。"没有！"二虎子肯定地说。"那是……"导演更加疑惑。

　　"俺说了您可千万别见笑，每年市里县里的领导来村里送温暖，村长都把他们带到俺家里来，让俺当替身，时间长了就……"

映山红

过了清明节，我想把大柱转到镇里上学……下午，槐树刚把大柱从村里的学校接回家，老婆薏米就扯着槐树商量。

大柱在村里上得好好的，咋突然想起要转到镇里去？槐树一愣。

"镇里的学校教学质量全县第一，我们得从小给大柱的将来打好基础。"薏米说。"理是这个理，但大柱才六岁，还不能自己照顾自己……"槐树说。

"镇里不是还有你吗？"薏米说。"我虽然在镇里上班，但经常下乡不在单位……"

"我可以去照顾他呀！""你去了，庄稼咋办？""你可以在镇里的食堂给我找个服务员的工作，比种庄稼强……"

薏米王八吃秤砣铁了心，槐树胳膊扭不过大腿，只好让薏米去村里小学办转学证。

教大柱的是个新来的女大学生，二十多一点儿，长得比映山红还好看。"从城里来的吧！"老师给大柱开转学证，老师写一手好字，薏米忍不住问。老师点点头，又抬头看了薏米一眼，露出月亮一样的笑。

"我跟大柱一样，也是乡里的孩子，从小也在这样的学校念书。"老师说。"有对象吗？"薏米又问。"还在谈……"老师脸一红，含苞待放。"是城里的吧……"薏米说。老师摇摇头。

"哦……"薏米说。过完清明，大柱如薏米所愿去了镇里小学念书。

槐树下乡去了。晚上，娘儿俩躺在被窝里，薏米突然问大柱："那天你爸去学校接你，他说你们那个女老师什么？"

"爸说，你们的女老师长得比他窗台上那盆映山红还好看……"大柱说。

第二天，大柱看见薏米提着一壶开水去了窗台。"娘，你……"大柱问。"娘浇花……"薏米说。

"娘，那是开水壶，浇花的冷水壶在这里……"大柱一边喊一边提着冷水壶冲过去。

一切都已经晚了……

苏岱香，当代微篇小说新锐作家，中华精短文学学会会员，签约作家，作品入选《中国微小说佳作2015》《中国闪小说佳作2015》等。

实时监控

马经理最近隔三岔五不回家吃晚饭，有一天难得回来吃饭，在饭桌上无意间跟妻子许娟提起公司想请一名保安。许娟沉默一会儿，说："我表弟刚好失业，要不让他去。"

第二天许娟来到表弟刘斌家，开门见山地说："表姐夫公司要请保安，你就去呗？"刘斌哈哈大笑："表姐，你也太看不起我吧，我要去当保安？"许娟说："当保安有什么不好，反正待着也是待着，也不是让你长期干，你就去嘛！"

刘斌干了一周，接到许娟的电话："你表姐夫有没经常出去办事？"刘斌翻看了车辆的进出记录："他每周二、周五下午出去办事就没有回公司了。"

许娟又问："是自己出去的，还是有司机一起？"刘斌说："自己。"

电话传来许娟的哀叹声："哎呀，自个儿出去太不安全了，以后他出去，你悄悄跟着并暗中保护他，自己人我放心。"

两个月后，马经理在跟小三幽会时，被许娟逮了个正着。

紧接着许娟提出离婚，并分割他大部分财产，理由是马经理婚内出轨，并罗列出他每次幽会的时间、地点。

离婚签字的那天，马经理问许娟："你怎么能准确掌握我的去向，说说吧，让我死个明白。"

许娟沉默了一会儿说："有一天你回家，在吃饭时跟我说你公司要聘保安，所以帮你聘请了我表弟，让他暗中保护你，实则是对你进行实时监控。"

娘 心

祥发在城里的一条巷口摆摊卖番薯，一天时已过午，来了一个阿姨买了几斤番薯，当祥发递给她找回的零钱时，她愣了一下："小伙子，你是哪里人？"祥发老实回答："我是鸡山人。"阿姨又问："你多大了？"祥发开玩笑："你问这么清楚，给我介绍女朋友啊，我二十一岁。"

阿姨突然说："你还没有吃饭吧？""没有，我一般是卖完才回家吃。"祥发边收拾边回答。

不一会儿，阿姨又来了，手里端了一碗饭菜："你饿了吧，给你吃。"祥发说："怎么好意思？"阿姨把饭菜往他手里塞："吃吧，中午剩下的，倒了也是浪费。"祥发不客气地吃了，看到他狼吞虎咽的样子，阿姨开心地笑了，从此，阿姨总会端来饭菜，祥发偶尔送她一些番薯。

他总傻傻问："阿姨为什么对我这么好？"阿姨笑着说："我们有缘。"

祥发有好阵子没来卖番薯了，阿姨却每天都要到巷口看看。

有一天，卖番薯的人换成一个老头儿，阿姨过去问他："原来的小伙子呢？"老头儿说："我是他父亲，他刚结婚。"阿姨大喜："结婚了，新娘是哪里人，漂亮吗？"老头反问："你认识他？"阿姨急忙说："不，不，我只是经常买他的番薯。"

就在阿姨转身的刹那，老头儿脱口叫出："你是权嫂吗？"阿姨点点头。老头儿急忙问："孩子知道你是他娘吗？"阿姨含泪："那天他找零钱给我的时候，一眼看到他拇指的红痣就认出是我儿子，当初闹饥荒送给你们的时候，就说好永不相认，我自然没跟他说。"

申弓，原名沈祖连，中国作家协会会员，广西小小说学会会长。已出版小小说集《男人风景》《做一回上帝》等十四部。曾获得广西文艺铜鼓奖。

落凤坡

三国云：卧龙凤雏，二者得一，可得天下。

刘备借宿荆州之时，兼得卧龙凤雏为正副军师。然东吴天天催逼讨还荆州。正军师孔明处之泰然，凭三寸不烂舌与东吴纠缠。副军师庞统便提出，取西川以作久长之计。可此去西川，万水千山不说，一路过关夺隘，可谓凶险万象。

经研究，留下孔明，自与刘备远涉山川。落凤坡前，伏兵四起，为保刘备，庞统即换乘其白马而被射杀身亡。时年三十六岁。

后人纪之：明知落凤存先帝，甘让卧龙作老臣。

会气功的局长

2003 年 9 月 30 日，县政府人事局下发一份公示，共有十位副科干部被提拔为正科级领导，七天后，无一不良记录，全部通过。这十名局官便分别奔赴十个部门，独当一面，工作干得风生水起，有声有色。

这十个部门，均为政府下面的委局，作为一局之首，大有一人之下百人之上之势，在自己的部门里，捭阖纵横，令行禁止，全由一个人说了算：说得文雅，那是统一部署；说得不好听，那叫独断专行。

这样的机制，很容易滋生问题。

这不？事隔十年，2013 年秋，十名科官中，有两位因车祸走了，有三位移民他国，有四名进了监狱，只有一位，还傲然在局里。

这位局长，人称不倒翁。由于好奇，我想要找他聊聊。当然，我不是取经，我不想当官，只是觉得好奇。何局长的工作挺忙，白天多是下乡，晚上一般不接待。但经过密友引介，这晚还是破例接待了我。

见面了，自然要夸他了不起，当我问到他有什么妙法，能让自己立于不败。他笑笑说："我有什么妙法？我只爱气功。"

"啊，您的气功达到了几级？"

"其实我什么级别也没有？"

"为了健身？"

"为了正身。"

"怎么说？"

"跟你说吧，当了这个局长，找我的人实在不少，他们拿来了礼品，我即给发功，给礼品灌进信息，让他们提回去，可消灾治病。"

"啊，就这么简单？"

"就这么简单。"

旅游书记

2006年5月，卡哥被任命为海滨区委书记。走马上任，卡书记火烧三把：撤销一批冗官，任命一批能人；规划一条大道，带活一方经济；整顿机关作风，严肃干部纪律。一段时间里，机关上下，出现了一派勃勃生机。当然，有夸赞的，也有诅咒的。人不做事，会被骂作庸才；人做事，也会被骂为独裁。世界上没有一个人没有敌人的，伟人也如此。

这期间，受益者由衷感激卡书记，想着要报答，但碍着书记那一脸正气，想表示一下也没机会；被贬者虽然心里有恨，但也出于无奈，也想找个机会向卡书记表示一下，给个机会，以图东山再起。

他们都希望书记病一场，可以前去探望探望。可书记年轻身体好得很，百病不侵。或者家里有什么喜事，可以前来庆贺庆贺。可书记已有妻室，儿子也已入学。

设想着，谋划着，时光就到了9月，国庆节立马就要来了。这些人都想着，好好利用这个节日，走动一下，联络联络感情。于是，他们千方百计打听到了书记的住所，默默切记在心。

等到9月30日，上午，书记召开了机关大会，布置了几项紧要工作，落实了一些节日的值班人员，下午，让做生意的弟弟开来了车子，带着妻子儿子长驱千里，向九寨沟奔去。他要好好地利用这个黄金周与家人旅游一下，拍些好照片。哦，忘了交代，书记还是中国摄影家协会会员呢，由于当了书记，近半年来，几乎是与相机绝了缘。好几个摄影大赛的邀请函都被锁在抽屉里。

这一晚，家里来了一拨又一拨的人，都被一把铁将军无情地挡了回去。

宋钢，中国微篇小说作家协会会员，作品发表于国内外各种报刊，多篇作品入选各类文选，获各种比赛奖项多次。

骨牌效应

一位瘦弱的女孩儿，双手慌乱地想将倒在地上一片的自行车扶起，怎奈自行车砸在一起，有的车把勾住车圈，有的脚蹬子插在车筐里，女孩儿急得眼泪汪汪。

"哎呀！缺德的，瞧把我车砸的，都变形了！"一个胖女人惊叫着。

女孩儿更加慌张。

一个带耳钉的年轻人，嬉皮笑脸地打哈哈："这下有热闹看了！"

一位大娘看不过眼，指着"耳钉"说："什么人啊，不说帮忙，还说风凉话！"

"耳钉"不含糊，冷嘲热讽地说："你学雷锋，你帮忙啊！"

气得那位大娘浑身哆嗦。

旁边一个戴眼镜的中年男人，轻轻碰了碰大娘，小声说："别着急啊，现在的年轻人，哎……"

中年男人四周看了一眼后又说："不就几辆自行车吗，那年，我一个礼拜就丢了三辆，后来我就改步行，不伤那个心，还落得个锻炼身体呢。"

正说着，一位花白头发的大爷从商店出来，想拽出压在最下面的一辆自行车，费了好大劲没有拽出。大爷抬头一眼看到了女孩儿："哦，傻丫头，你惹的祸啊！"

大爷无奈地摇摇头，哈哈笑了起来，说："今儿个不错，赶上个多米诺骨牌！"周围爆发出一阵笑声。

人们七手八脚将倒地的自行车扶起，大爷挨个把歪了车把的自行车夹在两腿之间，一一掰正。

"停！""耳钉"突然喊了一声，从马路对面大轿车上下来两个扛着摄像机的人。

"耳钉"指指女孩儿、大娘、胖女人等，对大爷说："这都是我们的演员，本来想拍个社会众生相小品，没想到，您这一副骨牌改变了我的构思，谢谢您老！"

大爷面孔一板说："我侄女惹的祸，我能不管吗？"

星　光

　　《星光》组曲在大厅里回荡。指挥用他娴熟、划着抑扬顿挫弧线的指挥棒，把乐曲演绎得轻灵飘逸，至臻至美。

　　乐曲终了，大厅里却是令人窒息地安静。稍顷，观众从忘我中苏醒，爆发出雷鸣般的掌声。

　　指挥掀了一下燕尾服，双臂合抱在胸前，身子微微前倾，向观众致意。

　　据媒体报道，闻名遐迩的世界级交响乐指挥家孙雷，久病后复出。乐迷们梦想再次目睹音乐奇才指挥的《星光》之夜。

　　新闻发布厅内。

　　记者甲："孙先生，祝贺您复出后演出成功！请问，您是怎样保持艺术之树长青的？"

　　记者乙："您力度恰到好处的精彩指挥，给作品融进了美妙的乐感，您对作品主旨是如何诠释、把握的？"

　　孙雷漠然而立。

　　记者丙按捺不住情绪，挤到前面，大声嚷道："你是名人，请不要回避提问！"

　　"是啊，是啊！"发布厅内怨声鼎沸。

　　一个中年男人站到椅子上说："我是孙先生的经纪人，大家别激动，我代替他回答吧。"

　　"别忽悠人，我们想听孙先生亲口说！"

　　一位儒雅、花白短发的夫人上前，啜泣着说："我是孙先生的爱人，我的确不懂失聪人是怎样与音乐沟通的，也不懂他是怎样与那庞大的乐队相互交融的，但我知道，每天面对着录像和音箱，他着魔般地挥舞着指挥棒，常常跪拜在地。我想，那是他的灵魂与上帝在沟通，是上帝给了他闪亮的星辉。他就是音乐，音乐就是他！"

　　短暂寂静。骤然，发布厅里掌声如海涛倾泻。

宋劲，中国微篇小说十八家。作品入选《中国微篇小说 2015 年度佳作》，散见《喜剧世界》《金山》等中外刊物五十多家。

一方水土一方人

彼得生长在澳大利亚悉尼，他没啥特长，还娶了一位脾气特别大的妻子。在妻子面前，彼得常不敢喘气，久而久之，他就练就了一身憋气的硬功夫。

找不到工作的彼得正为生计发愁呢！一天，他看见一个电视栏目组为了节目的需要，正在街边设点招募憋气高手，那围了一群人。彼得正想绕道而过，却听到有人惊呼："啊，太棒了，第一名可获五万澳元。"彼得一听，毫不犹豫地报了名。

节目播出当晚，悉尼街头万人空巷，人们都在张望荧屏，期待憋气高手的诞生。比赛结果出来，彼得不负众望，获得了悉尼市憋气大赛冠军。

后来他还去墨尔本、堪培拉、凯恩斯等国内其他城市参赛，每次都载誉而归。他的生活从此也得到了极大改善。妻子的脾气也变得越来越好了。但彼得却有居安思危的理念，他要求妻子保持原来对他的状态，因为他知道，能有今天的成绩，与平时妻子对自己发臭脾气是分不开的。

彼得"打遍全国无敌手"之后，野心变得越来越大，他想"打遍全球无敌手"。于是开始挑战外国选手——新西兰、新加坡、丹麦……许多国家的选手都不敌他。

今天，他来到中国。他深知中国是藏龙卧虎的地方，于是不敢轻敌，他首选挑战省级选手，结果，第一次尝到了失败的滋味。

彼得回国当天，省领导戴着口罩到机场送行："彼得啊，你这是碰到省级选手，要是碰到我们国家级的，你可就差远了。"彼得听后觉得无地自容，想快点登机离去。然而，候机楼里却回荡着甜美的播音："由于雾霾严重，飞机将晚点起飞……"

姑　姑

我生在沿海，很小跟母亲迁到父亲"支边"那山城。

大学毕业。姑丈已是家乡的市长了。就业形势严峻的当下，我想回家乡，凭姑丈的关系谋一份好工作。

到姑姑家已是晚上八点，姑丈正与人在客厅聊天。他只跟我招招手，微微牵动一下嘴角算是招呼了。

"大侄子，到我房里说话。"姑姑热情地把我叫到房里。

与姑姑寒暄一阵后，听到客人与姑丈告别。"姑姑，到客厅与姑丈一起聊吧！有些事我想和姑丈说。"我赶忙抓住机会。

"傻小子，跟我说不一样？留他一人在外接待就好。"姑姑嗔怪道。

这时，听到客厅又来了另一批客人……就这样，来一批走一批，一直倒腾到晚上十一点客厅才安静。

当我和姑姑从房里走出，姑丈却不见了。"他很忙，别管他，喜欢吃什么水果自己削。"姑姑从茶几上堆得小山似的水果堆里随手拿个奇异果给我，说："听你爸说你还会开车，我看，替你姑丈开车就不错。切记，在单位不要叫他姑丈。"

"可我学的不是这专业。"我显得不情愿。

"听姑姑的没错。"

于是我只好做了姑丈的司机。一年后，我竟然在家乡买了房，并喜欢上"市长司机"这工作。

一天，姑姑上我家。"谢谢姑姑，我现在才明白当初您为什么要我做姑丈的司机。"我高兴地为她捧上一杯茶。

"我敢说，你只明白一半。"姑姑的笑很有深意。

"姑姑，除了让我沾着姑丈的光，先富起来，您还为我打算着哪一半？"

"自从你做了他司机，他出去办事就没有一次超过晚上十一点回家。嘻嘻，这一半是为我自己打算的。"姑姑很开心。

幻　觉

牛莉大学毕业后进了家私企办公室做文员。一天，销售部的杨威部长到办公室取资料，他和牛莉只对了一眼，两人的心都咯噔一下。

杨威被牛莉的美貌迷住，一时没回过神来；而牛莉却被杨威的帅气打动，一时竟忘帮找资料。

这时，碰巧公司董事长拎着坤包进来。杨威递上一杯热茶给她。董事长虽说徐娘半老，倒也风韵犹存。她接过茶，对牛莉说："你先回避一下。"牛莉想，也许他们有要事商量……

一个月后，杨威出差回来，他约牛莉去看电影，牛莉高兴地答应了。当他们正要步入影院时，杨威的手机微信响起——"开车来接我！"牛莉一看，信息上面的头像是董事长。"不好意思！改天我们再约吧！"杨威看了微信，不敢不从。"她不是有专职司机吗？"牛莉觉得都这个点了，有些没道理。"也许她认为有司机在不太方便吧！"杨威说完匆忙走了。牛莉漫步街头，满街幻觉。

三个月后，杨威请牛莉在浪漫西餐厅吃饭。刚入座，董事长也进了这家西餐厅，杨威见了，扶着董事长入席。

她看看牛莉又看看杨威："你对她说了我们的关系吗？"

"没呢，这不正想说吗？你就来了。"杨威笑着说。

"不用说了，我对你们的关系一点儿都不感兴趣。我明天就辞职。"牛莉很生气，拎包离席。

杨威一把拉住牛莉："你冷静！听我说……"

"还有什么好说的，别人背后说你'吃软饭'我不信，但今天我信了。"牛莉甩开他的手。

"她是我妈，读高中开始我就开始独立生活了。进了家族企业后，为免受特殊待遇，所以我们才保密……"

孙金华，黑龙江北大荒作家协会会员，中国微篇小说协会理事。入选《北大荒文学小说卷》《微篇小说佳作》《中国微篇小说二十八家》。

镶　牙

左邻右舍都知道老王太太有个孝顺的儿子，老人想吃什么，想穿什么，一定会满足老人的要求。就连老人家在电视里看到助睡眠的枕头，这孝顺儿子都能在网上买到。

这一天，老太太在吃排骨时一不小心咬到了骨头上，把牙给弄松动了，儿子看到了可不得了，急忙劝老妈去治牙。到了医院，牙医说得马上拔掉，这拔牙镶牙共两千元，老太太哪舍得花钱？非要等牙齿自然脱落后再镶。

"妈，要不我找同学帮忙给便宜点。"儿子灵机一动，想出了主意。

第二天，儿子带老妈来到了诊所："妈，你在这儿坐着等会儿，我进去找同学。"

"老人家，张开嘴，我看看你的牙，给你镶上最结实的烤瓷牙，一共五百元。"医生微笑地介绍着。

一个月后，老太太高兴地带着新镶的牙在小区里和邻居们聊天，大家都夸这个牙看着自然价格还便宜。

老太太到家后对儿子说："你再帮咱们小区的张姨联系一下牙医，她有一颗也要镶，我告诉她说你认识医生。"

"妈，只能找这一次，人家也要赚钱的。"儿子心想，只要老妈开心就好。

"你这孩子，又不是你花钱，帮忙联系一下能怎样？"

第二天，老妈就带着邻居去了，医生告诉老太太她儿子刚联系完的。镶完牙后，老太太和邻居都夸儿子的同学热情，就像亲人一样。

儿子心想，那个医生根本不是我的同学，是我提前交上了押金，还给医生一百元的封口费，这次就算请邻居镶牙了。

几天之后，儿子刚要上班，听到家门外有很多人在说话。推门一看，原来老太太正组织几十个没牙的老太太准备去镶牙……

投资环境

青山县县长正在接待来自澳大利亚的富商，据说这个英俊帅气的年轻人要在这个面积不大的县城投资，这可是百年不遇的大好事。

"县长，这有没有叫花海的村庄，听说那里的环境和地形特别美，我打算到那里投资。"富商向县长询问道。

"我们这儿有三个叫花海乡的，你算是找对了，其中一个还被评为最美乡村。"县长赶紧部署行程。

来到了离县城最近的花海乡，"这里的空气指标最达标，青山环抱，小溪清幽。"县长拿出看家本事向富商介绍着，生怕富商转身走人。

"还不错，还有没有更好的？"

县长又陪富商来到了距县城稍远点的花海乡。"这个地方虽然离县城稍远点，交通还算方便，但是这里的梯田是最独特的，漫山遍野的花海，香味扑鼻，简直是世外桃源，您看这地方怎么样？"

"地方不错，感觉还是缺点什么。"

县长看富商还是不满意，赶紧又陪富商来到距县城最远的花海乡，心想，看来投资没希望了。到了这个偏远的村庄，远远就看到村头那颗百年大树，还有那座年久失修的古桥。

"县长，这里有什么独特的景观吗？"

"除了一座矮山，只有一条小溪流向村里的学校。"县长介绍起来实在没有底气。

走进村庄，路过学校，教室里一名美丽的女孩儿正在上课。

"就在这投资了，现在就签合同。"

两年前，富商来中国游玩遇到了困难，是一个美丽的女孩儿尽全力帮助了他。女孩儿说她在花海乡的一所小学教书……

种　菜

　　"妈，你今天和邻居去超市吗，如果没事的话，我带你去一个好地方，包你满意。"

　　"什么地方啊？这么神秘。"

　　"和我走吧，到那儿就知道了。"

　　不到半小时的路程，我把老妈带到一片没有开垦的菜地旁。"妈，这地是我新发现的，一直没人种，咱们今天就把这块巴掌大的地开垦出来，如果有人来，你就说是你闺女的，其他的事儿什么也别问。"

　　"那要是有人撵我怎么办？"

　　"你就种这三垄地，其他不管，然后我马上来帮你。"我嘱咐完老妈就匆匆办事去了。

　　这回老妈真是重拾老本行，从选苗到播种，真是用尽了心思。每天都会准时地伺候这几垄地，像照顾自己的孩子一样。

　　夏天到了，生菜、香菜、黄瓜样样都长出来了，嫩嫩的，水灵灵的。

　　"这是我种植的绿色食品，请大家品尝一下吧。"老妈兴奋地介绍着菜名，几样小青菜摆了两个盘子，看着就有胃口。

　　"妈，你太厉害了，以后咱家就吃这绿色食品，还省钱。要不，咱送些给邻居去？"

　　"好！好！"妈妈乐呵呵地提着那些菜走了出去……

　　其实那片地是我花三千块钱租一年的，租价远远高于我们家吃菜的价格。但我知道，如果不给老妈找点事儿做，她肯定不会在城里住上半个月。

陶波，当代微篇小说作家协会会员。作品散见于《人文万盛》《微篇小说》《百花园》《小小说选刊》等刊物。

因祸得福

王主任嘴里不停地喊着"让开让开"，自行车铃当叮叮当当地响着，两只脚又在泥泞的路上当刹车，自行车还是擦到了老大娘。

老大娘看着裤子和衣服被自行车轮子擦脏了，一个劲地埋怨："你郎个在骑车嘛，人家才穿第一天的新衣服，就被你弄这么多泥巴。""大娘，对不起！对不起！刹车失灵了。"

大娘身边的大爷刚弄明白发生什么事，就听到几个对不起。他转身看到王主任脸上充满了惊恐和歉意，便把牵着的大娘的手一甩说："天雨路滑的，人家又不是故意的，有啥子不得了嘛。衣服脏了回去洗下就行了。这个同志，你走你走，不要你赔。"

"不要你赔？"王主任歉疚的脸上闪过一丝不易察觉的喜悦。

他把自行车脚架一踩，拉着大爷大娘的手道歉："刚到医院看望住院的领导，弄昏了头，忘了自行车刹车不好的事。对不起大娘，对不起大爷。"

王主任接着又说："大娘是新衣服，下水就不好看了。这样吧，大娘把衣服拿到洗衣店去干洗，估计要花三五十元。我写个条子，您二老证明一下，我拿去找领导签字报账。我也不受损失，大娘的新衣服也不会变形。"围观的人跟着随声附和。

王主任立即从自行车货架的包内取出纸笔，写道：

> 王学会到医院看望住院的张局长后，由于雨天路滑，刹车失灵，碰倒了某某大娘，赔付五十元。情况属实。
>
> 　　　　　　　　某大爷某大娘签字
> 　　　　　　　　某年某月某日

围观的人们笑散开去。王主任更是笑到心头去了。他刚才已埋下了把"十"字改为"仟"字的伏笔，送给张局长的五千元"探望费"，这下可以报账了。

一个喷嚏

兰子发现，今天早晨银行的气氛很异常。

银行妹子已经做完了准备工作，却互不言语，安静地坐在那里等待拉铃开工。三个窗口前排队取钱的男女也一脸严肃地站着，没一个人说话。

大厅安静得可以听到身边人的呼吸声。兰子的心也莫名地紧张起来。

兰子像其他人那样，递支票接钱也默不作声。她拆开封条，准备把一万元放柜台上点验，她的身后突然响起了打雷一样的声音：

"啊—嚏！"

兰子手中的百元大钞"叭"的一声掉到了地上。

"你……你轻……轻点嘛，把人家的钱……钱都吓掉了。"

所有人的眼睛都射向兰子。门口的几个保安也冲进了大厅。

"对不起，我不是故意的。"兰子身后有人道歉。

原本静若止水的大厅立刻响起了各种不同的嬉笑声。

兰子为了掩饰自己的窘迫，立即弯腰去捡散落一地的钞票。

在保安的协助下，排队取钱的人也主动挪开地来，兰子很快捡起了地上的钞票。保安看着她点验。

"呀，少了一张。"

"你再点点。"

"点三遍了。"

兰子与保安的对话又让人们的眼球不约而同地向地上巡视。

"在那儿，老爷爷裤脚上！"

大家向清脆童音举起的手臂方向望去，一张百元大钞悄悄地插在一个老大爷卷起的裤脚上……

"抓住了，抓住了，公安局来电话，昨天那个杀人抢劫犯被抓住了！"

人们刚从找到钞票中放松了心情，就听到银行主任在窗口里大声呼叫。

大厅顿时有人高呼万岁！公安万岁！一个保安还把兰子抱起来转了三圈……

滕敦太，笔名藤缠树，1968 年生。当代微篇小说作家协会会员，连云港市作家协会会员。创作的微小说发表于《国际日报》《微篇小说》等。

你在楼上看风景

四楼的女人做好晚饭，孩子还没放学，她端着水杯，悠闲地站在窗前，看着楼下的风景。小区门旁，自家男人的小轿车就停在那里。

女人的视线里，出现了一个长发女，她来到小车旁，低下头，往车窗里看，还将手放在嘴边，好像在说什么。不一会儿，就匆匆离开了。

女人的心提了起来，看这神情，长发女与男人一定很熟了，不会有什么吧？想起刚刚男人接了个电话，急急忙忙离开家，女人就越感到可疑。

自从无意中发现了这个情况，女人一连几天在这个时间点到窗前观察，那个长发女每次都到男人的车前，低下头往车里看，手上还配合着动作，一分钟后马上离开。虽然听不到说话，看神情也猜到七八分。

女人决心"抓现行"，这天下午，她戴上口罩墨镜，提前隐藏在离车不远的地方。

长发女人准时出现，她来到车前，俯下身，面对着车镜，先擦了点口红，又描了描眼眉，打量了一番，转身来到绿化带外侧的停车点。不久，公交车来了，长发女上了车，走了。

女人目睹了这一切，明白了：这个长发女每次在这里等车，顺便到男人的车前，用车镜照着补补妆。

这时，三楼一个女的站在窗前，一边看着楼下，一边打电话："四楼女的今天行为反常，一定有情况。"

机关病

局长站在单位一楼的楼梯上，头朝着一个地方，看了有好几分钟；挪上一个台阶，又停下，看了好一会儿。

一楼科室，露出几个脑袋观察了一下，马上有人提着扫把，来到楼梯，小心翼翼地与局长打过招呼，动手打扫卫生。

局长慢慢来到二楼的楼梯，头朝着一个地方，看了有好几分钟；挪上一个台阶，又停下，看了好一会儿。马上，有人过来打扫卫生，墙角上头的灰尘，顶层一小片一小片的蜘蛛网，都用竹竿绑着扫帚清扫了。

局长慢慢来到三楼的楼梯，头朝着一个地方，看了有好几分钟；挪上了一个台阶，又停下，看了好一会儿。三楼科室的人，马上全部出来清扫梯道卫生。

局长点点头，慢慢往楼上挪，他发现，十几分钟的时间，楼道墙角的灰尘、蜘蛛网都消失了，有些卫生死角也被清扫了。不错，他满意地点头。

局长进了办公室，闭上门，换上了办公桌下面的宽松布鞋，半躺坐在老板椅上，左脚舒服多了。

今天早上，局长到医院拔除了左脚上的灰指甲，疼得厉害，上楼梯行动迟缓，走一步要停一大会儿，没想到……

田洪波，黑龙江省作家协会会员。在《北京文学》等刊物发表小小说百万字，获第七届小小说金麻雀奖，多篇被选入《小说选刊》等期刊和选本。

重　游

太阳很灼人。

他脚步迟缓地走进校园。操场上正在举办热闹的运动会。他夹在人群中。很多家长都在忘情地给自己的孩子鼓劲。

他不由得想到自己的学生时代，那时他是百米跑冠军。妈妈奖励给他两个煮熟的鸡蛋。老师奖给他的则是一本田字方格，外加一支钢笔。

那是他的骄傲。他的纪录后来一直没被打破。

他看向教学楼，觉得较之以前高了很多。有几棵树可能还是当年栽下的吧，树冠茂密，直插云天。他轻轻吁口气，又把目光探向助威加油的老师，依稀认出几张熟悉的面孔。

比赛的项目恰好是百米赛跑。他看到枪响过后第一个冲出起跑线的男孩儿，仿佛看到了当年的自己。那个男孩儿腮帮鼓鼓的。他像一阵风，身后还有两个男孩儿奋力追赶。差距越来越小，小男孩儿的脸涨得通红。

他为小男孩儿捏了一把汗，索性喊叫出声。他完全忘情了，只是他不知道小男孩儿心中祈望的奖励是什么。当年那两个熟鸡蛋，可是让他激动了很久啊！

男孩儿最终冲过了终点，整个校园被他点燃了。

有老师激动地把他抱起来。他欣慰地笑了，这才惊觉泪水不知何时溢出了眼眶。

是的，他羡慕那个男孩儿。他真想也站在那条线上，重新起跑一次！

火车之恋

那年我和男朋友去一个风景区旅游。其实我并不怎么愿意陪他出这次门。我对他还没什么特别的感觉，对我们的未来没什么把握，尽管他已多次向我求婚，尽管我心里也承认他是一个好男人。

火车中途停靠在一个小站，上来一对七八岁的男孩儿和女孩儿。

男孩儿好像出门很有经验，很快就找到了两个座位。女孩儿却好像从没出过门，对火车上的设施特别好奇。小男孩儿一副见惯不惊的模样，甚至有几次对女孩儿的大呼小叫嗤之以鼻。

快中午时，火车上有了卖盒饭的，我问男朋友想吃点什么。患有严重胃溃疡的男朋友显然对盒饭不感兴趣，只买了啤酒、火腿和八宝粥一类的东西。那对兄妹（如果我没猜错关系的话）要了两个盒饭，小男孩儿还要了可乐和烧鸡，潇洒地打开易拉罐，自顾自吃喝起来。

女孩儿却对面前的盒饭一筹莫展。

她好像不会使用一次性筷子，她的脸有一瞬间涨得通红——只是笨拙地用筷子杵那些饭粒。

小男孩儿一直熟视无睹，我男朋友却坐不住了。他思考了一会儿，然后叫住了那个卖盒饭的，要了一个盒饭。我反应很慢地问他怎么想起要吃盒饭了？

男朋友不说话，默默地把筷子在茶几上顿了顿。他的动作吸引了那个女孩儿，紧接着，男朋友慢慢掰开了筷子，然后象征性地吃了几口。

女孩儿以一个感激的微笑回报了男朋友。

我的心不由怦然一动。我把头轻轻靠在男朋友的肩上。我知道，我的爱之船也许真的可以停泊在一处港湾了。

第一课

曾老师阴沉着脸走进教室，让自己心平气静好一会儿才开始上课。父亲刚刚打来电话说，他回城的路"堵塞"了。

三十多个八九岁的孩子紧张地望着曾老师，有人鼻涕流下来都不敢去擦。

曾老师淡淡地说了声上课。他没做自我介绍。他让大家抄写一遍三节课后的词语，学生们"嗡嗡"开了。曾老师气得猛拍了下桌子："怎么，嫌多？"没有人敢接他的问话。大家开始埋头抄写整整六页的词语，曾老师心里哼了一声：这群土包孩子！

曾老师很快发现有两个学生很调皮。虽然这是来共发村执教的第一天，但他相信自己鉴定学生的能力——他发现他们总是不停地动课桌，不是一方的课桌高了，就是另一方课桌低了，而两个人一直在为这种变化偷笑。曾老师走过去问："你们俩怎么回事？"

"老师，是地不平。"两个人吓得汗都出来了。

"是——吗？"曾老师夸张地问了一声。然后他就看到了坑洼不平的黄土地面，但他并不甘心。他很快发现一位胖女孩儿的课桌与同伴的就一般齐，于是走过去，将两只手压在桌上问："你认为他们俩强调的理由充分吗？"

胖女孩儿咬了咬嘴唇："是的，老师，我的课桌也摆弄不齐，我一直在用脚垫着。"

曾老师一阵眩晕，他仿佛看到，他两只手压在课桌上的重量，已经把胖女孩儿的脚压得红肿不堪了。

田茂会，当代微篇小说作家协会会员。曾在印尼《国际日报》《微篇小说》《中国教育教学杂志》《贵州林业科技》等发表过作品。

模范单位

小丽在上班时间浏览淘宝网时，被前来督查的人逮了个正着，一旦通报下来，她年终百分之十五的奖金泡汤是小事，还会影响到单位的成绩，追究领导们的责任。小丽心里很害怕。

让小丽没想到的是，第二天她在表哥家竟遇上了督查他们单位的那个带队领导，这让小丽突然眼前一亮。待那个领导离去后，小丽以要发资料到督查室为由向表哥要了那个领导的 QQ 号。

第三天，小丽刚上班就加了表哥提供的号码。待对方添加自己后，小丽发了一个微笑和一杯咖啡的图片给对方，没想到对方热情地回了一个握手和拥抱的图片。见此，小丽问："帅哥，忙啥呢？"对方停了几秒钟，说："这会闲得没事儿，在天猫上看一款鱼竿。"说完剪截了一段鱼竿图片发给了小丽。小丽灵机一动，围绕钓鱼乐趣与对方聊了半个小时，直把对方说得心花怒放，最后小丽称有事先下了。

大功告成后，小丽复制好聊天内容，并把它装进信封，然后给办公室请了个假就奔邮局而去……

几天之后，通报下来了，小丽看到，他们在通报了几个出现问题的单位之后，又表扬了几个遵守纪律的模范单位，小丽的单位也赫然在目……

桃花病了

桃花的病是从姐姐出车祸死后开始的。她的病时好时坏，有人说桃花被姐姐附身了，有人说……

过年后桃花就三十岁了，眼见桃花的病越来越严重，桃花娘去村卫生所咨询，医生说桃花可能是间歇性精神病，建议桃花娘让桃花住院观察。桃花娘回家说破了嘴，桃花就是不肯去医院。

邻居王大妈见此，让桃花娘赶紧给桃花找个婆家，说那样桃花的病也许就好了。

不久，李大娘带着一个男人来桃花家提亲，桃花见后哈哈大笑，继而手舞脚蹈，吓得男人拉上李大娘就跑。

又过了几天，吴大妈也带着一个看上去很老实的男人来桃花家提亲，桃花与上次一样，吓得男人丢下礼品就走了。

消息传出，再没人愿来桃花家提亲。

眼看自己一天天老去，桃花娘急……

这天，姐夫带孩子来看桃花娘。孩子看见小姨高兴得一蹦三跳，一会儿让小姨带她种菜，一会儿让她背自己，桃花忙得不亦乐乎。这一切被邻居张二婶看见，待姐夫走后，张二婶把桃花娘叫到屋角如此这般地说了一通。

桃花娘想了想：肥水不流外人田，也好！

一切在顺利进行之中。

成亲那天，桃花红光满面，神采焕发……

新婚之夜，姐夫说，等一切安排妥当后就带桃花去检查。

"傻瓜，检查什么？是姐托梦让我嫁给你，不然她就不放过我。"桃花嗔笑着说。

原来姐夫和姐姐恩爱有加。姐姐死后孩子一直吵着要妈妈，好多人劝他找个女人，可姐夫就是不愿意。桃花经常去姐夫家帮忙照料孩子，慢慢就爱上了姐夫。姐夫见孩子与小姨一起就高兴得不得了，于是答应了岳母的要求。

从此，桃花的病不治而愈。

田世荣，中国作家协会会员，出版作品集五部，曾获中国人口文化奖、敦煌文艺奖、黄河文学奖等奖项，有作品被搬上银幕。

预　感

李秘书见董事长的车停在单位院子，蒯师傅正在细心地擦车。不知怎么的，李秘书产生了一种不祥的预感，而且这种预感越来越强烈。李秘书就提醒他："蒯师傅，今天出车注意些。"蒯师傅不解地问："哪方面注意？"李秘书说："说不清，只是我的一种预感。"蒯师傅心里虽然不快，但也未说什么。

晚上，李秘书刚睡下，就接到蒯师傅的电话："我今天出车格外小心，没想到平安回家了，却在卫生间狠狠摔了一跤，你小子的预感真灵！"

一天，李秘书坐在办公室，刚呷了一口茶，突然就预感到家里有什么事。他拨打家里的电话，却在占线。他寻思，不对啊，家里没人，怎么会占线？

李秘书骑着电瓶车往家跑，刚到半路，就接到董事长的电话："有急事，马上到我办公室。"李秘书不敢怠慢，就在他掉转方向的时候，不料撞上了后面的一辆自行车。他的腰被摔伤了，痛了一个星期。而那天家里并没有事，仅仅是电话的听筒没有搁好而已。李秘书想，这预感，有时候就是陷阱，不能轻信。

几天后，李秘书拿着一份急需上报的文件送董事长签批。刚到董事长门口，他突然心慌不安，预感到这会儿不能进去，好像有一双无形的手往后拽着他的两条腿。

他折回自己的办公室坐了几分钟，然后，又来到董事长门口。如此往复三次，他都有些不耐烦了。他第四次来到董事长门口时，鼓励自己再不能相信什么预感了。思索之中，他居然忘了敲门就推门而入，却看见董事长正在跟一个女人接吻。

女人是公司财务室的出纳，是李秘书的未婚妻……

要紧话

那次，村主任茂才在镇政府刚办完事，新来的刘副镇长拍着他的肩膀说："中午，我有要紧话给你说。"茂才不敢怠慢，只好坐在门房等。

中午，茂才看见刘副镇长向大门口走来，急忙迎上前问："领导，有啥要紧话，请指示。"刘副镇长嘿嘿一笑说："跟我走，去了你就会知道。"

刘副镇长领着茂才，进了街上最好的一家饭馆。刘副镇长亲自点了几道菜说："咱俩还是第一次一起吃饭，来一瓶酒好不好？"茂才一听刘副镇长是商量的口气，还挺看得起村主任的，心里很舒服地说："只要领导想喝，那就来一瓶吧。"

两人边吃边喝，聊的都是扯东扯西的闲话。酒足饭饱后，茂才一直等着刘副镇长的要紧话，刘副镇长却喊来了服务员说："再加两瓶酒和两斤猪头肉，我带回去。今天是我私人请客，不能记到公家的账上。"茂才一听这话，急忙自掏腰包结了账。

两人来到街上，茂才还是忍不住问："领导有啥要紧话，请指示。"刘副镇长嘿嘿一笑："下次再说吧。"

后来几次，茂才一遇到刘副镇长，总是重复着同样的故事。

从此，茂才不敢轻易去镇政府了，非开不行的会和非办不可的事，就让村委会的其他人轮流去。可是，不到半年，村委会的其他人都不愿去了。

这天上午快下班时，茂才来到刘副镇长的办公室，还没来得及开口，刘副镇长就郑重其事地说："中午别走，我有要紧话给你说。"茂才却一脸淡然地说："我也有要紧话给你说。"

刘副镇长漫不经心地问："什么要紧话？"

茂才说："我坚决不当这个村主任了。"

百合花开了

那年，百合花开得正欢的时候，县上的人给梅朵家送来了一个褐色的小木盒。

少不更事的梅朵无比好奇，几度要打开木盒，想看清里边到底装了什么。可是，盖在木盒上的那块布阴森森的，活像一块沉甸甸的乌云。

那天深夜，梅朵睡得好熟。母亲在昏暗的煤油灯下，从床柜里取出那只半新的枕头，出神地摩挲着绣在上面的依然生动的百合花。一会儿，母亲将枕头拆开，露出了灰乌乌的荞皮。接着，她小心翼翼地打开木盒，将脸贴在上面静静地触闻。许久，母亲抬起泪光闪闪的脸，一下，两下，三下，用木勺从木盒里取出一些粉末，放在一小张铺开的塑料布上，将粉末仔细包好，再在外边裹上一块绣有百合花的手帕，密密地缝好，缓缓塞入枕头的荞皮中间。

三天后，梅朵亲眼所见，母亲和几个堂叔把那个神秘的木盒，还有几束百合花埋在了后山。从此，那只看起来多余的枕头，一直陪伴在母亲身边。

等到梅朵懂事时，才听说父亲在战场上牺牲了。那个木盒，就是父亲的骨灰盒。那只枕头，就是父亲当兵前睡过的枕头。梅朵听奶奶说，父亲从小就特别喜欢百合花，而母亲也是如此。

后来，母亲病逝入殓的时候，身边除了几束百合花，还有那只半新的枕头。

又是一个百合花开的季节，梅朵意外得到确切的消息，那年，父亲并没有牺牲，而是随一些人去了台湾。那盒骨灰来自哪里，属于何人，均已无据可考。

梅朵跪在母亲坟前紧闭双眼，双手将一束百合花高高举过头顶，憋了满肚子的话只说了一句：

"妈妈，百合花开了！"

唐胜一，当代微篇小说作家协会会员，企业员工。业余爱好文学，发表作品二百多篇，且有作品获奖。

货车侧翻后

"咣当"一声，一辆货车侧翻，一捆捆棉花散落一地。

司机和押运员爬出驾驶室，惊魂未定喘粗气，见蜂拥而至的村民哄抢棉花扛着抬着的急急往家里搬，心里着急！

"喂，喂，喂喂，你们这——"

司机扯开嗓门喊，欲去制止，却被押运员拽住："别急，让他们先弄去，我来想办法！"

押运员计上心来，掏出智能手机拍上几张现场图片后，再溜到一边悄悄地编辑个配图消息，用微信发了朋友圈和十多个群，将车祸事故迅速传播开去。

"怪啦，这事咋这么快就传了出去呢？我儿子都打电话来问了。"张大爷一说，随即有人附和："是啰，我家男人也打回电话讲，咱村扬名了，外边的人都在点赞咱村主动抢救车祸物资哪。"大家议论着，不禁莫名其妙。

随着一阵"突突突"的摩托车声响，村长带着四名村干部赶了过来。村长满面春风，把话讲得唾沫子乱飞："大家做得好啊！主动救援车祸，咱村声名远播喽！我还有个好消息告诉你们，县里、市里、省里各新闻媒体马上就要来现场采访报道了！"

村长抽口烟，环顾四周，疑问地说："车祸的货物搬哪去了呢？"问得在场的村民目瞪口呆，阵阵脸红。

村长见状，急得挥舞着拳头："说啊？说啊？你们都哑巴了吗？"

倒是押运员打着"哈哈"回话说："可能乡亲们先前看天阴了一阵，以为有雨下，才将棉花扛回家存着。现在看来没雨下了，就麻烦大家再扛回放到这公路边来吧。当然啰，这搬运费嘛，我来付。"

"好！"乡亲们顿时明白似的附和一声，赶紧忙去了……

攻难关

丁根领人来到家里，向老娘介绍："这是我朋友，叫阿三。"

阿三坐下来，跟丁大娘唠嗑，得知老人身体不好，提醒说："那得治啊！我认识一个医学专家，愿陪伯母去看看。"

"好啊！"丁大娘听得高兴，着急问，"啥时去？"

阿三当天就陪着丁大娘去大医院看专家。

阿三另日提着礼品来看丁大娘，告诉说："这些水果和保健品，都是专家点头认可的。伯母您就放心吃。"

丁大娘心里乐开了花，夸赞道："你这孩子，真细心！"转而说儿子，"阿根，你得向人家学习学习！"

随后阿三劝说老人要经常外出赏风景散散心。丁大娘说没人陪不方便。阿三自告奋勇："要不，我陪伯母去？"于是，阿三领着老人逛了公园，赏了沿江风光，参观了新建小区。

丁大娘很感慨："这住家院落都跟公园似的，现在人真享福啊！"

阿三顺着话题讲："这是安置房哪。"

"啥？安置房？"丁大娘像是被揭了伤疤，一脸的不高兴，嘟囔着，"我家也是拆迁对象。家门口那一片不是要开发么？工作队看我几次不让儿子签字同意，就变本加厉地威胁我。而我个糟老婆子怕啥？就这样铆上了，当了'钉子户'，不让拆，整个开发工程动不了工。"

"那是那是。"阿三附和说，"拆迁哪能蛮干呢？要多讲道理嘛，老百姓没有不通情达理的。"

"对喽，要是都像你，我哪有话说？就是一个字，拆！"

"真的？"

"绝对当真！"

阿三这才亮明身份："伯母，对不起！其实我就是拆迁工作的总负责人。"

丁大娘先是一惊，然后抱怨说："那你咋不早说呢？"

吴德伙，福建省宁化县人，致力于微篇小说创作。从事客运行业。

女　儿

女儿是郭家的宝贝，惨遇车祸，急需输血。在外谈生意的父亲，接到电话马上乘飞机赶回，万万没想到的是，他的血型竟与女儿不符。

"怎么回事？"郭明亮把妻子从病房拉到走廊上问。

"什么事？"妻子问。

"珊珊的血型怎么会与我们一家人都不符？"

"这……"妻子一直担心的事情终于发生了。她一阵晕眩、痛苦、悲伤、内疚、耻辱，像洪水猛兽一样袭来，泪水伴随着饮泣。

"说啊！怎么回事？"

好一阵子，妻子才叙述那不堪回首的往事……

十二年前，正当她与郭明亮将要结婚时，一直暗恋她的上司借着祝福，在她的饮料中做了手脚，等她清醒时，一切都晚了。她想到了报警，想到了死，许多年来的阴影一直在心中挥之不去。

郭明亮万万没有想到自己辛辛苦苦养育和疼爱十二年的宝贝女儿，竟然是别人的种，他彻底崩溃了。

"亮儿，咋回事？"

俩人一惊，母亲已站在他们身后。

"医生说我得了肝炎，不适合采血。"郭明亮痛苦地道。

"珊珊年龄太小，不能采他的……"母亲焦虑地说。

"妈，放心，会有办法的。"

郭明亮搀扶母亲回病房，回过头来对妻子说："现在只有他才能救女儿，赶快想办法联系。"

妻子满肚子委屈，自那次发生后，她就辞职了，如今为了女儿再难也得想办法联系。

第二天早晨，一个中年男人出现在珊珊病房门口，透过玻璃望了一会。他没有见任何人，抽完血就消失了。

　　九点整医生过来为珊珊输血，十点珊珊慢慢地艰难地睁开眼睛。

　　"爸！"珊珊微弱地发出声音。

　　"爸爸在，一切都会好的！"

牛书记

江滨公园的槐树下，牛师傅像往常一样摆好理发工具，被两个警察阻止，说是有领导来视察，他只好挪移到公园另一处不显眼的位置。

要是以往这个时间，早就开张了，可今天八点半了，还没人光顾。"来的什么狗屁领导！"牛师傅坐在凳子上咕哝着。

"爸！"一句浓浓的客家乡音。

"群儿，回来咋不提前告诉一声！"

"爸，孩儿不孝。"牛舒群望着父亲苍老的脸容，心里充满愧疚。

"回家坐坐，让爹再为你煮碗卤面。"虽然十年未见儿面，但在电视上和儿子通话中，看到儿子的成就，心里也就理解和舒坦了许多。

"爸，孩儿是路过，等下还要去县政府。"

父亲的眼里充满着不舍。

"爸，想让您再为孩儿理一次发。"牛舒群想借此机会，好好和父亲多待会儿。

父亲年轻时是翠城有名的理发师，帮县委书记、县长理过发，如今六十多岁了，闲不住，重操旧业。此刻坐在面前的虽然是儿子，却是市委书记，他还是小心翼翼地拿起电理发器，儿子从口袋里拿出手机，打开酷狗搜了一首歌，放在凳子上，回到位置上。

一根根头发从儿子头上掉落下来，一曲催人泪下的歌曲从手机里传出。

> 都说养儿能防老，可儿山高水远他乡留，都说养儿能防老，可您再苦再累也不张口，儿只有清歌一曲和泪唱……

手机里的歌播了一曲又一曲，牛书记眼里蓄满了泪水，围观的人也唏嘘不已。

理发完毕，牛舒群站起来，抬头看见一行人正向他的父亲鞠躬。那些人都是他的随行人员。

吴剑，贵州省三穗县人，贵州省和黔东南州作家协会会员。作品散见于中外数十家刊物，并入选《中国当代微小说精品》等多个选本和获奖。

宽　恕

深夜，二毛身上的钱赌输光了，他离开赌馆，无目的地走在雪地上，考虑如何弄到一笔钱再去扳本。

突然，一阵呻吟打乱了二毛的思绪，他循声走近，发现一个女子倒在陡坡上，一边的提包露着一个胀鼓鼓的钱夹。

天无绝人之路。二毛精神为之一振。二毛环视四周，发现空无一人，将女子钱夹里的钱洗劫一空，迅速逃离现场。

"救救我，救救我。"然而，女子祈求的声音却不断在二毛耳边回响。

"这样冷的天，这女的说不准什么时候就会被冻死呢。"风雪里，二毛动了恻隐之心，他迟疑了一下，掏出手机拨打了"120"电话。

很快，急救车开到现场，救走了女子。原来，女子肚里还怀着一个孩子。

警方通过调查，很快将洗劫钱财的二毛缉拿归案，二毛对自己的所作所为供认不讳。

几个月后，二毛因涉嫌抢劫被检察机关提起公诉。

在法庭上，受害女子挺着肚子参加了旁听。从女子忧郁的眼神不难看出，她很在乎法庭对二毛的判决。按照法律规定，二毛洗劫钱财将面临至少几年牢狱之灾。

然而，让人意想不到的事在法庭上发生了：女子不仅不要求法庭严惩二毛，还提出了对二毛免于刑事处罚的请求。这让法庭内所有的人都感到震惊，纷纷将目光投向女子。

面对法庭，女子含着眼泪说："如果没有二毛的报警，我和我怀着的孩子就会被冻死在那个风雪交加的寒夜，是二毛救了我们母子俩的生命。今天，我不仅要表示对二毛真诚的谢意，也希望法庭对我的请求予以充分考虑！"

一份特殊工作

小颖上高三时，一场车祸夺去了她父母的生命，从此，小颖读高中的经费失去了保障，产生了退学念头。

"老师，我不读书了。"那天早上，小颖找到班主任一心老师，吞吞吐吐地说着，递上退学申请。

"一个品学兼优的孩子，怎么突然产生了退学念头呢？"面对小颖突然的举动，一心感到很疑惑。

当问清了小颖退学的原因，一心沉默了，最后同情地对小颖说："我有一个朋友张美美，在开家政公司，需要一个上周末班的员工，这种工作对你的学习不会有什么影响。上一天班一百元，一个月也有八百元，只要省吃俭用，这些钱供你读书应该没有问题。"

"谢谢老师，我一定珍惜这份工作，刻苦学习，决不辜负你对我的期望。"小颖哽咽着说。

接着，一心到一边给张美美打了电话，并把小颖带去与张美美见了面，张美美爽快地接纳了小颖。

小颖很珍惜这个来之不易的工作机会，虽然这份工作待遇不高，却是她读高中的主要经费来源。所以不管工作再苦再累，小颖都能出色完成公司交给的各项工作任务，受到公司肯定。

高中毕业后，小颖以优异的成绩顺利考上了一所重点大学。临行前，她来到家政公司向张美美辞别。

"小颖，你知道你这份工作是怎样来的吗？"张美美突然向小颖提问道。

"张阿姨，我不知道，你能告诉我吗？"

"一心是位好老师。"张美美若有所思，"其实一心老师的家境并不好，她婆婆常年生病，需要的花费不少，她就在我这里打了这份工。她不忍心看到你辍学，便把这份工让给了你。"

大爱无痕

"爸爸，妈，车行又催提车了，我和小梅还差些钱，想请你们帮一把！"那天，杨阳再次来到父母家，希望得到经济上的帮助。

"你和小梅买车我和你妈不反对，但那车的价位有点儿高了，已超出你们的承受能力，要量力而行呀！"父亲一直反对买高价位轿车。

"爸爸，车已下订金，现在说不要已来不及了。"

"我和你妈攒下的钱是留着防老的，一分都不敢乱动。你们非要买那车，钱就自己想办法解决！"

"爸爸……"

"杨阳，你爸爸的话也有道理。"母亲见势头不好，赶紧打断儿子的话，"车不过是代步工具，我看也没必要买几十万的。"

"我每次和你们要钱，你们都要说一通大道理，你们又不缺钱，不给就算了，大不了你们就当没有我这个儿子，我也当没有你们这样的父母！"杨阳说着冲出了门，放在桌上的包也忘了带走。

"杨阳……"母亲欲言又止。

"滚！自不量力的家伙，今后别再踏进我这家！"父亲气急败坏地说。

"老头子，我们都老了，也不需要花什么钱了，攒钱还不都是为了孩子们？那钱就拿给孩子应应急吧。"母亲劝导着。

"嗨！"父亲叹着气，"你是知道的，杨阳心脏不好，我打算明年给他把手术做了，已通过朋友联系了一家有名的医院，如果钱不用在正事上，就会害了他一辈子！"

"爸、妈，是我错怪了你们！"不想，折回来拿包的杨阳，在门外听到父母的一番话，止不住留下了后悔的泪水。

万俊华，江西省作家协会会员。有三百多篇作品散见于《小说界》等全国一百多种报刊。有二百多篇作品入选一百多种选本，出版小说集多部。

反 差

王五写了多年的小小说，一字一句都是用钢笔写出来的。

石四问王五："你为什么不用电脑写作？用手写字那多累呀？"

王五说："不会写。那东西太复杂了。"

"谁不是从不会写到会写的呀？"石四说，"不会写就学呀。"

王五说："不想学。"

石四不解："为什么？"

王五说："我也不是没学过。可一用上电脑写作，一心只想字根去了，思路全没了。"

"那是你没形成习惯。"石四说，"打熟练了就不会有这种情况。不信，你坚持用电脑打字写写看。"

几年后，王五上稿明显快于以往，他真的能用电脑打稿件了，而且速度也比用钢笔写作时快多了。

一天，儿子放学回家带回老师布置的一篇作文稿，缠着要王五修改。当王五拿起多年来没摸过的钢笔正要挥洒时，才惊奇地发现，自己的手，却再也不像以前自己的手，始终落不到作业本上来。就是落在本子上却也不再听从指挥了。

王五的脑子，就像电路断了路一样什么也想不起来了。实际上，这时他的脑海正处于一片空白之中……

欢迎你来"投资"

老冒一连去了干余三趟，却连续收到干余交管部门三张超速罚款单一千多元。这就奇怪了：凡有限制超速标志的地方他都没有超速，可哪来这么些罚单？

为查超速原因，这天，老冒吃完早餐，就匆忙从省城出来，两眼紧盯着沿途标志。

进入高速公路时，有个限制超速一百公里的标志，他开至八十公里不算超速。

进入涵洞时，有个限制超速六十公里的标志，他自然减速至五十公里，也没超速。

出洞后他就没有加速。在快要进入干余县境内时，前面有一幅"热诚欢迎你到干余县来投资兴业！旅游观光！"红色醒目横联。就在这横联下面紧靠着红布处，果然藏有一个长长的摄像头，边上有一小标牌：限制超速四十公里。

我的天呀，在这高速公路上，竟然有这样低的限速！且藏在非常隐蔽处！这叫凡路过此地者谁还能不在这里"投资"呢？

冤家路窄

一间五人之室，清一色中年男子汉。晚饭后团聚一起，聊起各自当年的得意往事。

提起为官之道，甲得意地说："作为一位高明的领导，他首先要聪明。要想官运长在，还必须要开明。上把领导捧好，下把群众摆平，你想不进步都不行。如何成为一名高明的领导？我的经验就是，聪明 + 开明 = 高明。"

乙接着说："当官，要时刻找准出路。要想工作有出路，首先得要有思路。光有思路还是不够的，世人不是常说，上有政策，下有对策吗？这对策指的就是套路。当官要有出路，我的经验就是，思路 + 套路 = 出路。"

丙接过话题："如今作兴文凭，凡是文凭高的水平一定高。光有文凭也不行，你还要随时替领导分忧，会喝酒，这就是酒瓶。什么叫水平？我的经验就是，文凭 + 酒瓶 = 水平。"

丁插进话来："要想在官场上取得成功，首先要有做功。光有做功还是不够的，你还必须要有唱功。要想在官场青云直上，我的经验就是，做功 + 唱功 = 成功。"

戊这时开腔了："你们想当官是为了发财。要想发财，就得有点子。光有点子还不行，你还得要有胆子。我一次写了十多封信给十多位县长敲诈他们，竟让我一夜之间发了。要想挣大钱，我的经验就是，点子 + 胆子 = 票子。"

原来那个写信的人就是你呀，甲、乙、丙、丁立即围了过来，异口同声："打死你这个害人精！"

罗管教来了！戊这么大声一说，吓得大家做鸟兽状向各自床铺奔去。

王培静，中国作家协会会员，北京小小说沙龙会长，《北京精短文学》主编。出版小说集十七部，作品入选一百多种选本。

送　礼

现在民主了，人人都有了选举权和被选举权。这不，春节前，后家屯又要民主选举村主任。

从外打工的民生信心满满地回了家，他曾在部队入了党，又在外边打工多年见了不少世面，所以他回来竞选村主任，想带领大家发家致富。

老父亲说："你要想当村主任，难度太大了。一是咱们家族人少；二是你不经常在家面子小，你真要试试，我去叫你三叔和春来过来一起商量商量吧。"

"爹，和他们商量什么，我的竞选报告已经通过了初试，我完全符合所有条件。"民生笑着说。

"没你想的那么简单，要拉选票，就得送礼。"

"给谁送礼？"

"给有可能选你也有可能不选你的那些人。"

"爹，什么意思？你详细说说。"

"一家一户的，你没事晚上去坐坐就行了；有人参选的家族你就不用费那个心了；要去争取的是那些没有自己家族人参与竞选的人。"

"会有这事儿？"民生不解地问。

"这还有假？头几届选举，咱家也收到过不少烟和钱，要不，你去买二十条烟咱们送送，还是一家给二十块钱？"爹试探着说。

"咱谁也不送，什么也不送，凭实力竞争。"民生不服气地说。

竞选结果真的出乎他的意料，他只得了三票，那是他、父亲、母亲三人投的票。

第二天天不亮，他就离开了家，踏上了去继续打工的路。

过 关

秘书科闫副科长很头痛，自己亲自执笔起草的一份材料，送给李副主任两次都被退了回来，第一次批的是，不严谨，再润润色。闫副科长用心修改后第二次报上去，李副主任批的是，比上一稿有进步，再细致地修改一下。

闫副科长把李副主任退回来的材料又看了几遍，觉得真没什么地方可以修改的了。

这天早晨一下楼，车已经在楼下等着，他今天要直接出门去办事。他刚想上车，突然想起一件事，他给办公室打通了电话，对方说："你好，请问找那一位？"

"是小申吧，我是闫科长，你待会儿把我桌上文件夹里的那份材料给李副主任送去，你就说是我俩起草的。"

"对，没关系的，你就按我说的说。"

"好的，就这样。"

小申是科里新来的大学生，长得很漂亮。听说，是市组织部孙部长的外甥女。

下午，到了办公室，闫科长拉开抽屉一看，傻了。他忙打电话："小申，你到我办公室来一下。"

小申进来。

他强装笑脸说："小申，早晨材料给高副主任送去了？"

小申笑着说："送去了。"

他紧跟着问："你说没说材料是我俩写的？"

"按您交代的，说了。"

"高主任怎么说？"

"高主任当场就看了，"小申不好意思地说，"他说，不愧是中文系毕业的高才生，这材料写得不错。"

材料终于过关了。

闫科长长出了一口气。

原来小申拿去的是他给高主任报过的第一稿的底稿。

特色美食

在古朴的小镇上，各种当地的小吃使顾客流连忘返，但对当地居民却是家常便饭的事，谁家都会做上几样。

最近在镇中学学生们口中传递着这样一个消息，学校门口小超市里新进了一种叫"忆苦思甜"的小吃，那东西不知用何种"神物"做成的，口味儿那叫一个美。

一到下课或放学的时候，小店门口就挤满了学生。

后来小店门口贴出了告示，各位顾客：本店独家创意食品"忆苦思甜"小吃，由于工序繁多，制作过程复杂，原料紧缺，每天只供应五十袋，望各位顾客谅解。

告示一出，小店的"忆苦思甜"更是供不应求，每天都是早早地就"缺货"了。但小店的生意却是越来越好。

镇上各家店铺听说这东西好卖，到处打探进货渠道，但都没找到一条准确信息。没办法，有的商家就让孩子买回来，自己一边品味一边尝试动手做，自感口味和那"忆苦思甜"差不多了，但顾客就是不认账。

几年后，那在镇中学门口开小超市的主人贾招，在镇上盖起了楼房，买了汽车。有亲戚或好友探问美食的秘方，他总是眯着一双小眼笑笑说："不好意思，这方子是祖传的，先人有交代，不让外传。"

没有不透风的墙。

有知情人说："他家过去那么穷，如有祖传秘方，不早就用了。有邻居从自己家房顶和他家门缝看到过，他家院子里晒的满满的都是一串串的东西，那东西不是别的，就是从学校捡回来切了风干后的馒头片。之所以和别人的味道不一样，就是他那馒头片时间放久了，有旧味和嚼劲。"

王平中，当代微篇小说作家协会副主席。已在各级报刊发表作品六百余篇，出版长篇小说三部、文学作品集六部。

鼓　掌

　　领导在讲话停顿时要鼓掌，这是单位上人人皆知的"潜规则"。领导也非常看重职工的掌声，用领导的话说，他在上面口干舌燥地讲两三个小时的话容易吗？不鼓掌就是对他劳动成果的不尊重！为这事，张三可是吃过苦头的。

　　张三有一怪病，凡是领导在台上发表慷慨激昂滔滔不绝的重要讲话时，总是昏昏然飘飘欲仙，导致那次领导在讲话停顿时忘了鼓掌。等他清醒过来时，领导正铁青着脸，两束威严的目光紧紧地盯着他，足足盯了两分钟，盯得他毛骨悚然，冷汗直冒。会后，领导说要派一人到偏远乡镇锻炼锻炼，张三当然成了首选对象。按理儿，到基层也没有啥，但他上有老下有小就不容易了。后来，他费了九牛二虎之力才回到城里。

　　吃一堑，长一智。张三再参加会议时，尽管仍昏昏然飘飘欲仙，但在领导讲话停顿时，就猛地清醒了，将两手拍得叭叭直响。久了，只要领导讲话一停顿，他总是不由自主地鼓掌。

　　这天，领导又在台上慷慨激昂滔滔不绝地发表重要讲话。张三也两眼微闭昏昏然欲睡。突然，领导讲话戛然而止，接着传来叭的一声响。张三猛地一惊，两手不由自主地叭叭地拍了起来。但拍了好几下，会场上也没有人附和。正不解，邻座的同事用手肘撞了他一下，你在拍啥，领导在打脸上的蚊子呢！张三一下子清醒了，见领导满脸愠怒，两眼两把剑似的刺向他。张三便浑身筛起糠来……

朋 友

他俩是朋友。

他却做了一件对不起朋友的事。

他们副科长荣升科长，差一副科长。局领导已来考察，决定从他俩中选一人当副科长。因他俩文凭、水平、年龄、工龄都相同，局领导犹豫不决。其实，一个副科长有什么了不起！但想到朋友当了副科长，自己心里能平衡吗？于是，他悄悄拿起笔……

意料之中的是他的朋友没有提拔成副科长，意料之外的是他也没有当成副科长。据说，局领导接到两封匿名信，分别反映他俩作风有问题。宣布那天，他不敢直视朋友的眼睛。朋友看他那双眼睛也有些异样。

以后，他俩仍然一起上班，一起回家，只是朋友看他的眼睛有些不自然。他知道朋友一直对那事耿耿于怀。对朋友的愧疚便沉甸甸地压在心里。

一晃十多年过去了，他俩都退休了。儿子接他到另一座城市去生活。这天，朋友送他去车站。他下决定心，要将那次写匿名信的事告诉朋友。

"你还记得十年前那事吗？"

"你还没忘？"朋友脸色苍白，嘴唇哆嗦，眼里似有泪要掉下来。那次对他打击太大了！

"这事儿像刀刻在我心上，怎么会忘了？你知道吗，反映你作风有问题的那封匿名信，是我写的呀！"

"是吗？"朋友松了一口气，"反映你作风有问题的那封匿名信，也是我写的！"朋友说完，拉住了他的手。

他和朋友都苍老了许多。

卖 艺

李二娃这几天没事做，就拿起从老家带来的那把二胡，到街上去卖艺。

李二娃二胡拉得不好，因此，他不能登大雅之堂，只是在城市的一些小食店，为食客喝酒助兴。

他每每走到客人的桌前，总是先鞠一躬："先生，我为你们拉曲二胡好吗？"但大多数被人拒绝，遇上态度好的，答声我们在谈事；遇上态度不好的，叱道："走开，没看到老子正忙吗？"

这天，李二娃连被几桌食客拒绝了，心里就有些急，便伫立在一张桌前不肯走，嘴里一个劲地央求："听一曲吧！"一个脸上被酒精染得血红的食客发了怒，瞪圆双眼，一拍桌子："滚，再来缠老子，对你不客气了！"

旁边桌上一老者见状，忙向他招手，叫他过去，解了他的围。老者对他说：你给我们拉几曲吧。老者身旁一人脸上有些诧异，刚对他说了一个"你……"字，便被老者打断了，对李二娃说："拉吧！"

"拉什么哩？"

"你会拉阿炳的作品吗？"

李二娃忙点头："行！"其实，他对阿炳的作品并不是很熟，只知道阿炳的名曲有《听松》《二泉映月》《寒春风曲》。他是怕老者拒绝他啊！于是，他急忙拉起了《二泉映月》，却将开始的平静深沉拉得像鬼哭狼嚎，将后面的高亢激昂拉得像一潭深水。汗水便从他脸上流了出来。

老者却双目微闭，脑壳摇动，听得如痴如醉。李二娃暗自庆幸：幸好这个老头不懂！李二娃一连拉了几曲，老者才叫打住。老者付了款，走出食店。李二娃听到那个脸上被酒精染得血红的食客说："这老头是国家一级琴师，却来听他拉什么破琴！"

王秋珍，浙江省作家协会会员。作品在《小小说选刊》《博爱》等报刊发表两千多篇，出版有《巧克力》《棒棒糖》等九部作品。

暖　冬

那时的冬天，好冷。屋檐下的冰凌结得老长老长。妈妈总是递给我一个爸爸焊的铁皮火炉，让我拎着上学去。

班主任陈老师有着竹竿一样的身材，一到冬天，鼻子就总是红红的。看到我的小火炉，陈老师就笑眯眯地说："小秋，火炉不要烧了衣角啊。"

"是，谢谢红老师。"我心里欢喜，一时说错了话。私下里，我们叫陈老师"红鼻子"。可也不能当面叫红老师呀。陈老师却只是笑笑，我都不敢确定他是否听清楚了。

一到下课，我和三丫就忙碌起来。我将细铁丝卷成螺旋形的勾，成勺状，上面留一杆较长的柄，把豆子放进铁丝勺，再伸进火炉，转着加热，不消一分钟就能闻到诱人的香味。我和三丫每次都抢着用大拇指和食指捏起豆子，边吹气边着急地往嘴里送。寒冷的冬天，一颗颗豆子很尽责地温暖了我们的胃，丰富了我们贫瘠的日子。

可惜，冬天快过完的时候，一个女人杀进了学校。

"老师，你的学生把我做种子的豆子都吃掉了！你说咋办？"农村的女人就是没文化。你自己的女儿不是也吃了吗？难道都是我吃的？

"对不起对不起，是我没教育好。明天我让三丫把豆子送过来。"高大的陈老师边说边弯着腰，我真担心他的细腰会折断。

几天后，又一个女人杀进了学校。陈老师赶紧把她往自己那个又破又小的房间里领。出来时，陈老师的左脸颊有点儿发黑。

后来我们才知道，陈老师把家里仅有的豆子都给了三丫。

站在那年冬天的尾巴里，我和三丫好像突然长大了。

黄鸭子

正是立秋。早晨的风像孩子的小手轻柔地抚摸着女人和男人。他俩坐在公园里，笑眯眯地看着孩子们嬉戏。男人的手上，拿着几枝红掌。女人抱着一只黄鸭子，和男人一起喃喃着。女人的声音，有孩子般的纯真。

中午，阳光像热锅一样扣在头顶。女人和男人出现在工地的一角。女人和男人很认真地在工地里踱了一圈，汗水肆无忌惮地爬满了他们的脸。女人看着工人们忙碌的身影，觉得自己的身上也有了一种力量。男人依然拿着红掌，女人依然抱着黄鸭子喃喃着。女人的声音，像工地上的沙砾，呈现一种厚重的质感。

几小时后，女人和男人来到了一棵玉兰树下。这棵树正对着校园的门。女人和男人往校园里望了一会儿，不约而同地笑了。女人说："校园多美啊，你的宝贝女儿就在某个校园里读大学呢。"男人摸了摸女人怀里的塑胶黄鸭子，黄鸭子发出了"嘎嘎"的声音。

"我们有五岁的儿子，三十岁的儿子，十九岁的女儿。"男人顿了顿说，"我们更有一个值得自豪的儿子——十一岁的儿子。"说着，男人又拿出几枝红掌，绕在玉兰树的枝丫上。"红掌象征火红年华前程似锦。祝福我们的孩子。"女人和男人一起在心里默念，风撩起他们的头发，撩起了去年突然添加的根根白发。

去年，他们十一岁的儿子为救七岁的溺水儿童成了脑死亡。女人和男人抱着儿子留下的黄鸭子，泪流如雨。他们忍痛决定，献出孩子的眼角膜和肾脏。

立秋这天，十一岁的孩子给三人带去了新的生命。

从此，女人和男人有了一群孩子。

王瑞庆，当代微篇小说作家协会会员。安徽省作家协会、散文协会、民间文艺家协会、诗词学会会员，出版《弈魂》等五部小说集。

孝 心

许校长的四个孩子都已安家，过得都很幸福。

两年前，相濡以沫的老伴儿走了，撇下许校长一人。房子空了下来，心也就有了躁动。

几个孩子从老娘去世后，依然不痛不痒地忙各自工作。中秋节快到了，月亮逐渐圆了……许校长陆续给孩子打电话大骂孩子如何如何不孝……

大儿子一听，便诚惶诚恐地整了两条子软中华，跑到老爹那里，许校长看也没看，给老大一个字：滚！

二儿子一听，便急急忙忙地弄了两箱五粮液，跑到老爹那里，老二从许校长那里得到两个字：滚蛋！

大女儿一听，便东奔西走地为老爹买了两套年轻时尚的衣服送了过来，大女儿被许校长给怪了一通，悻悻地走了……

大家一看，烟、酒、衣服都不是老爹所需要的，召开临时家庭紧急会议，大家都在琢磨，老爹要什么？该如何尽孝心？

开出租车赶来的小儿子，喝口水，喘口气就说："我知道，咱们老爹需要啥。"

"需要啥？"大家齐声说。

"需要再给我们找个后妈。"

"啊？"

"啊什么啊，老爹找老伴儿，这是正常需求，你们不同意？"

"同意，可有苗头？"

"有，就是咱们邻庄的，咱爸的老同学——李阿姨，听说，李阿姨几年前老伴儿病逝了……"

"我们怎么做？"

"去接李阿姨啊……"

一行四人跑到李阿姨家，把她接了过来。老爹散步回到家，一看李阿姨竟然在自己家里，张嘴就是："啊？"

几个孩子，从屋里出来笑着说："啊什么啊？我们去接的妈。"许校长凝结的眉头疏解了……

意见箱

我们局是政府的一个重要大局，办公楼一共十层。局长很注重民主监督，关注搜集来的意见和信息，特意做了个很大的意见箱。在每周例会上，局长说："今后每周例会，一定当着大家的面打开意见箱，宣读里面的意见，进行现场办公……"

第一个月，局长打开意见箱，空空如也。局长让全局人找是什么原因造成的。

办公室李主任综合了大家的意见向局长反映，因为意见箱在局大门口，对着四通八达的十字路，来来往往的行人，川流不息，人们就是有意见也不敢把意见放入意见箱……

局长说："既然位置不对，那就挪动一下。"

第二个月，意见箱被挪到局车棚门口，那是一个不起眼的角落，地点隐蔽，靠近局公厕，方便投递意见，大家上下班，人来人往，川流不息。可是，到了月底，箱内还是空空……

局长再次让大家查找原因，大家查出一个问题。意见箱的位置正对着摄像头，摄像头的监控器在局长办公室里的墙上……

第三个月刚开始，意见箱这件小事有人举报给县纪委，纪委某个领导出了一个高招，竟然让一个意见箱变成两个意见箱，分别放在了男女厕所里，仅仅一周时间，局长就进去了……

新上任的局长一到任就说："必须立即改善全局环境，竟然把公共厕所给拆了，每层楼都设计了公厕。"当然，意见箱也被扔了……

再后来，纪委来人要看意见箱，局长说："我们改善环境时，意见箱被扔了，如今每层楼都有公厕，不可能每层都安装两个意见箱，近期将选个地方，重新安装……"

最后，意见箱依然挂在局大门口……

王世虎，资深编辑，自由撰稿人，专业策划人。《格言》《小小说选刊》等报刊签约作家，在《人民日报》等报刊发表小小说数百万字。

生的是期房

听说同事小黄的老婆怀孕了，办公室里的同事们得知这个喜讯后，纷纷向他表示祝贺，并问他喜欢男孩儿还是女孩儿。小黄羞涩地说："我希望老婆怀的是女孩儿，因为女孩儿和爸爸亲嘛！"

对面的刘姐打趣地说道："这个好判断啊，俗话说'酸儿辣女'，你看你老婆怀孕后偏爱什么口味就清楚了。如果她喜欢吃酸的，那八成怀的就是个男孩儿；如果爱吃辣的，十有八九就是女孩儿喽！"

小黄认真地想了想，高兴地大叫道："太好了！我老婆最近老嚷着说要吃辣的东西，那她肯定怀的是女孩儿啦！"

昨天，小黄的老婆终于在市妇幼保健院产下了孩儿子，今天早晨一到单位，我们便热情地围住小黄，问他老婆生的是男孩儿还是女孩儿。只见小黄耷拉着脸说："是儿子！"

"那恭喜你啊，喜得贵子。"我们嚷着要小黄请客吃饭。但小黄却始终一副愁眉苦脸的神情，好像有些不开心。我疑惑地问道："小黄，你这是怎么了？做爸爸了应该高兴才对啊！"

小黄沮丧地说："可我原本想要的是女儿，现在生的却是儿子。"

"儿子多好啊！"我说，"那古话都说了，'穷养儿子富养女'，养儿子可比养女儿省钱多了，而且还不像女儿那么娇贵！"

"可今非昔比，难道你们没听说吗？如今的物价和房价这么高，生女儿就等于是'招商银行'，而生儿子则是'建设银行'。"小黄快哭了，"所以，我这哪里是生儿子啊，分明就是生了一套未付款的期房啊！"

一只玻璃杯摔碎之后

寂静的办公室里，各科老师都在低头忙碌着。突然，"咣当"一声脆响，打破了办公室的宁静——一只玻璃杯掉在了地板上，摔碎了。众人抬头，面对一地"杯具"，各抒己见：

语文老师文思敏捷："是'突然'发生的事情，不是'忽然'发生的事情。"

数学老师反应迅速："垂直距离1.1米，所用时间0.5秒，下落速度为22米/秒。"

英语老师眼疾脑快："应该用'break up'而不是'breakup'！"

生物老师摇头感叹："杯子与地板碰撞的一刹那，得砸死多少分子啊！"

化学老师若有所思："虽然玻璃杯碎了，但还是玻璃，并没有改变其原有属性，这是物理变化。"

物理老师振振有词："杯子下落的过程属于垂直运动，只受重力加速度的作用……"

政治老师眉头紧蹙："身不正，则影斜。看来，任何时候，只有先端正自己的品行，才能端正自己的身体。"

体育老师不屑一顾："身体是革命的本钱，没有金刚钻，就别揽那个瓷器活。玻璃杯以卵击石，注定了没有好下场！"

教务主任扶了扶眼镜："玻璃杯光鲜靓丽的外表之下，却隐藏着一颗脆弱的心。这就好比有些学生的成绩，平时不刻苦努力，锤炼自己，注定了高考时要功亏一篑。"

校长清了清嗓子，颔首总结："一失足成千古恨，再回头已百年身。玻璃杯摔碎的事件看似渺小，却深刻地警醒了我们——身为灵魂的工程师，教书育人是一件多么任重而道远的事情啊！"

……

正打扫走廊的清洁工也闻声赶来了，她什么也没说，拿来扫帚和簸箕，悄无声息地把玻璃碴儿扫走了。

赡养保证书

王大爷的老伴儿去世后，城里的三个儿子嫌他是个累赘，都不愿管他。

元旦，王大爷一个经商的老战友去看望他，无意间发现家里的旧香炉竟是明朝宣德年间的古董，当场掏出五十万买了下来。

很快，消息就传到三个儿子耳中，他们忙赶回老家，抢着要把王大爷接到自己家住。

王大爷窝心地说："手心手背都是肉，这样吧，你们每人写一份'赡养保证书'，谁的最打动我，我就去谁家！"

很快，三人就写好了。王大爷认真看后，宣布道："我决定了，去老三家住。"

三儿子一听，顿时喜笑颜开。可老大和老二不干了，说除非把三份"赡养保证书"公开评比，否则他们不服气。

王大爷没辙，只好同意了。他先打开大儿子的保证书：我自愿把爹接到我家住，并保证像侍奉岳父一样照顾他。——大儿子是出了名的"妻管严"，对岳父百般孝顺、万般尊敬。他能这样写，显然是下了决心的。

接着，王大爷又打开二儿子的保证书：我自愿把爹接到我家住，并保证像疼爱自己的儿子一样疼爱他。——二儿子是小老板，结婚十年媳妇才怀孕，全家上下都视儿子为"掌上明珠"。能做老二的儿子，真是享清福呢！

最后，王大爷打开三儿子的保证书：我自愿把爹接到我家住，并保证让爹享受同"虎妞"一样的待遇！——三儿子是公务员，"虎妞"是县长寄养在他家的贵宾犬，地位"至高无上"，全家老小都"众星捧月"般侍奉着它。旁人常打趣道："能做老三家的狗，那可真是烧高香哩！"

"老三，算你狠！"老大和老二灰头土脸地走了。

王苏华，当代微篇小说作家协会会员，中华精短文学签约作家。小说入选《中国闪小说年度佳作2015》《中国微篇小说佳作2015》。

谁家的狗

"李婶，您看见我们家'悠悠'了吗？"孙姐着急地问。

"没有呀，怎么了？"

"咳，别提了。这'孩子'这两天老想着往外跑，刚才我去拿奶它就不见了。"

李婶也着急了："哎哟喂，您家那是名犬呀！是闹狗了吧？做绝育了吗？"

"没有啊，您不是也知道我妈把它当孙女，谁敢动它一根毛呀！"

李婶和孙姐找遍了小区，街坊们听说了也帮助找，可是都没找到。孙姐的婆婆因此生了病，小区内外也贴满了寻狗广告。

转眼三四天过去了，孙姐为了让婆婆心情好起来，从狗市上买了一个很像"悠悠"的小狗回来。老人家非常高兴，给小狗取名叫"宝宝"，小狗也喜欢这个名字。

忽然有一天，一个被狗拽着跑的男人出现在了小区里。李婶眼睛尖，一嗓子吼得小区里好些住户都打开了窗户："孙姐，'悠悠'回来了！"不一会儿，那个男人被街坊们包围了。那个男人说他是为了找自己丢失的狗，今天去了狗市。看到"悠悠"和自己丢的狗长得很像，他就掏钱买了下来。谁知回来的路上，"悠悠"疯狂地拽着他一直跑进了这个小区。

孙姐因为伺候婆婆没法出门，大家就簇拥着那个男人带着"悠悠"进了孙姐的家。刚一进门意外就发生了，小狗"宝宝"挣脱了老太太的怀抱，一下子扑到那个男人的腿上，疯狂地叫着。那个男人欣喜若狂抱起狗来，"宝宝""宝宝"的一通乱亲，大家都愣住了。

李婶先醒过闷儿来，一拍大腿："原来'宝宝'的主人是他呀！"

从此，孙姐家又多了一门亲戚。

今晚我要和爸爸睡

"妈妈，今天讲故事吗？"儿子偎在我怀里问我。

"讲呀，讲《卖火柴的小女孩儿》好不好？"

儿子看着我，忽然眼圈红了，把我吓了一跳。他带着哭腔说："不，妈妈，我不要听这个。小女孩儿看不见奶奶多可怜呀。"

我赶紧拍了拍他说："好，好，不讲这个啊，讲个你最喜欢的《孙悟空大闹天宫》可好？"

孩子放声大哭了起来："不要，不要，孙悟空变不出我爸爸来。"说完他光着脚蹦下地，跑到一个镜框前继续哭着说："爸爸，您什么时候回来呀？今天父亲节，小朋友们的父亲都来参加家长会了，就您没来。"一边说着他一边拉开一个抽屉，从里面拿出一个装了很多千纸鹤的玻璃瓶放到镜框前："别的小朋友都把礼物送给爸爸了，您什么时候回来收下我的礼物呀？我叠了好多天呢。"镜框里一个英俊的军人向他微笑着。

我也赤着脚跑到他的身边，忍住眼泪抱起他："宝宝乖，不哭啊，等到窗外的木棉花开了，妈妈就带你坐火车去找爸爸，把他接回来陪你。"

儿子带着眼泪欢呼起来："太好了，妈妈！真的带我去接爸爸吗？"

"真的，真的，快上床去睡吧，明天还要上幼儿园呢！"

儿子一把抱起镜框回到床上，嘴里说着："今晚我要跟爸爸睡。"

儿子的爸爸是援藏汽车兵，在一次抢救遇险藏民的任务中牺牲了。

儿子没有见过他爸爸。

道　具

桌上一杯咖啡，厚重的门隔住了嘈杂声。

门卫打电话说有人找我。我放下电话，拿起老板桌上的一沓报纸看了起来。

门被推开了，有人走了进来。

"老季，我又给你打了十万，加在一起三十万了。你一定要把建公厕的标给我啊，咱们可是十几年的老街坊了，走了。"

门卫又来电话了，我赶紧拿起报纸挡住脸。

不一会儿又有人进来，大步走到桌前说："老季，我知道你不想见我。可是我今天又给你打了三十万，加上上次的就是五十万了，你必须把这个翻建关帝庙的工程给我，咱们可是光屁股长大的发小。走了。"

快中午了，门又被轻轻地推开，一股香味儿飘了进来。

"哎哟喂，你没事吧？这几天怎么没来我家？我这几天一直在门口转悠，看见你的车回来了我才敢上来。你给我的现金需要挪个地方吗？"我无动于衷地看着报纸，没有抬头。报纸一下子被打落了。

"装什么蒜呀！啊……你是谁？"女人的尖叫声差点儿掀了房顶。

几个便衣从外面冲进来。我站起来问："那两个人留住了吗？"

"留住了！送回纪委配合调查了。"

我是老王，纪委调查组的。老季是管开发的主任，被人举报受贿近千万。约谈时拒不交代他卡上最后两笔各二十万的来源。经过调查我们知道了他的习惯：他自认为灯下黑，所以交易都在办公室进行。可以谈钱的时候，桌子上摆着咖啡。门卫通知有人找他，他就会拿着报纸看，嫌钱少他就会用报纸盖住脸，从不与贿赂他的人面对面，报纸成了他的道具。

于是，我也用同样的道具钓出了他隐瞒的问题，这个女人却是意外收获。

王晓光，中国微篇小说作家协会会员，中华精短文学学会会员，《作家文苑》《燕赵文学》签约作家。在多家报刊发表作品并获奖。

父　亲

二十年前，我高考复读了一年再次落榜。巨大压力下，决定不再踏进校门一步。

父亲劝我复读："家里条件再差，也没断了你的吃穿，上了这么多年，就这样半途而废了，多可惜啊！"

我倔强道："就是打断我的腿，也不再复读了！"

不上学了，就得下地劳动。那年暑假，我天天随父亲到田地锄禾保墒、喷洒农药，护理棉花、玉米等农作物。手磨起了血泡，肩膀和脖子也晒起了皮。

"再复习一年吧！"父亲又适时劝我，"考学是农民唯一的出路，否则，就得一辈子在农村受累！"

我仍倔强："要我再入校门，除非太阳从西边出来！"

父亲无奈，边吸闷烟边唉声叹气。

一天，我又下地劳动，锄掉了不少禾苗。任村长的本家二爷走了过来，讥笑道："你小子上学不行，种地又不行，我看当个叫花子算了！"说完，背着手走了。

我一向尊重二爷，没想到被他嘲讽，真想追上去和他拼命。于是摞下锄头气呼呼地回了家，蒙着被子想了两天两夜。第三天，我对父亲说："我回校复读！"

再次入校，我发誓一定要考上大学，让二爷的话像放屁一样作废。第二年，我终于如愿以偿。

大学毕业后，我到外地工作。每年回家探亲，我就是不看二爷。去年春节，父亲告诉我二爷病危，要我去看他，我赌气道："我没这个二爷！"

"难道你真的要记恨二爷一辈子？"父亲又气又急地问。

"是的，这一辈子都不会忘记他对我的侮辱！"

"你二爷嘲笑你，是我特意安排的！"父亲爆料，"当年你固执地不去复读，我便找他想办法，其实，他是为了从反面激励你……"

母　亲

父亲外出打工，母亲在家照顾儿子的生活学习。

为了儿子，母亲可谓费尽心血。特别是儿子上学之后，母亲每天坚持早起晚睡，做饭、洗衣、接送上学，等等。时间久了，儿子形成了较强的依赖心理，生活自理能力较差，凡事都由母亲来做。

然而，高三开学不久，母亲突然摔了一跤。从医院回来后，腿便打起了绑带，再也无法像以前那样照料儿子了。儿子无奈，生活只得自己料理，上学放学骑车，回家后还得照顾母亲。开始很不适应，多次哭起鼻子，后来也就慢慢习惯了。

那年高考，儿子考上了一所名牌大学。入校时，母亲腿脚不灵便没能送他。由于提前锻炼了动手能力，儿子很快便适应了大学生活，并积极投入到新知识的学习之中。

寒假，儿子回家过年。他想给母亲买件礼物，挑来挑去，却选了一根精致的拐杖。

回到家，儿子将拐杖送给母亲。

谁知母亲却说："谢谢儿子的一片孝心，这根拐杖，娘是用不上的。"并又解释道："原谅娘对你说了谎，实际上，娘的腿从来都没有摔伤过……之所以这样，是因为担心你的依赖性过强，到了新的环境不适应……"。

没想到儿子却说："娘，实际上，儿子早就看出来了……不过，儿子已经懂事了，能理解娘的良苦用心，所以，一直没有将这事儿揭穿。"

"那……那你……为何还要送娘拐杖呢？"母亲不解地问。

"娘，送您拐杖，是为了表达儿子的谢意！"儿子解释，"因为无论您做我的'拐杖'抚育我，还是煞费苦心让我尽快成长好丢掉它，都体现了娘浓浓的爱啊……"

汪学猛，当代微篇小说作家协会会员，获"明森剪纸杯"中国第二届微篇小说大赛优秀奖，发表作品二百余篇，多篇参赛入选并获奖。

有人会办的

他出生时就六斤，父亲给他取小名叫六斤。他父亲是我堂哥，他与我同龄，按辈分喊我叔。

他这个月刚到我市报到。

我去找他："六斤，你看，我们小时候玩得就好，虽然一样大，也不见外，我直说，无论如何帮我一把。我也是大学毕业，到现在在局里还是科员。"

六斤听了，大致问了一下我情况，说："自己家人不用太客套，你啊，就是太老实。这样，叔，有人会办的，不用担心。"

又过了两个星期，依然没有什么动静，我打电话给六斤，说："你看那事怎么办呢？算叔求你了。"

六斤忙道："叔，不急，我放在心里呢。现在不方便，放心，会有人办的。"

又过了一个星期，六斤被一帮人前呼后拥地来局里检查。

我办公室门敞开着，六斤进来。

他脸色一沉，说："陈局长，你看，局里作风建设要从点滴小事抓起，这间办公室桌上堆满资料，又不整理；他头发凌乱，起码的精神风貌都没有，怎么能代表镇机关形象？没有高昂的精神风貌，怎么干好工作？！"

陈局长赶紧低声说："是，是，马上整改，马上整改。"还狠狠地瞪我一眼。

六斤看我发愣的样子，语气很严厉地说："你不高兴是吧？你看看你这副德行。按辈分，你是我叔，是长辈，我就不敢动你？亲戚照样动！"

六斤气呼呼地率着一帮人离开。

到了晚上，六斤打电话给我："中午不要见怪哦，叔，陈局长找你了吧？"

我兴奋地说："怕你忙，不敢打你电话。你们一走，他就点头哈腰地找我了，说这些年委屈我了，等过段时间，给我提拔，谢谢你啊，六斤。"

六斤是刚到我市的常务副市长，主管工业。

县级待遇

老田担任市信访办主任，再过半年，即将退休。

领导找老田谈话，说："您一直是我们学习的楷模，希望做好传、帮、带，站好最后一班岗。"

最后，问老田有什么想法和要求。

老田说："领导，你看，我当部门负责人多年，但还是副县级，能不能提个半级，或者享受县级待遇退休？"

领导有些为难，说："这，我就不好表态了，您知道，这是有组织人事规定的。"老田听了，就不吭声了。毕竟，从部队转业干部到地方，组织观念大局还是有的。

自从领导谈完话后，老田就有意识地将工作逐渐分解或者下派。

老田是市作家协会会员，年轻时写得多些，从事信访工作以来，由于职业敏感和工作特殊性，一直无暇顾及这块儿，骤然轻松下来，又是闲不住的人，就开始写作。省里举办"廉洁征文"大赛，老田的小说《送礼》获得一等奖，故事跌宕起伏，情节扣人心弦，人物惟妙惟肖，结尾令人叫绝。大赛组委会还点评：辛辣讽刺，官场再现！

不久，获奖证书和奖金五千元汇款单也送达市委办公室，又引起一时轰动。

没想到，平时谨言慎行、谦逊低调的老田还是个写作高手！

又过了两个星期，领导又找老田谈话，说："田主任，你上次谈的待遇问题，市领导已经与组织人事部门研究过，按照你的工龄和工作业绩，基本没有什么问题，下一步就是走程序了。"

临结束谈话，领导脸色有些严肃，说："你是老同志了，平时不忙时写写东西是可以的，但哪些应该写，哪些不应该写你应该非常清楚，不然，你的县级待遇问题……"

王雨，原名王佩，近年专事各类笔记小品创作。发表作品一千余篇，出版《一物降一物》《谁说亲情不管用》等个人作品集。

不是一般地深

钱书记长得虎背熊腰，粗脖圆脸，肥壮得跟大象一般。据说还坏得很，而且还不是一般地坏，在圈内有"菩萨杀手"之称。赵县长就不行了，博士毕业，温文尔雅，又是"二把手"，跟钱书记比，总觉得像是秀才遇上了兵。不过，这个"秀才"却有点儿文武双全的味道。难弄。

钱书记越琢磨越急，越急越害怕，急得是百爪挠心，怕得是寝食难安。

想来想去，钱书记桌子一拍，决定"动手"！

三上省城，夜赴领导宅。老领导有点儿狐疑："你这招稳妥吗？"

钱书记胸脯拍得砰砰响："他早就饿疯了！不出事，我拿脑袋见您！"

终于，领导来视察工作了。瞧瞧看看，指指点点，很是满意，尤其对赵县长的工作，更是频频点头，于无人处，数次拍肩，给予充分肯定。晚宴尽欢，握手话别，老领导发表重要指示："钱书记啊，对你们这个班子，我还是比较满意的，但你们不能骄傲，尤其是你老钱，作为一班之长，你要多说两句，你可不能大权独揽噢，要放手让赵县长去闯一闯嘛！"

半月之后，全长二十八公里的西绕城高架便由赵县长全权负责。

半年过去了，高架雄姿初显，赵县长出事了，是大事。本来是例行验收，哪承想，省城里来的那帮专家，简直就像验收自家新房——又记、又画、又拍照。结果，很快便把一个包工头给"验收"进去了，顺线一拽，赵县长出现了，好家伙，赵县长不鸣则已一鸣惊人，真够黑的，整整弄了八百万！

怎么办？还能怎么办？赵县长只好歇菜了呗！

初战大捷。当夜，钱书记亲自驾车，赶往领导府上，汇报战况。

老领导听罢，眉头微皱："小钱啊，你这坑挖的，可不是一般的深啊！"

没事找事

孙磊分来机关还没两礼拜，就遇上了局长生病，而且还住进了医院——孙磊暗自庆幸：如此好的机遇，就是求也求不来啊。他想都没想，当即便去医院给老总"烧了炕"。"信封"塞进老总枕下时，老总还冲他笑笑，点了点头——似有赞许之意。为这，他高兴了一个多礼拜。万万没有料到的是，老总出院之后，竟单单把他的"柴火"给退了回来，还当着其他同事的面，话中有话地批评了他——让他以后把心思多用在搞好工作上，不要老想着找"捷径"。这事并没有到此结束，一个月后，孙磊便因"工作"需要，被安排到基层的一个企业去接受"锻炼"——这样，就到了我们单位。

后来他才弄明白，自己之所以"触霉头"，原因就在于他给老总送了三百块钱——大伙儿听说他只给老总送了三百块钱后，全吓坏了，一迭声地骂他："三百块钱也想去给老总'烧炕'，你小子不会大脑有毛病吧？你这不是没事找事吗？你以为人家是要饭的啊，三百块钱就想打发了？"

直到现在，孙磊还懊恼不已：只怪自己当时没打听清楚，原来给老总"烧炕"，是要"烧大炕"的！

更让孙磊懊悔的是：事实证明，如果自己不去送那三百块钱，反倒一点儿事也没有——因为公司有个土规矩，大领导生病，只需小领导进贡，不需要普通办事员跟在里面瞎掺和，人家小领导一出手，起码也是三五千，自己才送了区区三百块钱，哪个领导收了，脸上能挂得住？这不是没事找事，自找难看吗？！

时效性

"七一"前夕，办公室接到上级部门的书面通知，要求上报一名"全省 × × 系统"的先进典型。通知明确要求，受表彰者必须要事迹生动、感人，具备可宣传性。

这可是营造政绩的好机会，领导们非常重视，马上召集会议，安排办公室的秘书们连夜奋战，拉出了草稿。主管办公室的"二把手"（原来是秘书出身）亲自修改，"一把手"亲自审定。

材料送上去后，上级部门很快来了电话，话说得很委婉："除了受表彰者的事迹必须生动、感人外，为了增加可宣传性，你们上报的人选最好是能'在工作岗位上战斗到生命的最后一刻……'"

领导们觉得这个建议非常有道理。马上召集相关部门领导开会，重新遴选出一位"在工作岗位上战斗到生命最后一刻"的先进典型。秘书们先拉初稿，有喊来报社的记者参与进来润色，"一把手""二把手"分别把关。

材料送上去了，上级部门又很快来了电话，话说得比上次还要委婉："好像还缺少一点点儿时效性。"

领导们慌了，真怕丢掉这个名额，马上安排相关人员去"跑"关系。

好消息终于来了。上级部门面授机宜："上报的人选除了能'在工作岗位上战斗到生命最后一刻……'外，最好是能'刚刚去世的'——这样宣传起来就更有典型性，也更有时效性了。"

必须找一个"刚刚去世的"！

当天晚上，办公大楼灯火通明，领导们、秘书们，又开始挑灯夜战了。

许国江，在国内外发表作品一千余篇。多篇作品入选《中国新文学大系》《微型小说鉴赏词典》《大学语文》等，出版个人作品集十三部。

良 心

公社食堂办不下去了，关了门，生产队也发不出口粮，社员家里十有八九断了炊。

赵家小三饿得全身发紫，眼睛发绿，躺在铺上，不能动弹。这种病唤作青紫病。

治这种病说难也不难，只需熬点儿米粥，或者哪怕煮几只山芋，让病人饱饱地吃几顿，就能死里逃生。

小三娘哭着说："他爹，救救小三吧！"

小三爹无言。他扛着一把铁锹，来到自家的那一小块山芋田头。

他明知这块地里的山芋早刨光了，即使翻它个底朝天，恐怕也挖不出一个山芋疙瘩。

小三爹绝望地站着，茫然四顾。

突然，他发现毗邻的一块地里，竟有几棵还没有完全干枯的山芋藤，有气无力地躺在垄上，他断定下面有山芋。

这是李老四家的地，这山芋或许是他家留着救急用的，自己能挖吗？想到躺在铺上半死不活的儿子小三，他也顾不了许多了。

他脱下上衣，包着挖出来的山芋，偷偷地跑回家。

第二天中午，他听见了一阵凄厉的哭声，李老四的小儿子饿死了。他娘边哭边骂："哪个断子绝孙的，刨走了我家的山芋……"

他像遭到雷击。

次日早晨。人们发现村边的小树林里面吊死了一个人。是小三他爹——老赵。

从外婆那儿学来的

他俩新婚不久。

她对他说，她做的清蒸仔鸡，味鲜肉美，即使在大饭店也很难吃到。

他将信将疑，买了一只仔鸡回来，看着她在厨房里操作。只见她将宰好的仔鸡洗净，很利索地剁下一条鸡腿，放进蒸锅，配上了调料，并没有什么特别的地方。

他好奇地问："为什么要剁下一条鸡腿？"

她说："我也不知道，我小时候见我妈做清蒸仔鸡时都是这样。"

这道清蒸仔鸡果然味道不错。他想，这难道跟剁下一条鸡腿有关吗？

不久，他见到了丈母娘，便向她请教清蒸仔鸡时为什么要剁下一条鸡腿的问题。他的丈母娘笑道："我也说不清，我是从外婆那儿学来的，我小时候见她做清蒸仔鸡时，总要剁下一条鸡腿。"

他更感到奇怪，决定向外婆问个究竟。

外婆年过八旬，耳聪目明，精神爽朗。听了他的询问，笑道："傻孩子，这有什么呢？那时候，我家蒸锅小，放不下整只鸡，不剁下一条鸡腿，锅盖盖不严。"

心领神会

某镇是有名的建筑之乡，建筑安装公司遍布全国各地。王镇长刚上任不久，就决定到驻外地公司去考察调研。

王镇首选西安。王镇带着秘书刚下飞机，公司刘总就开来小车，在机场门口迎候。刘总一行簇拥着王镇进入皇宫大酒店，设盛宴为王镇接风洗尘。

晚宴结束后，刘总准备陪王镇去泡桑拿，王镇却说："刘总，没想到东西部温差这么大，在家时还穿汗衫背心呢，这里穿衬衫还有些冷。"

刘总顿时心领神会，立马说："王镇穿得太少了，别着凉感冒，走。"他把王镇带到了一家服装专卖店，买了一套皮尔·卡丹西服，并给他配了一条金利来领带，一双森达皮鞋。

王镇被彻底包装后，笑道："刘总，这？"刘总说："在家服从你大镇长领导，到了西安，一切你得听我安排。"说罢哈哈大笑。

熊荟蓉，湖北省作家协会会员，天门市作家协会副主席，当代微篇小说作家协会副主席，《微篇小说》副主编。已在国内外报刊发表作品千余篇。

遥控大权

马局长最近很反常。

他一大早就歪在客厅的沙发上，拿着遥控调电视：不是新闻频道，就是动物世界；不是戏曲频道，就是社会与法。

上午，女儿马丽说："爸，我昨天上夜班，没看好声音，现在正转播呢！您让我看一会儿吧！"马局长将遥控器攥得紧紧的，说："去去去，啥好声音孬声音！"玛丽噘着嘴走了。

中午，儿子马鸣说："爸，看看奥运频道吧！这会儿正是全景奥运播放时间……"马局长将遥控器攥得紧紧的，说："去去去，谁夺金都不关你事！"马鸣摇摇头走了。

晚上，孙子马乐说："爷爷，我要看动画片！"马局长将遥控器攥得紧紧的，说："乐乐，你去电脑上看吧！"马乐说："不嘛！电脑的屏幕小！"马局长说："去去去，你人小就看小屏幕嘛！"说着，还把遥控器藏沙发底下了。

儿媳妇不高兴了，抱起马乐摔门而出，边走边嘟囔："没见过这样当长辈的，整天霸着个遥控器……"婆婆赶紧跟上去，嘘了一声："孩子，你也体谅一下你爸吧！你爸在位的时候，掌控着多少人的命脉，从来说一不二的。现在，就遥控个电视机……"

免费旅游

别看俺就是一乡镇中学教师，俺的人气旺着呢！大前天，俺来早餐店一坐下，全店的人就都鱼一样朝俺游过来。李俊说："刘老师，您可真神！上次您说马局长得意不了几天，还真落马了！"俺咪地一笑："俺们赶上好时代了！别看那些当官的一时风光，他们的小命可都悬在俺们老百姓手里……"俺说着扬了扬新买的手机："这家伙有遥控功能，能远距离拍摄录音呢……"俺正说得快活，就听一个声音说："刘教授，您的猪骨汤我付了啊！"还没等俺客套一下，俺们镇的张镇长就走远了。您看看，张镇长都请俺喝汤，俺这是啥待遇啊！

今天大清早，俺们镇的经济协调办主任小王就来找俺："俺有个经济方面的论文要写，您是经济学硕士，很多问题要向您请教呢！俺们镇长说了，贵人不可贱用！他要我来接您外出旅游两天，您就边看风景边跟俺传经送宝吧！这两天呢！有专车跟着，啥都不用您操心……"哎哟，俺放暑假，正闲得长草呢！这真是喜从天降啊！

俺只带了套换洗的衣服就出来了。小王这小伙子不错！他带着俺逛东湖、上黄鹤楼、游古琴台……每到一个地方，他都请俺吃地道的武汉风味。什么汤包啦，豆皮啦，什么清蒸武昌鱼啦，什么糯米鸡啦，他让俺饱口福，俺就让他饱耳福。俺跟他天南地北，谈今说古。他很好学，不时地掏出小本本记几笔。可以说，这一趟旅行，他真收获不小呢！

从省城回来，俺就听说了一件事。就这两天，市委来俺们镇考察，又没人上访，又没人提意见，咱们镇被评为明星乡镇啦！

量化管理

刘经理的妻子结婚半年后，还没怀上小孩儿，就以调养身体为由做了全职太太。但她担心女人不工作就没尊严，于是对丈夫说："一个家里，男主外女主内，我们是平等的。为了体现我在家里的价值，从今以后，你得量化付费……"刘经理哈哈大笑："好啊好啊，我们公司也是量化管理呢！"

刘经理早上起来，发现地已拖得干干净净，就给了二十；阳台上已有新洗的衣服，又给了二十；桌上的煎饼和现磨豆汁正冒着热气，又给了五十；皮鞋擦得锃亮，又给了十元。

刘经理晚上回家，妻子帮他接过公文包、卸下领带，还给了一个甜蜜的拥抱。刘经理心头一暖，给了一百。喝着妻子亲手煲的玉米排骨汤，他觉得胃肠与生活一样舒泰，又给了两百。夜里，刘经理抱住妻子正到浓情处。妻子嗯嗯两声在他的手心里挠了挠，刘经理马上会意，给了五百。刘经理说："你要是给我生个女儿，给八十万。生个儿子，一百万！"

三年时间，妻子从刘经理身上挣了一百多万，却并没有留下一男半女，于是，带着自己的劳动所得，颇有尊严地离了婚。

刘经理的第二任妻子是个毕业不久的大学生。新婚之夜，刘经理提前准备了两个大红包，若妻子是处女，就给两万。若不是，就给一万。可是，当他把鼓鼓囊囊的两万元给妻子时，却挨了一个大耳刮子。妻子呵斥道："你啥意思？你当我是什么人？！"

真不凑巧

周末，忙了半天家务的丽红捶了捶酸疼的肩颈，心想，午饭后一定去"美尔康"做个肩颈按摩。前几次做的面部护理、胸部保养和肾部保养真舒服啊！做完后，浑身轻松，睡眠也好。听说肩颈按摩和卵巢保养，效果更好。我一定每种都体验体验！

丽红来到"美尔康"，见美容师娟娟正在整理顾客名录，就说："娟娟，今天给我做个肩颈按摩吧！我这肩颈啊，酸疼酸疼的！"娟娟展颜一笑："丽姐啊，今天真不凑巧，周末人太多，您改天再来吧！"丽红只得怏怏而归。

周三中午，丽红又来到"美尔康"，见房帘半挑，床位都空着，几个美容师都在吃午餐，心头暗喜，就对老板说："兰姐，你的指法最好，给我做个肩颈按摩吧！我这肩颈啊，酸疼酸疼的！"兰姐似笑非笑："丽红啊，今天真不凑巧！几个贵宾顾客都约了马上就来的！你改天再来吧！"丽红只得自认倒霉，怏怏而归。

周五晚上，丽红又来到"美尔康"，见一个顾客刚做完身体正收拾东西，店里值班的美容师柳柳，正闲得无事在剪指甲。丽红觉得这次来得真是时候，就说："柳柳，今天给我做个肩颈按摩吧！我这肩颈啊，酸疼酸疼的！"柳柳扯出一丝笑："丽姐啊，今天真不凑巧，她们都下班了。我正准备和男朋友去吃饭呢！"

怎么每次都不凑巧呢？我还有这么多体验卡没用呢！丽红一边走一边自言自语。"您要是不办张正卡，就别想凑巧了！这体验卡每张才免费体验一次，您弄这么多体验卡，还准备体验一辈子啊！"刚才那位顾客擦身而过时对她说。

邢俊虎，笔名李子缘，甘肃省天水市人。"五点半"诗群成员，新诗典诗人。有作品入选诗集选及小说年选各种选本。

精准扶贫款

一向节俭的母亲打来长途："村上有'精准扶贫'的好政策，我家虽有名额，但要正式工作的人担保，要么找三户粮食直补折子担保才可以贷，五万元三十个月还清。"我安慰母亲："我们好好合计合计……"

连中秋节三天，母亲都在雨里挨家挨户借直补折子。我坐在公司细细翻手机，找能打电话的，有国家正式工作的人。

隔几天母亲来电话："你找到担保的人没？"我沉默了一下："几个可靠的都问了，他们已经有担保了……直补折子有借到吗？""有些人直接说不敢借，有些人的被借了。祥子说了，不扣直补折子上的粮补款，就借……""那赶紧取啊，先拿到手……""祥子昨晚死了，"母亲说，"刚去砖场十五天，出事了……"我和母亲同时说："可怜了女人和孩子啊……"

过几天，母亲又来电话："我去镇上问了，实在借不到折子也没公务员担保的，由镇政府想办法转给企业担保，款放下来企业自己用，企业按银行付利息给农户。当然要自己自愿，也可以选择放弃名额。折子我借了两个，按分户政策规定给你办一个就够了，你把身份证快递回来……"

母亲很快回了电话："所有的字都签好了，镇上让等消息！"我心里正寻思五万元怎么用，母亲电话隔天来了："贷款没了，他们说上头说的……"听着母亲苍老的声音，我安慰她："嗯，没了就没了。你照顾好自己的身体！"

我点开家乡网站，各版醒目头条冲瞎我的双眼："天山市精准扶贫贷款工作继续有秩序进行……"

外地人

贫瘠的黄土地养活不了一大家子，李憨咬咬牙，狠狠心撇下刚断奶的儿子给父母，携妻子来到长三角讨生活。

小夫妻俩很快找到工作安顿下来。出门在外，两人相依为命。工作中更是尽职尽责，脏活累活抢着干。李憨深信，凭着不怕苦与累的精神，一定会干出一番成绩。

班长杨奉隔三岔五留李憨加班："好好干，年季度考核业绩突出者评优秀员工，我看好你！"李憨回家对老婆说："班长对咱不错，要不咱请吃顿饭！"老婆说："嗯嗯，应该的！"

酒桌上班长和李憨称兄道弟，好不亲热。

一转眼两年，优秀员工前后评了好多，却没有李憨。工人进进出出好几拨，李憨新人成骨干，骨干成师傅。

岗位有人请假，艰辛的活本地人不愿干，领导有事没事就找李憨顶上去："好好干，有机会可以学学管理，我们心里有数，我看好你！"

李憨更加任劳任怨，处处争先创优。班组长换了一个又一个，却没有李憨。

几年过去了，李憨的徒弟很多都评了优秀，有的还成了班小组长，李憨还是原来的李憨。

又一回酒半酣之际，李憨诚恳地问杨班："大哥！兄弟也跟你几年了，我到底什么地方没做对，您不妨直言，我也好死个明白。"

杨奉叹了口气，拍了拍李憨的肩膀："兄弟！你真傻还是装傻啊？你什么都没做错，就因为你是外地人。"

熊立功，湖北省作家协会会员。出版发行小说集《生存》。作品在《小小说选刊》《微型小说选刊》《山花》等百余家报刊发表。

扑火英雄

晚上，贾县长在看本县电视新闻时，一条直播新闻让他眼睛一亮，身上一热。大山乡村民工憨子，不顾个人安危，勇扑山火，保住了集体森林免遭损失，自己却被大火烧得体无完肤，人事不知，目前正在县医院抢救……

贾县长赶紧打通了大山乡乡长的电话，证实消息属实后，便带着秘书往医院赶，说是要去看望扑火英雄。路上，秘书分别拨通了几个电话。

贾县长赶到医院时，宣传部长已经带着电视台台长以及记者，在医院重症病房门口等候。医生告诉贾县长，病人现在处于危险期，不能探视。贾县长通过显示器，看到了缠一身白布的扑火英雄，非常激动，并现场要求：医院要尽全力抢救扑火英雄，宣传部门要大力宣传王憨子勇扑山火的英雄事迹。

当天的晚间新闻里，贾县长连夜看望扑火英雄的新闻，上了电视。

第二天，王憨子扑灭山火的事迹，在全县家喻户晓。人们为王憨子见义勇为的事迹感动，也为贾县长亲民爱民感动。一些热心人士还自发地组织起来，为扑火英雄捐款献爱心。

尽管有领导的重视，有社会的支持。但王憨子终因伤势过重，于第三天医治无效死亡。

贾县长到现场，为王憨子举行了追悼会。会上，还宣读了县政府授予王憨子见义勇为英雄称号的决定，号召全县人民向王憨子学习。

就在贾县长准备亲自为王憨子申报烈士，以此推动全县学习英雄的高潮时，县公安局长来向贾县长汇报说，经调查侦破，大山乡森林火灾的纵火者是憨子。

贾县长把一头子火喷向局长："你们早干什么去了！"就在局长冷汗直冒时，贾县长又叹口气说："纵火一事就不要再深究下去了，这事虽说荒唐，但主旋律没唱错，仍按原订计划宣传表彰他吧……"

天　网

在城内，村长正和情妇寻欢。

电话来了："你又在城里鬼混吧？！你的村民把你告省里去了，明天纪委和反贪局组成的联合调查组，要来清你的账……"

"那怎么办？"村长身上吓出了汗。

"村里几百万，还不了原吧？"

"很多用度您是有数的呀！……您得给我做主。"

"别多说了，你赶紧想办法去。"

村长连夜赶回了村。

第二天，调查组赶到村长家门口时，村长盘腿打坐，一把鼻涕一把眼泪地号叫着。身后，两间平房烧得精光。

在劝说中，村长止住了哭，"各位领导不要安慰我，我家房子烧了是次要的，可惜的是村里的各种往来账……"

"你说账箱子呀？"村长老婆说，"你平日在家少，我怕让人偷去了，就放在我娘家哥那儿了。"

将军泪

能吃的东西都吃了。

"山根，还是去找你三爹吧？"六爷找到大队书记山根，说，"不然，村里要饿死人的。"

山根看着六爷，张了张嘴，没吱声。

今朝不比往日，这天灾不想叫人活了。六爷说："政府该想的办法都想了，你三爹是将军，兴许能想点办法的。"

山根还是没吱声。

山根的三爹十三岁参加革命，新中国成立后在一个军区当司令员。

作为亲侄子的山根，找到三爹，让三爹给他安排个工作。三爹脸一黑，吼着朝山根说："哪里来到哪里去，老子这个将军是打出来的，有本事干点名堂出来，不要给我丢脸。"

山根回村后，打消了走出山村的念头，一门心思琢磨农业，搞科学种田，办出了名堂，还入了党，并当上了大队书记。

"大跃进"的时候，山根放不出"卫星"，就又找三爹。

三爹问山根想要点什么。

山根说想搞几台插秧机，走现代化。

三爹脸一黑，吼起来："巴掌大的一块田，叫插秧机怎样转身，没有！要坦克，我有，你要不要……"

"你要为难，我陪你去。"六爷推了推想事的山根说，"等不得了，人命关天。"

看着叫花子样的山根和六爷，将军无言。听说家乡大旱三年，乡亲们快饿死时，将军流泪了。

当夜，将军含着泪，一个电话一个电话地往外打。

第二天，将军带着满满一车粮食，陪着山根回家乡。

将军在回部队的路上，出了车祸。在清理他的遗物时，发现了一张欠部队一万斤粮食的欠条，后面注明在他每个月的工资中扣除……

熊林森，江西省星子县蛟塘镇人。当代微篇小说作家协会会员，永修县文协会会员，作品入选《中国闪小说年度佳作2015》。

救

一天，南山出工，走到修河边；忽听到有人喊救命，他急忙奔过去跳入水中，把奄奄一息的傻儿救上了岸！

傻儿却是一个忘恩负义的人。不久，小菊患感冒高烧40度，打针吃药后在家休息。傻儿经过南山家，见门虚掩着，便溜进去。他本想偷些钱。见小菊躺在床上，上身穿件背心；那丰满的双乳，耀着他的眼。下身穿一条紧身内裤，雪白的肌肤泛着亮光。傻儿咽了咽口水，爬上床压在小菊的身上。小菊正在昏睡中，突然感觉有人压在身上，睁眼见傻儿。小菊拼命地挣扎，全身像散了架一般，动弹不得。

南山从畈地回家，见小菊双眼红肿，便问怎么回事。小菊一面哭一边说。南山听了，紧握的拳头砸在墙壁上。骂道："欺人太甚，几次偷鸡又偷菜，我都忍着，今天却干出这种伤天害理的事。小菊要去报案。"南山说。"报了案，咱的名声全毁了。得罪了他家兄弟不说，也不知全村人如何笑话咱们。今后的日子咋过？"小菊无言以对，只有默默流泪。

南山想除掉傻儿。这天，南山买了包鼠药。来到傻儿家门前，见傻儿家没人。他的心一阵狂跳，随之呼吸急促。他本想朝厨房走去，两只脚却像插入泥里一般，动弹不得。平时杀鸡都不敢，如今真是要杀人？他惊恐万分，握着鼠药的手在激烈地颤抖，四肢没一丝力气，人似要瘫倒。南山叹了口气，摇摇头，只得离开傻儿家。

回家途中见堆满了村里人家柴火的废弃牛棚，浓烟滚滚火光冲天。正瞧着，却分明听见呼救声。南山没多想就冲进了大火里。他救的却是傻儿……

软　刀

杨晓雯是富家独女，从小蛮横，到了结婚也没改。后来父母意外车祸离去，丈夫李竞接任杨世集团总裁。按说杨晓雯应该变得成熟稳重，但她却更加任性，从不把李竞放在眼里。

下班了，公司只有李竞和秘书小红还在办公室，不想晓雯闯了进来，见两人眉来眼去，气不打一处来，奔过去抓住小红的秀发，左右两巴掌。嘴里骂道："你这个骚货竟敢在我嘴里抢食，找死呀？"

李竞见小红挨了两巴掌，上前拦住晓雯。没料到晓雯反倒一把抓住李竞胸脯、冷笑着说："你这猫心不小，吃着碗里的腥，还盯着河里的鱼。告诉你，赶紧把这贱人给我辞啦！"

当天，李竞一改往日习惯早早回家，见晓雯坐在沙发里生气。他走过来笑说："老婆今天咋这么安分？"杨晓雯没吱声，李竞靠着晓雯坐下，侧身说："老婆我们生个孩子吧？"

晓雯不假思索地说："好哇。"李竞一把搂过晓雯正想亲吻，晓雯从自己的屁股下，抽出一只握紧巴掌的手，往李竞嘴上一送说："给你吃个屁，省得你贪腥。"第二天，晓雯从外面带回一只毛色乌黑发亮的小狗，往李竞怀里送："你不是想要儿子吗？这是你的崽儿！"

一天，李竞说要出差半个月，他一走，晓雯就领进门一位帅哥，俩人如胶似漆，海誓山盟。李竞半途回家，正好逮着她俩睡在床上；那帅哥一溜烟儿跑了。

李竞说："我什么都依了你，总不能依你给我戴一顶绿帽子吧！你看怎么办？"晓雯很干脆地说："我们离婚吧！"李竞接过话题："可是你说的，那就离吧。现金给你一千万，别墅也归你。"

其实那位帅哥是李竞用重金招聘来攻关的……

晓星，原名石志民，《国际日报》副刊主编。出版小小说集《晓星极短篇》等十二部，发表小小说作品两千余篇，获得各类小小说大奖十余种。

乌鸦的警示

从梦中惊醒，心有余悸。

梦中那"呀……呀……"的乌鸦叫声，凄厉刺耳，令她毛骨悚然。

及早到教堂做礼拜吧，免得胡思乱想。

在礼堂第二排坐下。前排坐着个少年，背着个背包。背包上好像写着什么字，她没去留意。

礼拜开始。她看到前排少年拿下背包，放在大腿上打开，伸手进去摸索了一阵，没见掏出什么东西。接着少年又背起了背包。这时候，她看清楚了背包上写着的字"I Love Al Bagdadi"。

哦？"Al Bagdadi"这不是极端恐怖组织首领的名字吗？现在的年轻人也真是。这么多名字可以选择，怎么非在背包上写上这个"黑色"的名字不可？她不由自主地对前排这位少年多看了一眼。

牧师开始讲道。突然，她看到少年的背包在冒烟，她还来不及做出任何反应，就听到了一声不大的爆炸声。少年随着爆炸声突然跳了起来。她下意识中还以为少年是被爆炸声吓得跳了起来。

她看到少年腿上流着血。突然，在大礼堂内信众惊愕之际，少年已经跑向前面的讲台，举刀向牧师刺去。牧师举手一挡，刀子在牧师手臂上划下了一道血迹。

她站起身大喊："快抓，有恐怖分子。"

大礼堂内轰然大乱，信众从四面八方把少年围住。很快，众人就把少年制服。

她上前一看，呀，这位不就是她孩子的同学吗？是在2016年和他孩子一同毕业的。孩子的同学竟然是恐怖分子，竟然会在大庭广众之间引爆炸弹，她这一惊非同小可。

梦中那凄厉刺耳的乌鸦叫声仿佛又在她耳畔响起，莫非是在提醒她，多注意孩子的举止，多留意孩子的交际？

妙手神医

发烧多天不退，节俭的王俊凯不得不紧按着进口袋"光顾"这位漫天开价的"妙手神医"。金钱诚可贵，生命价更高呀！

神医打了针，开了药方后，郑重交代王俊凯，就在他诊所隔壁他夫人开的药房买药。

神医说："现在黑心药房比比皆是，为了您宝贵的性命。这药方就在我夫人的药房买，安全。"

王俊凯点头称是，心中却在冷笑：原来这医生也是个精明的生意人！这不是明摆着设了个陷阱让我跳？

于是，他来到了这位妙手神医夫人开的药房说："我先问一下药费总共多少？"

药方从药房的小窗口传进去之后不久，价钱出来了：八十万盾。

王俊凯吓了一跳，他在药方上用暗码记下了药费，然后说："对不起，我钱不够。"

当然钱不够不过是托词，王俊凯是想到别家药房查问价钱。

药房职员拿回药方说，我请示一下医生，看能不能打折。

药方传出来，回话说：分文不减。

王俊凯手上的药方上写着的药价暗码不见了。神医另开了一份药方。

王俊凯拿着药方找遍了整个城市，就是没有一间药房有卖药方上开出的药物。

王俊凯不得不到再回到神医夫人开的药房。

八十万盾易手之后，王俊凯心有不甘，拿着药物又去别家药房查问。所得到的答复是：这些装进小瓶子里的药物，都是已拆掉了包装的药丸，目的是让其他药房难于辨认是什么药物，买者也就无法"货比三家"。

王俊凯突然想起，药方给转进去问妙手神医是否能够打折后，出来就换了新的一张，买不到药物的原因就在于此。

神医可真"神"呀！

遗　嘱

聚宝艺术品拍卖会已快要落下帷幕，本次拍卖会佳绩斐然，不少已故书画大家作品拍卖成交价极佳。成功拍卖的作品共有三十六件，成交价都超预期，大幅刷新了个人作品拍卖纪录，现在就轮到最后一出压轴戏，拍卖者缓缓地打开了一个精美的大匣子。全场的目光都聚焦在这个匣子上。

突然，拍卖师又把匣子合上，说："这最后一出压轴戏就卖一个关子，大家猜一猜是谁的作品？"

语音一落，全场哗然。场下都在交头接耳，是哪一位"大家"的作品，搞得那么神秘兮兮？

突然，有人发现在报纸上发布的"拍卖公告"载明今天拍卖的作品就只有三十六件，怎么会突然多出一件？

谜底揭开了，拍卖师以低沉哀伤的声调说："这是一位刚在一个小时之前逝世的本地著名画家的遗作。"

一听到"遗作"这两个字，听者无不动容。没人不知晓书画作品只要与"遗"字挂钩，立即就奇货可居、身价百倍。也怪不得拍卖行破例"不守规矩"，没在报纸上发布的"拍卖公告"中载明。

全场再次哗然。拍卖行消息灵通，这么快就把"遗作"弄到拍卖行！

拍卖师从匣子里取出来一幅书法，缓缓展开。宣纸上只有两个大字：遗嘱。下角盖着一个印章，署名的是一个人人熟悉的本地书法家。

全场一片宁静，这位屡屡在国际书法大赛上夺冠的本地书法家与世长辞了。这是本地文艺界的一大损失。

"这幅书法是这位书法家的遗孀在十分钟之前送到的。要求我们破例当天拍卖。现在，她就在拍卖行客厅等候拍卖结果，因为她在等着这笔钱给她的夫君办理后事。"

许仙，本名许顺荣，中国作家协会会员。在《江南》《十月》《北京文学》《天涯》《小说选刊》《中华文学选刊》等刊物发表作品五百多万字。

文 竹

杨兴在办公室养了盆上品的文竹。

这天史科长布置完工作，一双聚光眼忽然移到亭亭玉立的文竹上。史科长客气地说："小杨，这盆文竹怎么给你养出来的？分盆给我怎么样？"史科长的话到此做了个小停顿，接着问，"不知分盆后花会不会破相啊？"

就是呆子也听得出，史科长话里有话；科长大人的意思，最好整盆奉送。这让杨兴既激动又心疼。激动的是，他养的文竹得到顶头上司的赞赏；心疼的是，这么好一盆花，送人还真舍不得。就为这个，杨兴迟迟没送。

又一天，杨兴正心情复杂地侍候着文竹，钱处长进来了。钱处长见到文竹，同样眼睛一亮，说："小杨啊，想不到你还有这一手。"他左看，右看，嘴里直啧啧，很得味地说，"这盆文竹真是妙不可言啊！什么时候你再弄盆出来，我第一个跟你预订啊。"杨兴愣住了，头脑像不是他自己的，虽不说话，却频频点头。

钱处长说："这就好，我等着。"

现在杨兴不但激动，而且痛苦。即使能分盆，分成两盆也没有自己的份了。问题是这盆文竹不能分，一分，就不是这盆文竹了。史科长得送，钱处长更得送。就在杨兴一筹莫展时，顾部长闻讯寻来了，说："小杨啊，听说你养了盆绝色文竹，过来看看，过来看看……"

杨兴的文竹死了。内行的说是浇了开水的缘故。

杨兴哭丧着脸，冲着文竹的花尸发呆。大家很同情他，纷纷谴责那个小人。但又有谁知，这个小人就是杨兴；他本想偷偷把这盆不知奉送给哪位领导好的文竹弄回家的，但他不敢。

五粮液

楼上方部长爱酒，而且爱得专一，喝酒只喝五粮液。

方部长革命工作干了三十八年，其中二十年在领导岗位上，因此到他退下来为止，足足喝了二十年的五粮液。五粮液好啊，香香的，润润的，喝高了不上头。方部长的爱人也说五粮液好啊，老头子喝空的瓶子，她还能换几块钱呢。于是乎，这二十年来，方部长和他的爱人都乐和着，一个香喷喷地喝，一个喜滋滋地换钱。

前年，方部长连余热都发挥过两年了，便不得不退到家里。回家头一年，方部长那点爱好倒不怎么受影响，喝得很宽畅。去年也还好，勉强过得去。到了今年，方部长的五粮液就很成问题了，要喝，就得自己掏腰包了。但方部长的爱好不多，而且又有股专一的牛脾气，所以方部长平生第一次走进小区前的万家福超市，五粮液虽贵，但酒虫更可怕。方部长掏钱时，感觉有些不爽。

更不爽的是这五粮液的味道，让方部长喝得气愤。要说这酒，它也香，它也润，还带点儿辣，但压根儿就不是他喝了二十多年的五粮液，压根儿就不配叫五粮液。于是乎，方部长再仔细那么一观察，发现此五粮液与过去喝的味道，在色、香、味上均完全不同。这下方部长不是气愤，而是愤怒了。他保存好超市的小票，又辗转难眠了一整夜，第二天一早捧着那瓶假酒就去找质量监测部门了。

等到鉴定结果出来后，方部长不是愤怒，而是悲怆了。

权威部门告诉他，此乃真五粮液也！

那个谁，我认识你吗？

这天下班，我搭同事车回家；下车，见一老者朝我恭敬道："许老，下班了？"

我愕然："您是……"

老者满脸堆笑道："许老真是贵人多忘事，现在当局长了吧？"

我不是谦虚道："我哪有这么好的福气。"

老者继续笑道："都专车接送了，还不承认？"

我解释道："这是同事的车。"

老者收敛了笑容道："不是局长，也该是处长吧？老许，我说得对不？"

我还真不是谦虚："没。"

老者笑容又收敛了不少，问："那科长总当上了吧？"

我叹息道："嗨，我哪来这么好的福气？"

老者便问："你年纪比我小吧，小许？"

我瞧着他道："应该吧？"

老者又问："那小许现在是……"

我说："依旧打个闲职而已。"

老者忽然不悦道："那个谁，我认识你吗？"

我说："对不起，你认错人了。"

老者顿时转身离去。

徐新洋，中国残疾人作家联谊会会员，中国微篇小说作家协会会员，中国闪小说学会会员，黄石市作家协会会员。

一棵葱

老头子，你去扯一棵葱回来拌蛋饼吧。

老伴儿在厨房喊一声，牛叔颤抖着站起来，脚步蹒跚，兴冲冲地来到菜园，眨巴着昏花老眼，地头地尾寻个遍没看见，才记起这几年没有栽葱了。

他就想到别人家去讨一棵。他气喘吁吁回村子，看到细狗老头儿跟狗一起坐在门口槛上。

牛叔走上前对着老头儿耳朵喊："狗哥，你家菜园有没有葱？我去扯一棵来。我孙子打电话回来，叫我们做葱煎蛋饼等他。"细狗说菜园没栽葱，然后羡慕地絮叨："你们真有福，我孙子几年都不回家吃餐饭了。"

牛叔又转到村后刘二老汉家，刘二把菜看得金贵，都送给镇里的儿子家。牛叔递上一支烟，说要讨一棵葱，还得意地把孙子要回来的话说了一遍。刘二开始很紧张，待听说是要一棵葱才轻松："我把葱都挖了重新栽下去的，还没长起来呢。"然后嫉妒说："你孙子都知道回来，我儿子这么近都不回。"

村里还有种菜卖的翠娥。牛叔气喘着赶到畈上，在一条沟边见到了翠娥，他一边摇晃着靠近，边得意地喊："翠娥，我要讨一棵葱给孙子做葱煎蛋饼！"一边那么一跨，一脚踏空栽了下去……

浑身湿漉漉的牛叔打着哆嗦把葱拿回家，老伴儿唉声叹气："你的葱白扯了！"

刚才，老伴儿见这时候了儿子一家没回来，打电话去问，媳妇说孙子昨天犯生，骗孙子说今天回来吃蛋饼，才叫孙子打回了电话。今天孙子忘了吃蛋饼的事，都玩儿去了，不回了。

欠 条

"你姐姐穷得这样丢人，亏你知道害羞，一直捂得那么紧。"素萍冷嘲几声，然后对老公大牛说："借她儿子鹏子学费可以，但要鹏子亲自来拿。"

大牛小心问："为啥？"

"要他打个欠条！"素萍眼皮一拖。

大牛脸上立马抽搐起来，待平定了，又问："借就借，打啥欠条？"

"他家里没谁能指望，只有他自己毕业后还参加工作，他到时候不认账咋办？所以叫他打欠条。"

大牛欲言又止，点着一支烟，猛吸两口，然后在烟灰缸猛地按熄，说："好主意！"

瘦削孱弱的鹏子进了门，挑着两个菜坛。

"你娘总是记着我们喜欢的腌辣椒和麦酱。"大牛喃喃着轻轻接下来。叫鹏子去沙发上坐。鹏子想冲舅妈笑一笑，见舅妈坐在旁边兀自低头织毛衣，尴尬地在沙发上坐下一边屁股。

大牛说："鹏子，你父已去你娘体弱多病，叫你来拿学费，就是要你打个欠条。"

鹏子答："舅舅，我懂。我娘叫我跟舅舅和舅妈说，我毕业参加工作之后，先还舅舅家的钱。给我一张纸。"

鹏子一笔一笔写好欠条。大牛接过欠条，转身重重按到素萍手上："一手交欠条，一手交钱吧。"

然后把脸转向鹏子说："你不要怪舅舅不相信你，人心叵测。有个人跟你一样，父亲早逝，娘和姐培养他读书，拿不出学费，一户人家答应借他，可有个条件，要他姐嫁给一个残疾的儿子，姐一口答应。那人大学毕业到了城里，傍上了大树，给了他房子和官位，怕别人看不起，一直都不敢说出他的经历。最后，借一点儿学费给姐姐的儿子上大学，还要人家打欠条……"

大牛说着，泪流满面。

许延荣，山东省烟台市人，微篇小说学会、国际华语作家协会、中国楹联学会会员，《胶东集邮》编辑，作品散见国内外报刊。

儿 子

前段时间去给上小学二年级的儿子开家长会，老师建议家长多让孩子们看点儿课外书，拓宽知识面。想想也是，儿子从小不喜欢看书，有时间就是玩电脑游戏、看动画片，如此下去还真是不行，可这看书的喜好也不是硬逼的，怎么能让他喜欢上读书呢？

还是老公脑子灵光："我记得，有位作家为了让不喜欢阅读的女儿喜欢上读书，他把自己新写的文章交给女儿挑错别字，挑出一个给她多少钱，在钱的利诱下，女儿的阅读水平逐渐提高，后来也成为一名写作高手。当时我就想过，这方法可以用在咱儿子身上，咱不会写，但可以在书上找几篇好文章，多设置几个错别字让儿子挑，咱那贪财的儿子为了钱，我不相信他不仔细看。"

"老公，你太聪明了！"我们一拍即合。立马行动起来，老公找文章动手脚，我去跟儿子谈条件。儿子听说有钱可赚，也立马来了兴致，嚷嚷着要文章。

儿子的阅读能力和速度真是让我吃惊，我跟老公每天都要手忙脚乱地抄写两三篇文章，每篇设置三四十个错别字，可一直是供不应求，错误处也大多被儿子轻松挖出，一个字一毛钱，儿子的钱袋那是越来越鼓了。

看着儿子一次次交回那几乎"完美"的作业，我这心里的得意劲就甭提了，如此几年下来，儿子的写作水平想不提高都难。

正得意着，"嘭"一声门响，老公一脸的阴沉，旁边是耷拉着脑袋的儿子，我心里一惊："怎么啦？"

"问你的宝贝儿子，这臭小子，把咱辛辛苦苦抄写的文章都拍照发到他的朋友圈了，挑一个错字给五分钱的红包……"

好员工是这样炼成的

去年春天，我正在缝纫车间召开临时会议，动员大家加班赶制一批工作服。来了两个年轻女人："我们是缝纫工人，听说你们公司福利不错，请问需要人手吗？"

"我们需要熟练工，不知两位的技术如何？"

"只要你能设计裁剪出来，就没有我们做不出来的。"

哈，好大的口气，我忍不住笑了："空说无用，手底见真章吧。这儿有件工作服，零料已经摆在那儿了，请两位用最快的速度完成它。"

"好。"两个女人同声应答，拿起衣服瞥了两眼就分别坐到缝纫机前操作起来。在全场几十双眼睛的注视中，两女丝毫没有停滞地手脚忙碌着，仅仅二十几分钟的时间，两件针脚均匀细密平整的上衣就展现在大家面前，那精妙的手法和熟练的程度，看得大家目瞪口呆。

我大喜过望，连忙问道："你们真要到我这儿干？可有什么附加条件？"

其中一个女人说："你们公司的口碑不错，我们就是想找一个好的工作环境，没有什么附加条件。不过，我们一起的有十几个人，技术都不错，如果可以，我们都想过来。"

"那好，请你留下联系方式。我们这儿正有员工因故要辞职呢，等我确定一下走的人数，腾出机位，马上通知你们！"我有些热切地记下她们的电话号码。

此后，过上个把月，两个女人就会过来一趟，可惜我这里辞职的人员一直没能确定。

其实，这两位女人是我们合作厂家专做样品的技术人员——我多年的老朋友了。自从她们出现之后，一年多来，我公司的几十个缝纫工人，再也没人闹着要涨工资或离开了，而且都变得非常勤快，缝纫技术也多有长进。

相裕亭，中国作家协会会员。著有长篇系列小说《盐东纪事》《盐河人家》《盐河旧事》三部，小小说集《威风》等十二部作品集。

暗　锁

小琪属于那种人见人爱的小女人。

她个子不是太高，皮肤白白的，可能是平时保养得比较好，初与相识的人，根本看不出她是生过孩子的妈妈。她的先生在省城一家外贸公司，常与外国人做生意，属于"空中飞"的那一族，孩子放在姥姥家。她一个人住在局机关对面的单身公寓里。

星期天，局里新来的大学生许泗，想去跟她说一个无关紧要的事情，进门时，许泗特意把门虚掩着。

一个单身男人，到一个已婚的漂亮女人的单身宿舍，说不清这是礼节，还是规矩。

没料想，窗口一股风，"吱——嗒"一声，把门上的暗锁给合上了。

刹那间，许泗与小琪都有些局促不安。

但，那段时间谁也没好再去认认真真地把房门打开，两个人就那么相互站着，说了几句话。

偏巧，这时候，门外响起了敲门声！

许泗下意识地摸把椅子坐下，用手从小琪的床头摸过一本不知名的书，装作很是入神的样子，乱翻一气。

小琪呢，好似瞬间变了一个人一样，嘻嘻哈哈地亮开嗓门，大声应道："来——啦！"

拉开门，门外没有人？！

犯疑中，许泗与小琪几乎是同时看到门框上吊挂的鞋刷，随风一吹，来回悠打，悠打……

劝　架

　　老何是机关里有名的"笔杆子"，他会写诗，经常熬夜"爬格子"。女人多疑，总觉得老何深更半夜不回家，是在外面勾引女孩子。

　　老何年轻时，确实与一些文学女青年产生过暧昧。老伴儿抓住他过去的"污点"，处处跟他过不去。

　　这天半夜，老何可能回来得太迟，与老伴儿大吵大闹起来了！且，很快惊醒了对门每天清晨要早起卖菜的胡阿大两口子。

　　胡阿大两口子考虑到他们次日要早起卖菜，双双跑过来劝架。

　　敲了半天门，老何终于把房门打开。胡阿大进门后，不问青红皂白，上来就把老何连推带搡地给拽到门外去。胡阿大的女人紧跟着也把老何的女人扯到里屋的小床沿上。

　　这种"分离式"的劝架方式，原本是制止双方动怒，将事态平息下去的最好办法。

　　哪知，那个卖菜的胡阿大把老何推到门外后，一支香烟刚捧上火，就听屋里边，两个女人又喊又骂地厮打起来了。

　　原来，阿大的女人得知老何两口子是为了那种事而吵架时，阿大的女人劝老何的女人，说："你别疑神疑鬼的啦，你也不看看你家老何那副邋遢相，一点儿男人气都没有，他除了会写两句臭诗，狗屁本事没有，实话告诉你吧，他就是满身都贴上美金，都不会有女人跟他上床！"

　　这一来，老何的女人反而不干了！她三下两下擦干泪水，怒指着胡阿大的女人，厉声吼道："你家阿大又是个什么货色，不就是个臭卖菜的吗？真正的没本事，才睡你这蠢猪一样的丑女人！"

　　阿大的女人听对方如此侮辱她，自然有些恼！两个女人，就这么你一句我一句地反目为仇了！直至相互揪着对方的头发，厮打成一团。

谢志强，中国作家协会会员。已发表小小说近两千篇，出版专著二十三部，九十余次获奖，包括中国小小说金麻雀奖、冰心儿童图书奖等。

清　单

有一天的清晨，一个自以为富足的乞丐赤身裸体地向警方报案，声称自己遭受彻底的偷窃。

警察要求他列出失窃的物品。他列出一份清单：衣服、被子、雨伞、枕头、床单、坐垫、布袋等。

警方给了他一套衣服，他表示习惯了自己的衣服，但还是暂时穿上了。

很快，破案。是一个小偷顺手牵羊拿走了盖在乞丐身上的一块帆布。

警方认为这个乞丐夸大了案情，甚至有非分之念。

这个乞丐披上帆布，声称情况属实。他说："这帆布，现在是我的衣服，晚上是我的被子，天热了当枕头，地潮了作床单，下雨了当雨伞，歇息了是坐垫，讨得多了作口袋，还可作凉棚，一物多用，我已经够满足了。"当然，乞丐归还了警方提供的衣服，他认为它的功能过分单一了。

临走，他感谢警方帮助他物归原主。

他说："我拥有一块帆布足够了。"他甚至对小偷说："你拓宽了这块帆布使用的领域，但你败坏了我的帆布的品性。"

缘 分

在直达佛教圣地的渡轮上，乘客的表情虔诚而又向往。

一位自称是美国华侨的人问明旁坐的僧人是佛岛一座禅寺的住持，华侨鼓掌致礼，说缘分呀。

华侨说他此次专程来还愿，他在大洋彼岸已拥有可观资产。随即，他抽出包里的一个红包，恭敬地递给僧人，好像僧人就是他拜过的佛。

僧人打开红包，是一叠美金。

僧人说："今朝同渡，的确是我们的缘分。"

就如一石击水，乘客投来羡慕好奇的目光。

僧人说："今朝的缘分属于共一个渡轮的每一个人，若你心诚，应当普同供养才是。"

华侨立起："我一生修来同渡一条船，难得呀。"

他将一张张百元面额的美金分发开去。客舱内洋溢着热烈的气氛。

僧人说："我们接受了这位信徒的供养，中国有句古话，'有来无往非礼也'，我提议，我们也应略表心意，是吧？"

众人响应，说好。

僧人说："我们回赠这位信徒人民币吧。"

这样他用得着。华侨表示不必了，不必了。

僧人取出香袋里一张一百元面额的人民币，强调"你必须收，这是菩萨给我们结的缘"。

众人纷纷效仿。

华侨不断地合掌施礼。华侨还讲了当年他来朝拜灵验细节。

渡轮靠岸后，突然有人喊："美金是假的。"可是，已找不见那位华侨，而且，那僧人也不见踪影。

杨柳，中国作家协会会员，近年来主攻闪小说，先后在《小说选刊》《故事会》《特别文摘》等中外报刊发表闪小说两千余篇。

金饭碗

一天，张老板从一户农民的大门口经过，看到他们喂狗的那只旧瓷碗上绘了一只大大的金元宝，很是漂亮，就花十块钱买了回来。

张老板让人精心打造了一个小木盒，将这只碗放到里面，亲自送到了王镇长家："我特意请专家鉴定过了！这只碗是明朝洪武年间的古董，因为上面绘有一个金元宝，所以，称之为金饭碗，价值七八千呢！"王镇长听了，很高兴："金饭碗，好！这个意思好！"

王镇长让人精心打造了一个纯铜碗盒，将这只碗放到里面，亲自送到了李县长家："我特意请专家鉴定过了！这只碗是宋朝景德年间的古董，因为上面绘有一个金元宝，所以，称之为金饭碗，价值七八万呢！"李县长听了，很高兴："金饭碗，好！这个意思好！"

李县长让人精心打造了一个纯银碗盒，将这只碗放到里面，亲自送到了赵市长家："我特意请专家鉴定过了！这只碗是唐朝贞观年间的古董，因为上面绘有一个金元宝，所以，称之为金饭碗，价值三四十万呢！"赵市长听了，很高兴："金饭碗，好！这个意思好！"

赵市长让人精心打造了一个纯金碗盒，将这只碗装进里面，亲自送到了刘省长家："我特意请专家鉴定过了！这只碗是西汉太初年间的古董，因为上面绘有一个金元宝，所以，称之为金饭碗，价值不止二三百万呢！"刘省长听了，很高兴："金饭碗，好！这个意思好！"

刘省长留下了那个小金盒，将这只金饭碗捐给了本省的博物馆。

两年之后，刘省长下台，这只金饭碗被博物馆长扔到了垃圾箱里。

不久，一个拾垃圾的农民捡到了这只金饭碗，就用它来喂自己收养的那只赖皮流浪狗。

天下无贼

我失业了，去找朋友贝尔帮我找工作，贝尔说让我先跟着他干好了。

贝尔安排给我的工作其实非常简单。每天早晨九点钟，我拿着一个存款折从银行取出几万块钱，装进一个方便袋里，然后提着它去逛街，逛商店，进酒店喝酒吃肉，到下午五点来钟的时候，再把钱存进银行，如此而已。

有时候，也有人想抢我手里的钱，但每次当我和这些抢劫犯撕扯的时候，总会有几个人冲上来帮助我制服这些罪犯。

有一天，当我走到一个偏僻小街的时候，一个家伙事先什么征兆也没有，居然上来先给了我一刀子，然后再抢钱。这时又上来几人将这个抢劫犯制服了，我也被他们及时送到了医院。

好在我的伤并不致命。贝尔来医院看望我，我对他说："贝尔先生，这工作太危险了，我不想干了。我还有老婆孩子呢！"

贝尔说："你想啊，做什么工作不需要付出点代价呢？难道你还能找到比这更好的工作吗？这样好了，我给你一套防弹内衣，你就可以刀枪不入，不会再有什么危险了。"

想想贝尔的话也很有道理，于是我又继续了我的工作。

我是这么的平凡，而我的工作又这么简单，我真想不到我会成为英雄。

不知怎的，我的事迹突然之间成了各大报刊、网站报道的焦点，我不但成了协助贝尔抓获二十一个抢劫团伙的英雄，而且还得到了十万块的政府奖金。

现在，如果有谁看到一个人拿着很多钱在街上大摇大摆地走，他一定会说："这一准是警察局设的套，我们还是离他远一点儿的好！"

我们的城市终于实现了天下无贼的目标。

活　着

年轻的时候，我曾经在一座山里看护过几年山林。

一个初冬的夜晚，外面刮起了北风，下起了大雨，我住的小屋非常阴冷潮湿，我正在点燃一堆干柴取暖。

这时，门突然被推开，一个淋得透湿的姑娘闪了进来，怯怯地问我："大哥，我可以烤烤火吗？"

我说："过来吧。"

姑娘说："谢谢大哥。你有点儿东西吃吗？我饿得慌。"

我说："有，在锅里呢，我给你热一下。"

我去里间给她热饭，端碗出来的时候，却见她正一丝不挂地站在那儿一边烤火，一边烤衣服，橘红的火焰映照着她的全身，显得无比的美丽娇艳。

她看见我，也不惊慌，也不躲避，只是冲着我微微一笑。

我忙侧过脸去："你吃饭吧。"

她坐到床上，用被子围了一下身子，吃下了那碗米饭。

我替她烤干了衣服，放到床边上，对她说："你睡吧。我到里间灶火边上眯一晚就行了。"

半夜的时候，我突然醒来，只见她正光着身子搂着我："大哥，这儿太冷了，我们上床睡去吧。"

我紧张地说："我还没跟女人睡过。"

她把我搂得更紧："大哥，我也是第一次搂男人！"

刚满二十岁的我再也把持不住……

三个月后，我去山下的公判大会看热闹，刚听人喊完"……判处死刑，立即执行"，跪在中间的那个女子突然挣脱押解人员的手站了起来，仰着脸大呼大叫："你们不能枪毙我，不能枪毙我！我肚子里有孩子！"

天哪，这个女人竟然是她！

一晃很多年过去了，我再也没有听到过她的消息。但我知道，她没有死。

她不会死的。

人借狗势

　　我家豢养的一只博美犬点点，昨天下午不幸走失。可爱的点点今天才刚刚一岁三个月零五天。他身材娇小、背部较短，拥有柔软、浓密的底毛和粗硬的披毛，长满美丽饰毛的尾巴总爱平伏在背上。他具有警惕的性格、聪明的表情、轻快的举止和好奇的天性。他气质高贵，步态骄傲，性格活跃，健康可爱，真是一只不可多得的好宝贝。点点是我们一家的掌上明珠，是我们一家的心灵寄托，我们一家三口一天都不能没有他，自从昨天下午点点走失之后，我们全家已经二十四小时五十分钟没吃没睡了。下面这张就是我家这只可爱的博美犬点点的照片。有见到可爱的点点者，请速与我们联系。联系电话：1390530×××；酬金：两万元。我们一家永远不会忘记您的大恩大德！

　　与这点点一同走失的，还有我的母亲，年龄在六十岁左右，好像穿一件灰色长衫，背有点儿驼，人有点儿傻，走路较慢，不爱说话。有见到者，也请电话告知。

张××

2016 年 × 月 × 日

杨列宝，作家，编剧。喜欢小说，微小说是其最爱。已出版小小说集两部，发表闪小说数百篇。曾多次荣获省级以上创作奖。

社 会

一天傍晚，年轻的爸爸带着五岁的儿子去一家生意很红火的"肯德基"时，必须要路过一个红灯区。

小男孩儿对那些好多门前都挂着红灯，而且还有浓妆艳抹在拉客的女人，充满好奇。于是，就不解地问："爸爸，这是什么地方呀？"

爸爸冲口而出："红灯区！"

小男孩儿不知道红灯区是什么意思，又问："什么叫红灯区？"

爸爸回答："就是女人挂着红灯做生意挣钱的地方！"

小男孩儿继续问："不挂红灯不行吗？"

爸爸想了想说："这是社会，她们都在追求。你小孩儿子家不懂，等长大后就知道了。"

可小男孩儿正在东瞧西望的时候，却突然发现另一个挂着红灯的门口，有一个很熟悉的身影一闪，便马上不见了。他告诉爸爸说，他好像看到了正在上班的妈妈，但被爸爸一句"胡说"，吓得再也不敢吭声了。

不久，小男孩儿的爸爸因为盗窃后在红灯区嫖娼时被警方抓获。

几个月后的一天，小男孩儿的妈妈带着儿子去探监，小男孩儿看着身穿囚服的爸爸被狱警带到探视室的一大块玻璃墙前，必须要通过电话他们才能交流时，小男孩儿疑惑地在电话里问："爸爸，妈妈说，你在这里上大学呢，为什么还有警察叔叔啊？"

爸爸尴尬地笑笑说："爸爸上的是社会大学，警察叔叔是保护我们的。"

闻听此言，小男孩儿高兴地说："爸爸，你们的学校真好，等我长大了也要上这样的社会大学，行吗？"

可小男孩儿的话音未落，就被妈妈捂上了嘴巴。他看见玻璃墙里面的爸爸却突然哭了，而且哭得一塌糊涂。

情感问题

傍晚，我和几个干建筑的工友去一家快餐店吃饭。

推杯换盏间，我对那些穿着华贵出双入对，同样来消费的城里夫妻们很是羡慕。

我首先打开话匣子说："你们看看人家城里的两口子们，吃饭出双入对，逛大街也是搂肩搭背。咱们什么时候才能过上这种恩恩爱爱的幸福生活呢？"

吊郎三一听不乐意了。他说："别瞧他们表面上亲热，说不定哪天就拜拜了。哪像咱们家的，再打再闹都不敢说个离字。他们这都是伪装，有啥可眼热的？"

我正要说"这是一种社会进步的文明表现"时，可还没等我张口，我旁边的二愣子就把酒碗往桌上一顿，大声地表示赞同说："老三这话说得对。俗话说，家中有三宝，丑妻薄地破棉袄。不管走到哪里，咱们和老婆的感情那才是真的呢。"

谁知，二愣子话刚说完，他的那个破手机就响了。我一听，是二愣子的娘打来的。只听二愣子一惊一乍地对着手机喊："娘，你说啥，你真的把她和村长堵在屋里了？奶奶的，我明天就回家，看我不亲手宰了这对狗男女……"

看到二愣子气急败坏的那一刻，我不知是为像我们一样出门在外的打工者心酸，还是替二愣子悲哀。反正我一口就把大半碗酒给喝光了。

我决定明天就陪二愣子回家，因为昨天妻子打来电话说，她已经想我想得好几天没有睡好觉了。

游睿，中国作家协会会员，出版有小说集若干，曾获《小说选刊》奖等奖项。

分皮包

一个皮包厂家大发慈悲，竟然要给我们赞助一批皮包。货很快就送了过来。主任随即召集大家开会，准备将皮包发给我们。

分发工作还没开始，一直坐在我身旁的老末就很不屑地将要下发的皮包掂了掂，然后又扔了回去。老末说，这皮包质量太差劲儿了，仿品，市场价二十元不到。说着，老末把自己的皮包掏了出来。老末说："我这个才是真货，三百多呢！"大家看了看，都说老末的皮包质量好。老末就高兴地笑了。

主任将皮包逐一分发。发到老末的时候，碰巧差了一个。主任不好意思地笑了笑，然后走到老末跟前，对他耳语道："你看，反正你也不在乎这个包，是不是……"

怎么可能呢？还没等主任说完，老末马上就不高兴了。"怎么到我这里就没有了呢？难道我就不是公司的职工？"

主任没想到老末的反应这么强烈。主任赶紧说："不是你说的那样。你等等，我马上去买一个同款的。"说着主任下了楼，几分钟后，果然拿回一个一模一样的皮包。主任把包递给老末。老末却不接，老末说："谁知道你这个包从哪里来的？主任，干脆把你那个换给我，这样我的包才和大家的一样。"

主任看了看老末说："好的好的，反正都是一样。"于是主任把自己的包换给了老末。老末这才勉为其难地收下。

皮包发完，会议也就结束了。散会的时候，老末站起身来，啪的一下将皮包扔给我，然后对我说："送给你，拿回去给你儿子当玩具。"

"什么？"我不相信自己的耳朵，"你刚才不是非要这个包么？"

"我要的是出口气，谁在乎这破玩意儿！"老末掏出自己的皮包弹了弹上面的灰尘兀自走开。

熟人就是这样变成陌生人的

张三和李四是校友，毕业以来很少见面。这天张三上街，远远地看见了李四。张三连忙走上前去，和李四打招呼。两个人一见面，紧紧地握住对方的手，好一阵寒暄。那种亲热劲儿简直没法形容。张三把李四的情况问了个清清楚楚，李四也把张三的近况问了个明明白白。最后，张三执意要请李四吃饭。李四因为有别的应酬，只好作罢。但两个人最后都留了电话号码，并强调一定要多联系。接着两个人只好依依惜别。

二十分钟后，张三到另外一条街去办事。刚走到街口，张三就和李四碰了个正着。真是巧呀。张三连忙和李四打招呼，李四也连忙回应。这次两个人没有像刚才那样寒暄，再次握手之后，李四说："你有事就先忙，我要去某个地方办点事儿，不好意思。"张三也正有此意，说"好的好的，我也刚好有事儿，电话联系"。

约莫过了半个小时，张三从另外一条街出来，没想到又遇到了李四。两个人一见面，脸上都不自然地笑了笑。张三想这次到底该和李四怎么打招呼呢。没来得及想，李四已经走过来了，于是张三说，真是太巧了。李四说，是呀，巧。接着张三还想说点儿什么，但该说的刚才好像已经都说了，一时间想不出来说什么好。这时张三发现李四也好像没什么可说。两个人同时愣了愣。片刻后，张三只好挥挥手说，去忙吧。李四连忙说，好的，忙。于是两个人就分开走了。

真是无巧不成书。没想到几分钟后，张三又在街的对面看见了李四。张三发现李四也看见了他。张三慌了，真不知道这次该如何打招呼。于是张三赶紧把脸扭到了一边，假装没看见。与此同时，李四也赶紧把脸扭到了一边，假装没看见张三。

就这样，几小时前还亲热不已的两个人，这回像两个陌生人一样，把头扭在一侧，擦肩而过。

信

旮旯村校有两个年轻老师：一个姓张，一个姓李。两个人从同一所学校毕业，去年又同时到了这所条件艰苦的村校。所以，张老师和李老师自然成了形影不离的朋友。

最近，中心校有位教师退休了，校长准备从他俩中选一位到条件稍好的中心校去任教。但究竟谁去，校长让他们回去自行协商。

听了校长的话，两个人都相互谦让。张老师让李老师去，李老师要张老师去。这样推来让去，一时半会儿也没个结果。于是就有老师建议："这事儿本来就不该让你们自己定，你们这样推来推去，倒不如相互给对方写一封推荐信，写出让对方去的理由，让中心校的校长去定夺。"两人一听，觉得是个好主意。于是两人回屋，洋洋洒洒地写起推荐对方的信，然后托人交给了中心校校长。

信交了三四个星期，一点儿动静也没有。正好，这天张老师到中心校去领书，就顺便问校长："有两封信，托人带给您，不知您收到了没有？"

校长点了点头，又叹了口气："收是收到了，这事儿的确不好办，你的自荐信写得有道理，可李老师揭发你的检举信写得也有道理呀！"

颜孙棋，当代微篇小说作家协会会员，中国微篇小说 72 星座、中国微篇小说新锐作家，作品散见于《国际日报》《微篇小说》等报刊。

手机铃声

手机铃声响起，他立马跳了起来，一手抓起手机："局长您好！有什么事情要吩咐的……好好好，我马上去办。"

为啥他一听到铃声就知道是局长呢？原来，他早就把所有单位领导的手机铃声设成特别的音乐。如此这般，一听到铃声就知道是哪位领导打来的，马上能调整好语气，用客客气气的声音来应答。

有一回同事和他一起回家，两人正谈着事，他的手机响了。刚才一脸严肃的他立马换了一副和颜悦色的面容："老婆大人，我已经在回家的路上了……什么，要我去超市带点东西？好的，我马上去。"

他向同事挥挥手："我先走了。"同事苦笑着："你可真行，领导、老婆的电话一个个全都不落下。"

有同事算了算，单位里能算他领导的共十一人，再加上他妻子，是十二种铃声。还有同事、朋友、亲戚、其他号码、陌生号码等，合计十七种铃声。他能在几秒钟内分辨清楚。

同事夸他："高！实在是高！"

上个月，他听到一个陌生号码的铃声。他向手机屏幕瞟了一眼，是座机，估计是诈骗电话吧，拒接。

这个电话每星期来一次，持续了一个月，他一直没接，甚至想设置自动拦截了。

后来，他收到了一封信，信是母亲写来的。他打开了这种传统的通信用具，母亲的字跃入眼帘："每次打你电话都是通话中，妈知道你工作很忙，一定要注意身体。爸妈都很好，不用担心。"

他想起了那个拒接的电话，他居然不记得自家的电话了。

此后，当那个每周响一次的铃声进入耳朵，他都笑着拿起手机："妈！"

红绿色盲

老刘两脚踏上了斑马线，环顾左右，没有车，他只管自己往前走。

刚走到一半，有辆车开了过来。不过不用担心，他知道，开车的人都很守规矩，会礼让路人的。

老刘走上了对面的人行道，抬头一看，信号灯刚刚由红色转变成绿色，他听到了几个人急匆匆奔跑而来的脚步声。

算你们运气好，老刘在心里想。可别说，这个信号灯要是等待的话，得等上一分多钟的红灯。

他转过头去，看到跑在最后头的一张年轻的脸。老刘在心里想，年轻人嘛，要多向长辈学学。你应该明白，省下这一分钟来可以做多少事情。

老刘就是这样不讲规矩，他从来都不遵守"红灯停，绿灯行"。

家人朋友们都劝老刘，说"闯红灯多危险啊，咱不差这一两分钟"。但是，他就是不听。当然了，就像之前他所说的一样，这是文明城市，也没有什么车子不让着他。

老刘就这样一直闯着红灯，然后跑着去公司，盘算自己又赚了多少时间。

不过话说回来，常在河边走，哪有不湿鞋的？有一回，由于一辆小轿车没刹住，老刘腿给撞断了。

老刘还得赚钱，他坐着轮椅上下班。看见红灯他还想闯，不过最后还是忍住了。

"先生，要不我来推一下你吧，看你怪辛苦的。"一个声音在背后响起。老刘转过头："嗬，这不是上次碰到的年轻人吗？"

年轻人并没有看着信号灯，而是注意着周围的人。周围的人向前迈出脚步，他也推着老刘的轮椅向前走。老刘很纳闷："为啥你要看着别人走呢，红绿灯不在这儿摆着吗？"

年轻人摇摇头："没办法，红绿色盲，天生的。"

姚庭，笔名红墨，当代微篇小说作家协会会员，中国微篇小说新锐作家。作品散见《小小说大世界》《国际日报》《微篇小说》等中外报刊。出版小说集两部。

手 机

那是中秋节，半哑在花厅里，当着那么多人的面，从裤袋里缓缓扯出一根绳子。众人瞪大眼睛：莫非牵出一颗地雷不成？人群不禁退缩几步。不是地雷，是手机。半哑竟用上了手机？

半哑对着手机哇啦哇啦通话。斜眼走进人群，从半哑耳边抓走手机接听。斜眼的话使花厅里的人听得分明，大意是顺子今年春节一定回来，他在外面挺好的，不必担心；并嘱咐老爸不要累坏身体。绳子拴在半哑的腰上，半哑踮着脚尖，豁嘴配合着斜眼一张一翕的；斜眼猭着身子，歪着头，一本正经地通话。

顺子是半哑捡的，半哑是条老光棍。顺子出外打工好些年没回家了。半哑说，这是顺子给他寄来的手机，以后不愁听不到儿子的声气了。半哑的手机除了斜眼谁也不让看，更休想向他借下手机通个电话了。村里人逗他："你的手机比裤裆里的那个挂件还护得牢实！"半哑笑笑，豁嘴流下一挂口水。

幸福、热闹、团圆的春节越挨越近，可是半哑死了。半哑死于车祸。半哑是接到顺子的电话后匆匆去车站接儿子回家过年的。这起交通事故半哑负主要责任，因为半哑一门心思打手机，自个儿撞上了车子；一命呜呼的半哑巴掌里死死攥着那部手机，掰不开手指。所幸的是肇事者赔偿死者十八万元。

斜眼必须把这笔半哑的卖命钱亲手交给顺子。可是斜眼并不知道顺子在哪里，甚至不知道顺子是死是活。花厅里的人就问斜眼："你不是有顺子的电话号码吗？"斜眼哑巴吃黄连，因为这是他为半哑守的一个秘密——半哑的那部手机是斜眼送给他的，那本是一部无法通话的废手机。

当爱情遇上亲情

银菊患了胃痉挛厌食症，花了好多钱，住了好多家医院，毫无起色。她虽然五官端妍，但面容憔悴，体重也只有五十来斤，形同一具骷髅。银菊决定过完二十岁生日就离开人世。

这天，银菊偶遇一青年，他叫高兴。高兴说他是新来这个镇上打工的，工厂就在她家附近。很快两人就成了无话不谈的异性朋友。某天，高兴猝不及防地对银菊说："小菊，我想你做我的女朋友，你能答应我吗？"银菊的心脏被电流一击，仰头看着高兴一脸虔诚的样子说："你不厌恶我这具骷髅吗？"银菊的眼里含着泪花。高兴说："可我也是个瘸腿的残疾人呀，你不会嫌弃我吧。"银菊一把箍住高兴的腰，哭得翻江倒海。

高兴就从少量的、银菊不反胃的食品入手，一口口地喂她，不用筷子、羹匙之类，而是用嘴唇相送。每吃一口，银菊脸上都挂着笑，双眸深情地看着高兴的眼睛，有时也会流下热泪，高兴就帮她轻轻拭去。"让它开着吧，那是幸福的泪花！"银菊边说边抓住他的手不放松。

后来，随着银菊食量的增加不再口口相送，但每次吃以前和以后，高兴都要奖赏银菊一个吻。再后来，银菊长胖了，有九十斤了。

有一天，远离家乡的金菊接到妹妹的电话："姐姐，我长胖了，有九十斤，是高兴……"

姐姐哗啦哭了。

"姐姐，你怎么哭了？"

"是高兴……"

又接到未婚夫高兴的电话："报告'领导'，我已经按照你的要求和约定圆满完成任务！不过，亲爱的！给我揉揉腿，假装瘸子，腿好麻……"

殷贤华，在中外报刊发表文学作品三千二百余篇，有二百余篇作品被《小说选刊》《小小说选刊》《读者》等文摘类报刊转载。

咱们都在开玩笑

县志办张主任最近走好运，由清水衙门调到肥得流油的建设局任局长。消息传出，张局长的亲朋好友纷纷祝贺，有的买了礼物，有的请张局长吃饭，都被张局长婉言谢绝了。

这天，张局长接到二狗子打来的电话，二狗子和张局长是光屁股长大的玩伴，现在是一家建筑工程公司的老总。二狗子说："今天我在富豪酒店订一桌，热烈祝贺张哥荣升建设局局长，怎么样？"

张局长笑着说："谢谢你的好意，不过我不能参加。干部要执行中央的八项规定，不能接受宴请，不能收礼，不能大吃大喝，还请你理解。"

"理解理解，现在的干部要低调嘛，我马上取消活动。"二狗子通情达理地说。

张局长晚上在办公室加班，回到家已经是深夜。张局长的老娘还在看电视，见儿子回来，指指桌上的袋子说："二狗子晚上来过了，他买了你小时候最喜欢吃的猕猴桃呢！这小子，已经好多年没来我们家串门啦。"

张局长心里一动，忙打开袋子，见最下面藏着一张银行卡，银行卡上贴着一张小纸条，上面写着："工程招标，请多关照。"

第二天上午，张局长给二狗子打电话，说："对不起！我已经按照规定，把你送给我的银行卡交给纪委啦！"

电话那头，二狗子暴跳如雷："你这个绝情的家伙！你这样做不是在害我吗？"

二狗子垂头丧气地回到家，二狗子的老婆递给他一封信，说是张局长托她转交的。二狗子忙打开，原来里面装着的，正是自己送给张局长的那张银行卡，卡上也贴着一张小纸条，上面写着："昨天晚上你给我开个玩笑，所以今天上午我也跟你开个玩笑。我没有害你，你也不要害我呀。"

今天真邪门

听说县城东门口开了家精致型咖啡厅，喜欢喝咖啡的房地产老板汪总便想去看个稀奇。汪总来到这家咖啡厅，虽见咖啡厅精致小巧但装修气派豪华，顾客盈门，很对汪总的欣赏口味。汪总便要了吧台旁的一个雅座坐下来，要了杯咖啡悠闲地品尝起来。

汪总一边品尝咖啡一边打望前来喝咖啡的美女，好不自在。汪总忽然听得咖啡厅门外传来两串笑声，接着看见两位身材苗条、脸蛋漂亮的中年美女说笑着走进来。汪总定睛一看，不禁脸色大变。汪总想夺门而出，无奈咖啡厅太小，两美女又坐在吧台边，出去定然让两美女发现，再坐下去也可能会被两美女发现，怎么办？怎么办？汪总急速地转动着脑袋瓜子。汪总站起来节节后退，慌不择路躲进了咖啡厅后台的经理室。

经理室里坐着正在忙乎的经理。对于汪总的破门而入，经理纳闷地问道："你是谁？你找谁？有什么事吗？"汪总忙解释道："哦，老兄，是这样，今天真邪门，我老婆竟和我情人一起来您这里喝咖啡！我想在您这里暂时躲一下，不然见了面不知道有多尴尬！"

经理一听乐了，也勾起了他的好奇心。他笑道："还有这种稀奇事发生？好耍！让我出去看看！"

经理满面笑容、屁颠屁颠地出去了，不料回来后直喘粗气，脸色铁青，眼睛瞪得像豹子。他一把抓住汪总的衣领，低声吼说："你竟敢泡老子的老婆，老子杀了你！"他举起拳头准备向汪总砸过去，却又停下来，慌乱地朝门外望了一眼，恶狠狠地对汪总说："我下回再好好收拾你！现在，咱们两个都躲到杂货间去，这里不安全！"

为啥又要躲到另一个地方？吓得屁滚尿流的汪总没有弄懂是怎么回事，又不敢发问，只得乖乖地随经理躲进杂货间。在杂货间，经理嘟囔道："今天真邪门，我老婆竟和我情人在一起！"

袁作军，农民写手。中国微篇小说作家协会会员，微篇小说高研班学员，《监利人》杂志通讯员，在各级报刊发表小说、散文作品四十余篇。

城管丁混账

朱集镇的城管队长丁文章，铁面无私、六亲不认，人赠外号"丁混账"。只要他和麾下的几名队员一出场，朱集街心路边的摊贩便如临大敌、手忙脚乱、仓皇奔逃。被城管踩扁的竹篓、踢飞的货物不计其数。来自东村的岳跛子，加入"路边摊贩游击队"没几天，并没亲眼见过此等场面。

岳跛子右腿天生残疾，举步艰难。他父母早逝，家境贫寒，三十五岁才娶了哑巴女人小翠。岳跛子上街摆地摊，意在挣点儿小钱，养家糊口。他们卖一些皮带、毛刷等货品，一天下来，也能净挣二三十元。

这天，忽然有人喊："城管来了！"左右两边和街道对面的摊贩迅速卷起自己的货品，朝各个巷口逃跑。小翠也飞快地提起货物，拉了岳跛子就跑。岳跛子跑不动。小翠又用背来背。岳跛子腿不好，身体却重。小翠背着他才跑十来步就跌倒了，手里的货物散落一地，额角在水泥路面磕破了，鲜血直流。小翠爬起来，"呃呃呃——"地哭叫着来拉岳跛子。岳跛子挥着手势大叫："小翠你快跑！不要管我！——"一只有力的大手抓住了岳跛子的胳膊，丁混账已到眼前！

岳跛子吓得语无伦次："你……我……"

丁混账这次没有打人，也没有踢货物，只是扶起岳跛子，轻声地说："岳跛子，你俩以后不用跑。"

已到远处的摊贩们回头看见，疑惑地说："他们是亲戚吧？"

后来，有好事者查明，丁混账的父亲也是个跛子，好多年前在湖南岳阳摆地摊，为逃避城管追赶，被车撞死了。

再后来，由丁混账出面，低价给岳跛子租了个小店铺门面。

碰　撞

心里有事，加上技术不行，我已经十分小心了，但倒车时还是撞坏了后面小轿车的两只前灯。喊了半天，无人应声，周围也没人可以打听。

我着急给正在参加高考的儿子送营养餐去，时间很紧，只得写了张纸条，夹在小轿车的刮雨器上。

两小时后，有陌生电话打来："师傅，是你撞坏了我的车灯？你过来我们协商一下吧。"

我赶到事发地点。看见小轿车旁边有个衣冠楚楚、举止文雅的中年男子。我放心了，应该不会有太大的矛盾冲突。我说："先生，对不起，是我一时疏忽……"

男人说："你的车有无保险？要不我们报警吧。"

我急忙说："我儿子正在高考……这点小事就协商解决算了。您看赔多少钱比较合适？"

男人思索片刻，似乎商量着说："我要多了，您怀疑我用心不良；要少了，我又吃了亏。就陪一千，您看行不行？"

我心里认为一千是多了一些，但此人态度和蔼，我还是立刻付款，拔腿走人。

又过了一小时，另一个陌生女人的电话打过来："是你撞坏了我的车灯吧？"

我再次来到事发地点。有个中年女人在那里不耐烦地徘徊。我说我已经赔了一千了……

女人一摔驾照，说："这是我的驾照，你自己看看！你赔给我了吗？！"

我看过驾照，小心翼翼地说："那男的是不是您丈夫什么的？"

女人更恼火了："老娘我孤身一人、至今未婚！"

我乖乖赔付五百元后，悻悻地离开了。

不到半小时，又一个陌生电话打过来……

赵春宝，当代微篇小说作家协会会员，中国微篇小说新锐作家，在《微篇小说》《国际日报》等中外报刊发表作品多篇。

喜鹊不搭桥

七夕到了，鹊桥竟然没有搭起来。

"报——！娘娘，七夕已到，喜鹊们没有搭桥，牛郎和织女也不知去向。"管理天河水兵的天蓬元帅，慌慌张张跑进天庭，向王母娘娘报告。

"为何不搭桥？牛郎和织女期待了整整一年，喜鹊不搭桥，让他们如何相会？"

"我问过它们，可它们谁也不理我。哼，如若不是娘娘平时宠着它们，我早给它们几钉耙了！"

"真的假的？"

"千真万确！"

"托塔天王，命你速速前去查来！"

一个时辰后，托塔天王回天庭报告说："回禀娘娘，确有其事。我也问喜鹊为何不搭桥？它们居然也不理我。哼，如若不是娘娘平时宠着它们，我早用塔将它们镇了！"

"大胆喜鹊，千百年来忠于职守，为何如今这般造次？二郎神，去把喜鹊全部抓来，哀家要亲自审问！"

二郎神带上哮天犬，去了半个时辰，用仙术把千百万只负责搭桥的喜鹊全部抓到了天庭。

王母娘娘大为震怒，指着众喜鹊问："今年七夕，又到牛郎织女相会的日子，尔等为何没有搭桥？难道想造反吗？"

"臣等不敢！"众喜鹊战战兢兢。

王母娘娘厉声喝问："既是不敢，为何还敢？"

"……"众喜鹊噤若寒蝉。

王母娘娘倏地站起身来，指着一只年长的喜鹊吼道："你，你是领头的，你说！如若说不出个正当理由，哀家要尔等性命！"

"娘娘息怒！为了让牛郎和织女七夕相会，我等搭桥，千百年来，未曾有误。只是……"

"只是什么，快说！"

"牛郎有了小三，织女傍了大款，我等搭桥还有意义吗？"

母与子

夜深人静的时候，因为思念儿子，母亲又失眠了。

她有气无力地爬起来，走进儿子的书房，打开儿子的电脑，输入儿子的QQ，找到儿子的空间，双手微微颤抖，敲打着键盘。

一幕幕情景，出现在 QQ 空间里。

"六一"儿童节：

> 楠健，我儿。凌晨一点了，我想你想得睡不着，就起来跟你说说话。儿啊，今天是六一儿童节，你最爱到"儿童之家"游乐园玩。童年，无忧无虑，是最快乐的时光。每个属于你的生日，我和你爸早早就安排好工作和家务，无论如何都要带你去玩，让你享尽童年快乐的时光……

"五四"青年节：

> 楠健，我儿。凌晨三点了，我又想你了，想得睡不着，还是起来跟你说说话。儿啊，今天是五四青年节，你喜欢到学校足球场踢足球。青年，同样是人生中最美好的时光。我和你爸早早起来，买菜给你做饭。你踢球回来，饭量很大，餐桌上当然少不了你最爱吃的红烧肉……

大年初一：

> 楠健，我儿。凌晨五点了，我想你又睡不着了，还是起来跟你说说话。儿啊，今天是大年初一，本该是全家团圆的日子，可你不在，我和你爸随便吃了几个饺子就放下了碗筷。窗外，家家户户放鞭炮。我和你爸怕吵，就没有放。要是你在，不管多吵也要放，特别是你最喜欢的花样多、声音响的礼花，一定让你放个够。对了，儿啊，差点儿忘了告诉你，你救过的那个孩子很懂事，常来看我们呢。

楠健是母亲唯一的儿子，他为救一个抢着过马路的孩子，被车祸夺去生命三年了。

张长水，现为北京市房山区作家协会会员，当代微篇小说作家协会会员。已有多篇小说、散文刊载。

漂亮女护士

"36床，输液！"护士端着托盘走进病房。

"护士，能把液体热热吗？这点滴也太凉了，昨天滴进去，我半个身子快成冰棍了。"病人的声音可怜兮兮，脸上透着期待。

"热热？你听过那家医院的液体是热的？外面滴水成冰，能不凉么？"护士好看的眼睛盯住他说。

"您给想想办法。啊，想想办法！"病人送去了谄媚的笑。

"能有什么办法？都是这么输的！"护士忙着挂液、拍血管。

"哎哟！"病人惊叫。护士的手一颤，针头划破了手面。

"怎么啦？"护士惊慌失措地望着病人。

"凉！"

"凉什么凉？还没输呢，握拳！"

"护士，您还没答应给我热热液体呢？"

"别动，一会儿给你想办法！"

"谢谢你啊，护士。"

"放心吧！这是医院，又不光你一个病人！"

"那好吧。"病人无奈的闭上了眼睛。

"把手松开！"

护士把点滴调到很小，又将多余的输液管盘了几折塞到病人的另一只手里。

"攥好！别松开，一会儿就不凉了。"她把病人的衣袖拉下罩在手面上，离去。

病人睁开眼，笑了："我让她帮我热热，原本是想让她多待一会儿，多看她两眼。"

病人是一位帅哥，因阑尾炎开刀住院，当他第一眼看到这位护士的时候，突然就喜欢上了她。

微信时代

晚上闲暇，阿欢躺在单位宿舍的床上玩手机。他新潮时尚，经常编辑小文与朋友用微信聊天。网页里什么资讯都有，笑话是他最好的谈资。时下，全民"微"聊，这是他最为惬意的事。

阿欢一页一页地翻看，开心地微笑着。不知不觉，一则国外笑话走进了他的视线，他顿时有了灵感。

笑话里说：一个警察逛动物园，旁边有几个孩子在嬉笑聊天，其中一个小孩儿对他的伙伴说，"你知道警察和傻驴有什么区别吗？"警察闻听不悦，疾步上前，一把揪住那个小孩儿的耳朵，怒斥道，"你说说，有什么区别？有什么区别？小兔崽子。""哎哟！叔叔，你饶了我吧，饶了我吧，没区别！没区别！""这才像话。"警察愤然离去。

阿欢觉得好玩，立刻将笑话发给了几个当保安的朋友。不过，他并没有原文转发，他偷梁换柱，把"警察"换成了"保安"。

往常，他很快就会收到回复，可是今天左等右等就是没有回音。他得意难耐，又编辑了一条微信发了出去："您没回信，肯定是伤自尊了，等我逮着那可恶的孩子，一准交给您，咱揪他另一只耳朵，看他还敢不敢胡说八道！"微信发出去了，阿欢飘飘自得，酣然入睡。

日上三竿，阿欢仍在梦中偷笑。

突然，几个保安破门而入，阿欢的两只耳朵被同时揪起："说！那可恶的小孩儿是不是你？"

周德富，当代微篇小说作家协会会员，中国精短文学学会会员。作品散见《喜剧世界》《微型小说月报》，泰国《中华日报》等。

替局长离婚

我刚把吴丽娜送进医院手术室。有人在我肩头拍了一下，我扭头一望竟然是我太太。

"老婆……"

"你来这里做什么？"

"我，我……"

"说呀，你说呀！"

"帮熟人一个忙。"

"哪个熟人？"老婆抢过那张人流登记表，"这上面白纸黑字还想赖？哼！居然在外面养女人，还有了孽种！"

吴丽娜弯腰捧着肚子出来，我如见救星。"来，帮我解释解释。"她怪怪地瞪我老婆一眼。一把拽住我，靠在我肩头："亲爱的，我们回家。"

"你怎么能这样呢？"

我回头，老婆早没了踪影……

晚上到家，老婆仍不在。桌上一纸离婚协议。

三天后，我绝望地签字。

我病了。同事接二连三来看我，王局长带着他的老婆也来慰问。

局长拉了拉我的手微笑着嘱咐安心养病，我想说却说不出……

局长夫人拣了一个梨，边削边说："你怎么能沾那种臭女人呢？年轻人呀，就是把控不住自己。这点你得跟我们家这口子学学，他做你领导十几年，还没听说他半点儿不检点呢。以后一定要坚定立场。"说完把梨塞到我嘴里。

"对，一定要坚定立场。"局长语重心长，"年轻人犯错不要紧，只要及时改正。现在受点委屈，将来前途大大的嘛。"局长故意把"前途大大的"拖长尾音。

　　晶莹的泪花中，又闪现局长那天叫我到办公室的情景："你干得不错，眼下张科长要退了，这个位子嘛，就是你的了！"

　　"明天帮我陪她去做一次人流，可以吗？"

　　我茫然了……

　　"如果为难就算了。"

　　"没问题！能为您办事是我的荣幸。"

最宽容的老师

早上，我叫来五名期中考试斩获六分、四分、二分的学生，温和地说："这次期中考试没考好别紧张，不是你们的错，都是老师没本事把你们教好；现在天冷了，手更僵了，不会写的作业，就算了吧。"

第二节课，一名学生正在私底下津津有味地看《哈利·波特》。我赶紧帮他把书从桌箱拿出，摊在桌子上，和颜悦色地说："同学，想看就放心看吧，低头太久，对颈椎和眼睛不好。"

下午上课，教室里忽然传来"你是我的眼，带我领略四季的变换"音乐声，我扶了扶一千度的近视镜，定睛细视，原来是娜娜同学用手机听歌，不小心放出了声音。我快步飘下讲台，轻声安慰有点儿窘迫的她："没关系，年轻人嘛，追星很正常，下次戴好耳机吧，别让老师的讲课声打搅你愉悦的心情。"

晚自习，教室角落传来一阵鼾声，引得学生不约而同地回头。我跑过去拿出纸巾为他擦去嘴角口水，再脱下羽绒服为他披上，示意同学别吵，轻手轻脚走回讲台。

回到家，看到镜中完好无损的自己，长吁一口气，无比欣慰地笑了……

为什么要这样？

据法制报报道，最近一月来，全国又有几位教师被学生砍杀或殴打了……

张富海，石家庄市井陉县人。河北省作家协会会员，中华诗词学会会员，出版著作《情在流动》《大海诗词选》《大海小小说》。

选助手

大赖的服装加工厂越做越大，仅凭他一个人的能力打理好厂子的方方面面，已经显得力不从心。于是，他想在管理人员中选拔一名助手来辅助自己。

这天上午，得到消息的弟弟二赖提着一个盒子走进了大赖的办公室："哥，我托人从省城买回一个金蟾，据说这金蟾很有灵性，如果把它摆在你的办公室里，一定会财运齐天。"大赖说："如果真是这样，咱们的厂子一定能够飞黄腾达。"二赖说："那是。"

第二天上午，得到消息的表弟三毛拿着一款手机来到了大赖的办公室："表哥，这款手机造型好，功能多，一上市，就成了老板们的抢手货，如果你使用了它，肯定气宇非凡。所以，我就给你买回来一个。"大赖说："如果真是这样，我的形象就会一下子高大起来。"三毛说："必须的。"

第三天上午，得到消息的邻居小吴来到了大赖的办公室："大哥，很长时间以来，我就发现你为了拉住客户，拼命地喝酒，我好心疼呀，就托人买来了一只阴阳酒壶。这酒壶是夹层的，可以同时装上水和酒。如果在你不想喝酒时按下按钮，就可以把水倒出来。"大赖说："这样的话，我就可以以水代酒了。"小吴说："是的。"

过了几天，大赖让二赖把金蟾搬走了，又将手机退给了三毛，却留下了阴阳酒壶，还任命小吴为他的助手。妻子不解："论关系，二赖和三毛跟你最亲最近，你为啥不选他俩，却选上了小吴呢？"大赖说："二赖看中的是钱，三毛在意的是派儿，只有小吴关心的是我的身体。"

笑比哭好

一位哲人说过，笑比哭好。

为了验证这句话的真伪，我在一天走上了街头。

我遇到的第一个人正蹲在一个菜市场的门口哭泣。我上前问："你为啥哭呀？"那人说："我的卖菜钱被人偷了。"我安慰他："既然被人偷了，就找不回来。你如果哭坏了身体，还得花钱看病，多不合算？你现在就把它忘掉吧。因为有一位哲人说过，笑比哭好。"

那人看看我，摇摇头，一声不吭地走了。

我遇到的第二个哭泣的人是在医院的门口。我上前问："你为啥哭呀？"那人说："我的妻子得了胃癌，已经到了晚期。"我安慰他："你的哭泣，难道能把她的胃癌治好？假如再把你的身体哭坏了，谁还来伺候她呢？你赶紧笑起来吧。因为有一位哲人说过，笑比哭好。"

那人好像不赞同我的观点，扭身离开了我。

……

我遇到的第 N 个人，正在路边揉着眼睛。我上前问："你为啥哭呀？"那人吃力地睁开血红的眼睛，突然，他一拳打过来，打到了我的眼睛上。他怒吼着："谁哭了，我是被风沙迷了眼睛。"

那人说着，风一般地走了。

正当我的泪水从乌青的眼眶里流出来时，一个人笑咧咧地来到了我的面前。他问我："你为啥哭呢？"我吃力地张开眼睛说被人打的。那人说："人家打了你，你哭就不痛了？你如果哭坏了身体，还得花钱看病，多不合算？你现在就把它忘掉吧。因为有一位哲人说过，笑比哭好。"

张焕菊，河北人，现居北京。北京小小说沙龙会员，中国微篇小说协会会员，作品偶有发表，为生活平添点小乐趣。

给它一个活的机会

父亲的小院儿里有个葡萄架，不记得多少年了，每年都能结出串串葡萄，今年开春它一直没发芽，父亲百般照料着。

我说，它老了，活不过来了。父亲不听，只顾浇水施肥修枝剪叶。

父亲说，村东头的刘老五不行了，在家躺了十天了，水米没进。

我说，他们家把寿衣棺椁都备下了，就等着咽气呢。

父亲说，熬那点心血呢。

我说，都这么多天了，真煎熬，他有八十了吧。

父亲说，八十九了，其实也没多大的病，一个感冒发烧而已。

我说，那怎么不送医院呢？

父亲没再说话。

前院堂兄过来说，村西二奶奶过去了，按礼我们得去祭拜。

父亲放下手里的剪刀，跟着堂兄走了。

下午回来，说二奶奶身上都长蛆了，不知道啥时候过去的，几个孩子没一个上心的，可怜二奶奶一个寡妇，养大了三个儿啊。

我说，三个儿子日子都挺富裕的，一人一口食儿，也不至于饿着二奶奶。

父亲说，饥一口饱一口的，二奶奶居然活到九十九，寿则多辱啊。

父亲又拿起剪刀，继续修剪葡萄架。

我说，别修了，葡萄架老了。

父亲说，你看看这根部，还绿着呢，它没死，我得给它个活的机会，你去帮我弄点肥和水来……

心理平衡

我昨晚因为肚子急剧疼痛，被妈妈连夜送进急诊室。

今天一大早，妈妈的同学一大早急急忙忙赶来，拉着妈妈的手，急切地询问："英子怎么样？好好的咋病了呢？得的啥病啊？医生怎么说的？"

妈妈说吃凉的吃多了，没大事。

妈妈的同事也急急忙忙地来了，搂着妈妈的肩，说："病情来势汹汹，别着急，不会有事的，咱英子多好的孩子，学习好，人长得也漂亮，又是名牌大学毕业，在大公司上班，老天爷长着眼呢，不能这样对咱孩子。"

妈妈说："我不急，本来也没啥大病。"

妈妈的闺蜜来了，拉着妈妈坐下，说："孩子不管得多大病，都要想开些，咱英子从小顺顺当当的，这次一定能闯过去，英子找个博士对象，马上就谈婚论嫁了，八成老天爷都嫉妒了，有个病啊灾的常事。"

妈妈笑了笑说，医生说没大事，再观察观察就能回家了。

妈妈的同学说，现在这吃的用的都不安全，得啥怪病的都有，既然来了就好好查查。

妈妈的同事说，她家亲戚的孩子前几天刚查出了白血病，两口子一夜老了十几岁。

妈妈的闺蜜说，能查出病来倒好办，可以对症下药，怕就怕查不出毛病，延误了最佳治疗期。

几个人七嘴八舌吵吵嚷嚷了半天，好容易走了，又来了七大姑八大姨。等全离开时，天已经大黑了。

我异常愤怒："妈，这些人怎么回事？我不过是来例假肚子痛，怎么跟我得了绝症似的？"

妈妈帮我收拾东西，平静地说："她们的孩子都没有你优秀，希望你住院这事能让她们心理平衡些。"

周红霞，当代微篇小说作家协会会员，中国微篇小说新锐作家，中国微篇小说 72 星座，发表诗歌、散文、通讯、小说等作品多篇。

激活潜能

莫谈乃某局一普通职工，性格温和，清心寡欲，与世无争。自从因病手术之后，却发生了显著变化。

这不，局长老娘做手术，莫谈对同事小张说："听说局长的妈住院了，明天我跟你们一起去看看吧？"小张狐疑地说："你可是见了领导都要退避三舍的主儿，还美其名曰不为五斗米折腰呢！"莫谈尴尬地一笑。

星期一上班，小张问莫谈："昨天我貌似看见你跟政工科刘科长一起钓鱼呀？两人谈笑风生，勾肩搭背，好不快哉。"莫谈淡淡一笑说："俗了不是，我们那是寄情于水墨山水间呢！"

局里要组织副科级竞选了，条件是任正股级两年以上，或本科学历且参加工作满五年以上者均可参加。莫谈得到消息后，积极准备演讲稿。小张敲打着桌子一板一眼："长铗归来乎！食无鱼；长铗归来乎！出无车。"莫谈莞尔一笑。

竞职演说那天，莫谈西装革履，皮鞋擦得锃亮，两眼炯炯有神，一副势在必得的模样。他从本人经历说到业务技能，从个人贡献谈到全局大观，声情并茂，词句精练，入情入理，语言生动。说者动容，听者戚戚，众人都觉得没有不投他一票之理。

同事们都说莫谈自从生病之后，完全像变了个人。有人说，是给他换血的人与他性格相反，现在二者中和了；还有人说，他做手术影响了大脑神经，激活了他的潜能；更有人说，因为一场病，莫谈欠了很多债，上有老下有小，妻子没有工作，不改变能行吗？

还是小张惯于解密：莫谈管新来的市委组织部副部长叫表叔。

请速交稿

星期一刚上班，局办张主任就通知领文件，并要求根据文件精神写份材料。丽问："具体写什么，有哪些要求呢？"张主任说："就单位目前现状写份收费说明。等着要呢，速度要快哈！"

丽来不及等电梯，三步并作两步，气喘吁吁地爬上了六楼。拿到文件，放下一切杂务，排除一切干扰，查资料，找依据，字斟句酌，终于赶在下午下班前完成任务，迅速用邮箱发给了张主任。

星期三上午，接到负责督促该文件落实情况的刘副局长电话，要丽迅速赶到副局办公室。三步并作两步，气喘吁吁地爬上了七楼。刘副局长拿着丽写的材料温和地说："应该写你们单位收费项目内部整改落实情况，赶紧拿去修改，急等着上报呢！"

于是丽放下一切事务，排除一切干扰，查资料，找依据，字斟句酌，终于赶在下午下班前完成任务，迅速用邮箱发给了张主任。

星期五下午五点，张主任给丽来电："快到局长办公室来，有急事。"三步并作两步，丽气喘吁吁地爬上了八楼。

董局长严肃地说："你们完全领会错了文件精神，应该写如何规范收费管理。原准备今天下午就上报的，却拖拖拉拉。最迟星期天上午必须交到局办。"

星期六，丽放下一切家务，排除一切干扰，查资料，找依据，字斟句酌，终于完成任务，迅速用邮箱发给张主任。

张主任汇交材料时，市政府办负责人说："这是让你们局各二级单位学习和领会的文件，根本不需要上报文字材料。"

章理申，浙江省永康市人，杭州市作家协会会员，先后在《辽河》《金山》等各级报刊发表作品三百余篇，多篇入选权威选本并获奖。

神 医

过去有两大名医：江南李昆仑，江北王迁宇。两人并驾齐驱，名声显赫。

一日，李昆仑诊所来了一个秀才，刚刚中举，喜极而疯，狂笑不止。李昆仑说："你的病没救了，赶快回家，否则见不到你的娘亲了。不过你可以找江北王迁宇，叫他给你再看看。"说完，交给秀才一封信。

几日后秀才到了江北，想不到自己的病好了。他把信交给王迁宇，王迁宇把信看了：秀才中举，高兴发疯，心孔张开，合不起来，无药可治。我说他死到临头，让他心存恐惧，这样心孔会自动闭合，到你这里病就好了。

王迁宇看完信："真乃神医也！"心里从此有了一个疙瘩，抑郁成病。

王迁宇病入膏肓身体越来越弱。家人请遍了附近的所有医生，看过之后都摇头而去。

王夫人想："找李神医，或许他有办法。"于是叫管家快马加鞭去了江南请李昆仑。

李昆仑背起药箱便连夜起程，赶到了江北王迁宇诊所。见王迁宇侧卧在床，动也没动。

李昆仑坐在床沿上，把完脉说："王兄其实无病，贴一副膏药即可痊愈。请王夫人回避一下。"说完，从药箱里取出膏药，给王迁宇贴上。便告辞走了。

待李昆仑一走，王迁宇对夫人说："李神医说贴一副膏药就好，他的膏药贴在哪里啊？我摸不到呢？"王夫人左看右看，最后在太师椅背上看到贴了一张膏药。无奈地说："膏药贴在太师椅背上呢！"

王迁宇挣扎着坐起来，说："什么？膏药贴在太师椅背上？李昆仑啊！你真枉称名医，殊不知膏药要贴在肌肤上才有效验啊！"不禁哈哈大笑。

大笑过后，王迁宇的病不治而愈。

情人节

情人节这天，丽颖烧好晚饭，在家里呆呆地想：今晚老公会给自己带回来什么礼物呢？她等到了八点钟，老公还没回家。

丽颖打老公的电话："老公，还不回家？我在等你吃饭。"电话那头声音很杂。"我还在公司加班，你先吃，不用等我！"

这时，邻居马阿姨来串门了，马阿姨说："丽颖，今天情人节，怎么一个人在家？"丽颖说："老公在加班，等会儿才回来。"马阿姨说："有的男人，口是心非，往往身边睡一个，眼中看一个，心里想一个，不得不防！我是过来人，离婚就是因为老公出轨。"丽颖说："老公如果敢出轨，我一定要把他大卸八块。"马阿姨说："根据我的经验，现在你老公肯定不在公司。"

丽颖听了马阿姨的话，开车到了老公上班的公司。公司里空荡荡漆黑一片，一个人也没有。

丽颖便问门卫："大叔，今晚没人加班吗？"门卫说："今天情人节，公司下午四点提早下班了。"丽颖说："我老公还没回家，会到哪里去呢？"门卫说："会不会去江南影院看电影去了？"

丽颖开车马上去了江南影院，顺手从车上拿起水果刀，直往电影院里闯。电影院的门卫拦住她。丽颖说："我老公在里面呢，我要进去。"门卫说："你在门口等等，现在进去太黑找不到的，还是电影放完，出来好抓。"

门卫进去找到放电影的工作人员，在银幕上打了一行字：请带着情人看电影的一位男士注意，门口一个女人手拿水果刀，要砍杀你，请这位男士赶快从偏门出去。

这时，看电影的男男女女都站起来，争先恐后地往偏门里挤……

赵明宇，河北省作家协会会员，邯郸市作家协会理事。已在国内外报刊发表小小说三百多篇，报告文学一百八十万字，多次获得各类奖项。

红手套

女儿出嫁以后，尽管每天忙得脚打后脑勺，但却总是隔上一两天就挤时间来家里看望一下我。

这天，女儿又来看我。我说："孩子，妈的身子骨硬朗着呢，你忙你的吧，不要总是来看我。"

女儿微微一笑："妈，你是不是烦我了？"

我故意把嘴一噘说："妈就是烦你了。嫁出去的闺女泼出去的水，咱这家有啥好看的？看了二十多年了，还没看够啊？"

女儿一边给我做饭，一边咯咯笑着说："看着我的宝贝老妈，心里踏实。"

我的眼里就有了泪花，还是装作生气的样子说："从今天起，你忙你的工作，一个月来看我一次就行了，否则，我真生气了。"

女儿说："好好好，老妈下逐客令了，就依你。"

话虽这么说，女儿走了刚两天，又带着几斤香蕉回家来看我，说是把手套丢在家里了。我帮她找，果然在沙发下面找到了女儿的红手套。女儿说："既然来了，我就吃了饭再走吧。"说话间，已经挽着衣袖子和面，做起我最爱吃的手擀面。

过了两天，女儿又提着一兜苹果来了，说是又把手套忘在家里了。我帮她找，在抽屉里面找到了女儿的红手套。我就说："你怎么养成了丢三落四的坏习惯？"

女儿笑笑，又动手开始做手擀面。

吃完饭，我说："你快些走吧，我来刷碗。"女儿说："我来吧，不在乎这一会儿。"

女儿要走的时候，我提醒她说："这一回不要把你的手套再丢了。"女儿说："这次不急，不会再丢了。"

女儿说着话进了里屋。我隔着门缝打量一眼，看到女儿从包里掏出红手套，掀开被褥，塞进被褥下面……

买苹果

妻子拿出二十块钱，让我到市场买苹果。

一进市场，有个小贩就跟我打招呼："姐夫，买苹果啊？"我打量他一眼，不认识。我说："小伙子，你认错人了吧。"小贩哈哈笑："姐夫，我咋会认错人呢，你不是叫赵明宇？会写文章？你媳妇是我姐，我是你媳妇的娘家人。你们结婚的时候，我还参加你们的婚宴了呢。"

小贩抓起苹果装了一袋子说："这是我送给你和我姐的。"我说："你们做点生意也不容易，称一下，我给钱。"

小贩不要，我坚持给，把二十块钱推来搡去。最后，小贩说："我不要您的钱，您也过意不去，那好，钱我收下。"

我提着苹果，临走跟小贩说，闲了去家里玩儿。

回到家跟妻子说，今天遇到了一个小舅子。妻子说那是她们村里的一个小伙子，在市场上卖水果。

妻子又说，苹果两块钱一斤，称一下，看看是否够数。

称一下，才八斤。我没好气地说，这小贩真是坑人，还专找熟人，让你没话说。我得去找他算账，教训他一把。

妻子说算了吧，不就是二斤苹果？再说小贩也不容易。我生气了："你不要不好意思，他怎么好意思收咱的钱呢？咱不能吃哑巴亏！"

我提上苹果，气冲冲下楼。

找到小贩，我说这苹果我不要了，你姐买了。小贩说："留着吃吧，就当我送你的。"

我心想："就当你送我的？说得好听。"

看我坚持不要，小贩说："姐夫，您实在不要就算了。"

可是小贩却不找我钱。我的嘴巴嚅动一下说："找我钱啊。"

小贩说："姐夫，我没收你的钱啊，您一转身，我就把钱给你塞口袋里了。"

我一掏口袋，果然摸出来二十块钱。

郑庆虎，海南省文昌市人，中国微篇小说作家协会会员，海口市中国作家研究会会员，作品散见于国内各大报刊及印尼《国际日报》等。

祖传"神"药

阿三不是本地人，原先是在我们镇上摆地摊卖捕老鼠药的，不知道从什么时候开始当上赤足医生卖起神药来。

大街上他一边吆喝着一边摆弄着"药"："大家快来买呀，走过路过不要错过，祖传秘方研造而成的神药，人们常说体内积毒是万病之原，毒素越多病得越厉害，此药能排出人体内大量的毒素……"旁边有几位老者连连点头，嘀咕些什么，其中一位说："昨天我排了好多好多，今天心情很好呢。"另一位抢着说："我也是，排得我都不好意思出门呢！这药真灵，看我今天又买了一两。"

他的生意越来越旺，而且有很多是回头客，回头客多了自然就会带动他们的亲戚好友前来。一瞬间他的"神"药名扬整个城镇。

镇长夫人也蹲下来递给他钱买药。他卖的药确实很多人吃了都有反应，说有大量的毒素排出，镇长夫人也说。

有很多人想到药店去买这药，但总是空手而归，药是从他老家邮寄过来的，听他说本地没有这原料，无法加工，所以想买只能跟他买。

这天天蒙蒙亮，他又开始摆地摊卖药了，忽然一位中年人带着几位警察过来了，"就是他卖的药害死人呢。"中年人急匆匆地指着他说。还没等警察问话，他就着急地高声说："不可能，这药只不过是去了皮的小板栗，煮熟了吃是种美味，生着吃只能放响屁，吃得越多响屁就放得越多，绝对吃不死人的。"

"好人"王老五

洪水过后，我镇的年轻人都自主地加入了灾后援助队伍，王老五就是其中的一位。

在行动中，王老五非常积极，非常热心。一大早就出发，他背着一背包，里面放着水和饼干，渴了就喝口水，饿了就吃块饼干。只要有人喊帮忙，他二话不说就过去帮忙，且不收一分钱。

"张大娘你一个人擦地板呀？我来帮你吧。"他笑着对大娘说。"唉！真脏，累死我了。"大娘叹了口气。不等大娘答应，他就进去了一边与大娘谈心，一边卖力地擦地板，擦家具。"大娘这柜子里头都是沙土噢，要不要倒出来洗洗呀？"王老五热心肠地说。"嗯嗯，这小伙子真好！"大娘暗地里表扬……

看到了一大爷在吃力地挪动着桌子，他连忙赶上去："我帮你扶。""小伙子来……来……来，帮我扶进房子里。"大爷喘着气说。

他帮大爷扶着桌子进了房间，又热心地帮大爷擦起了地板、家具。"泥土真多！"他一边擦一边自言自语。大爷随和着搬这搬那，连连感谢！

看到道旁一个大叔闷着脸擦着被泥水泡过的爱车，他也上前去帮忙……

这几天王五总是很晚才回家，且泥沙满身。今天回来更晚。

他老婆实在是忍不住了，冲着他吼："你学雷锋，你助人为乐，你行，你就住在外头好了，我养不起你这个好人。"说着用尽全身的力气扯下他的背包，往地上摔。嚓的一声背包口裂了，蹦出几方钱包和一枚戒指……

他赶紧上前拾起钱包和戒指低声说："这些是今天的收获呢。"

张维，中国翻译协会会员，安徽省作家协会会员，闪小说学会副会长，《读者》《特别关注》《百花园》《意林》《文苑》等杂志签约作家。

气　功

按照气功师的要求，他闭眼坐在草坪上。

"真能治关节炎？"忽然他又睁开眼睛问。

"试试就知道，我借你的气治你的病。"气功师对他说，"你现在回想平生最生气的一件事，能使你冒火的一件事。"

平生最生气的一件事？他苦思冥想。

对了，儿子高考作弊被抓他曾经动过肝火！可这小子后来开了个健身房，如今收入远远超过许多大学生。这样一想他就没有气了。

嗯，妻子和公司副总关系暧昧也时常使他怒火中烧。不过是他先有了小情人，妻子察觉以后便照葫芦画瓢。唉，谁也不欠谁。这样一想他又坦然了。

忽然他想起了一件挺生气的事：那天组织部考察班子，中午宴请时小王先敬老赵酒，接着敬老钱，最后才敬他。先敬老赵他服气，人家是局长；可凭什么接着敬老钱？他和老钱都是副职，他资格还要老一点儿。

"娘的，以后非让小王长长记性！"他咬牙切齿，不一会儿面红耳赤，真生气了。

"好，气已生成，"气功师说，"照我的话做：眼睛闭紧，身体放松，深吸气，慢呼出。好，现在你什么都不要想，我发功，帮你打通经脉，驱寒化瘀。"

他听气功师的话，什么也不想，头脑一片空白。

不知过了多久，一阵凉风吹来，他打了个激灵，睁开眼：周围已不见一个人影。

他赶紧爬起来四下里瞧，天哪，摆在身边的那只包无影无踪！

他一屁股瘫坐在草地上。那包里可装着他的手机和一部高级单反相机啊！

"气功师，你这个畜生！"他捶打着草坪，发出一声狂吼。

平生第一次令他生这么大的气！

一次性爱情

他是"偷菜"的时候认识她的。

他偷朋友的菜，朋友也偷他的菜；他偷朋友的朋友的菜，朋友的朋友也来偷他的，结果他就遇见了她。

先是怯生生地聊，犹抱琵琶半遮面，接着就互相加了好友。后来真的成了无话不谈的密友。再后来语音、视频、手机信息十八般兵器全用上还嫌不够……

"周末老公出差，过来吧，不见真人真不行了！"最后她说。

"过去吧，不见真人是不行了！"他也说。

他终于按响了她家的门铃。

她带着一脸的兴奋和紧张打开门，把两只早就准备好的塑料鞋套塞到他手里。

捏着那两只冰冷的鞋套，他感觉心里有点儿冷。他想起了自己家有外人来他和妻子也经常递给人家一双鞋套，一次性的，用过就丢掉的那种。

坐在沙发上，她给他倒了一杯茶。

看着茶几上的纸茶杯，他的心里一下子就结了冰。那也是一次性的，用过就丢掉的那种。

"我来是向你告别的，刚接到领导电话，要我立即赶回去，说是有非常紧要的事情在等着我！"他苦涩地笑了笑，便毅然起身走到门口，顺手把一次性鞋套和茶杯丢在一旁的垃圾桶里，然后头也不回地下楼了，把一脸茫然、不知所措的她丢在了身后……

赵文新，辽宁省散文学会会员，当代微篇小说协会会员。作品发表在国内外各大报刊。有作品收录在《优秀作家作品精选》。

儿女有别

秋燕的丈夫在外打工，秋燕和公婆一起过日子。秋燕怀孕了，婆婆请来一尊观音，祈祷儿媳妇生个孙子。

"秋燕，过来。"婆婆叫秋燕，眼睛却盯住儿媳妇的脚。

"哈哈，燕儿先迈的是左脚！一定是个孙子！"婆婆兴奋地端碗递饭，把个儿媳妇伺候得如公主一般。

自此以后，秋燕走路的时候，都会稳一会儿，一定是先迈左脚的。

"秋燕，吃水饺了，要醋吗？"婆婆招呼儿媳妇吃饭。

"妈，多给我倒点醋。"秋燕拿起筷子准备吃饭。婆婆倒了不少醋端到秋燕面前："酸儿辣女！肯定是个大孙子！"

吃饱了饭，秋燕望着一直乐呵呵的婆婆，端起剩下的醋一饮而尽。

经过一段时间观察，确定秋燕走路先迈左脚，喜欢吃酸的。逢人便讲："等我有了大孙子，我啥也不干，专心带孙子。"

预产期到了，婆婆问秋燕："肚子疼不？"秋燕说："不疼。"

这可把她急坏了。都说过了预产期生是女孩儿，婆婆开始不高兴。

预产期过了五天没动静，婆婆坐不住了。去找瞎子算卦，瞎子掐指一算：女孩儿。又过了五天，还没动静，婆婆又找半仙算卦。半仙告诉老太太：女孩儿！

丈夫请假回来，一共只有半月假期，该回去了，燕儿还没动静，便撂下一句话："一个丫头片子，竟然迟迟不来见我！"等不到孩子出生便回去了。

婆婆说："肯定是个懒丫头，地里活儿忙，我先回家了。"

丈夫和婆婆走后，没人照顾的秋燕便只有默默流泪。可是到了半夜十二点，秋燕生下了一个大胖小子……

绝处逢生

朱丽颖是加强班的尖子生，学校把清华的赌注押在她身上。

刚开学，教导主任找她："你是学校的希望，你要努力，学习和生活上有什么困难只管提出来。"

朱丽颖感觉身上多了一个包袱，她回到教室，埋头学习。

第一次模拟考试，班主任找她："学校这么重视你，要抓住机会，有什么困难尽管提出来。"

朱丽颖的话渐渐少了，仿佛多说一句，就错过了高考的一道试题。

回到家，母亲不变的话："学校、老师对咱们这么好，一定考出个好成绩。"

高考越来越近，朱丽颖的压力越来越大，几乎不和同学交流，有时还唉声叹气，她的成绩已经是十名开外。

班主任、老师、家长的鼓励一直没有停止，朱丽颖的每根神经都绷得很紧，仿佛稍不注意就有断裂的可能。

她开始头痛、失眠、焦躁，满脑子是她成为本市中考状元，来到这所重点高中后学校给她的特殊待遇。学费全免，补助一千元营养费；在学校附近租了楼，母亲陪读；校长每月奖励一箱核桃奶；等等。

现在那些令人羡慕的成绩像魔鬼一样撕扯着她的心——"考砸了怎么办？"

高考的前一天晚上，在外打工的父亲也回来了，朱丽颖说睡不着，三人在阳台上说话，母亲说："放松心情，不要把考试看得太重。"父亲催她早点儿休息。

凌晨，她母听见朱丽颖的屋里有响动，推开门，惊呆了，朱丽颖已经从阳台的窗户跳了下去。

她母亲一声惊叫，瘫在地上，父亲呼喊着冲下楼梯。

有惊无险，朱丽颖掉在楼下的一辆三轮车上，车上是席梦思床垫，车主准备天亮去送货。

张晓玲，山东省安丘市人，当代微篇小说作家协会副主席，《微篇小说报》副主编。获2015年远进杯第一届微篇小说大赛金奖。

看 病

林子久咳不愈，跑到医院看医生，他说："医生，我今天咳出的痰里有血丝。"

医生听了胸部，问完病症说："我开单子，你先交钱做检查，结果拿来给我看。"

"好！"他拿着几张单子去交钱，发现自己带的三千块现金竟然不够。

折腾了半天，林子拿着结果找到医生。医生看着一摞检查结果说："没大事，吃点药就好了。"林子一听，一颗悬着的心踏实下来。

吃完医生的药，林子依然咳嗽。

老婆陪他到省城医院，挂了专家号。问完病症，专家说："我开单子，你去交钱，抓紧时间做个全面检查，看完检查结果再说。"专家递过来交费单。

"十天前他做过一次检查，我带来了检查结果。"妻子说。

"病情随时变化，以这次检查结果为准。"专家权威地说。

折腾半天，专家看着检查结果说："没多大事，开点药，吃完就好了。"妻子一听，长长地出了一口气。

吃完省城专家的药，林子咳嗽依然不见好转。妻子决定陪林子去北京看病。林子到单位请假，碰到玲儿，她说："你先不要去北京，我爸是老中医，带你去看看再说。"

玲儿带林子回家，老人仔细地为他把过脉说："别的药不要吃了，按这个方子先吃三天。"

林子买了三副中药，一共花了五十三块钱。

妻子问明情况，对着中药撇了撇嘴说："一万块钱都治不好你的病，就这五十几块钱能治好你的病？"

三天过去，林子咳得轻了许多。他跑去问老伯："老伯，我还用去北京检查吗？"老人又仔细地帮他把过脉说："不用，好了很多，再吃几副药，慢慢恢复。"

一周后，林子真的好了。

邻床女人

一位中年妇女抱着哇哇哭的小男孩儿走进病房。

"他怎么了？"我问。

女人说："他病了，也可能是饿了。"

"我这里有饼干，有奶粉，给你。"女人赶紧倒了半杯温开水，接过我递给她的饼干喂孩子。

"大姐，不好意思，来医院走得急，什么也没带。"孩子吃饱不哭了。

小男孩儿在打点滴，一位中年男人走进病房问她："怎么样了？"

"医生说是肺炎，可能要花很多钱。你赶紧回家借，不然就把种菜的大棚卖了。"女人说。

"卖了大棚，往后怎么过日子？"男人说。

我说："你们俩别犯愁了，打电话把孩子的爸爸妈妈叫回来商量。"

"大姐，这是我们的亲生儿子。以前我们有一个孩子的，要是现在活着今年也二十一岁了。那个孩子没了，才又生了这个。"女人边说边哭，惹得我也跟着抹起了眼泪。

儿子和媳妇下班赶到医院，我便回家休息。回到家，把女人的事说给老伴儿听。

"你想怎样？"老伴儿问我，我把自己的想法说给他听。

"你说行就行吧！"老伴儿说。

十天后，孙儿康复出院。女人问我："大姐，一共花了多少钱？"我看着账单说："一共花了四千三。"

女人一听，再没说话，泪水滴在她怀里小人儿的脸上。

"这样，我借给你三千块钱。等你们出院了，每天送三十块钱的菜到我家，什么时候钱没了就不要送了，如何？"我把和老伴儿商量的计划对她说了，女人千恩万谢地答应着。

"这是我的电话号码和家庭住址。"我把一张纸片递给她。

一周后，女人开始给我送菜。

一个月后，我们楼上居然有六户人家和女人签约送菜。

幸运珠

我过生日那天，收到三份礼物。

"爸，给您带女婿来了。"回到家第一眼看到的是父亲。

在卧室休息的母亲一听我声音，一骨碌爬起来："这下好了，女儿终于有人要了。我洗把脸，换件衣服，再让他进来。"母亲望着我空空的身后，还以为男孩儿在门外。

我说："妈，男朋友在这里面！"我指着双肩包笑成一团。

"死丫头！你想愁死我啊。"妈妈气恼地坐到沙发上。

"妈，给您看点东西。"说完我把三个小盒递给她。

母亲困惑地望着三份礼物，我示意她打开看看。每打开一只盒子，她都会端详一会，三件礼物分别是三种材质不一样的幸运珠。

"妈，您帮我参考一下。送这份礼物的人是他。和我一样，研究生刚毕业，我们在一栋楼上班。家在大山深处，父母都是农民。"我从手机上找出一张相片给爸妈看。把桃木幸运珠递给母亲。

"这颗翡翠珠子是他送的。这个人有个土豪老爸，家境殷实，但是没有工作。"我又找出一张相片给父母看。并把翡翠珠子递到妈手上。

最后我再拿起黄金幸运珠："这件礼物是这个人送的。他比我大十三岁，有车有房有事业，就缺一位女主人。"

"妈，我嫁给谁好呢？"

爸爸拿起翡翠珠子端详着："一万零一，万里挑一。让这土豪靠边站，这个人尖嘴猴腮不是有福之人。"又拿起黄金珠子静默了一会说："九百九十九，用心良苦。虽然有房有车，但是年龄比你大得太多，不能和你白头到老，也让他靠边站！"

他把桃木珠子放到我手上："虽然只有六十六块钱，孩子，一起拼出来的日子，过得才有滋味。"

自助餐

今天是我结婚纪念日，先生带我来雅居斋吃自助餐。

"老公，我们来早了，客人不多。"我说。

"这里环境优雅，吃完了出去走走，应该不错。"老公拉我找了一个位置坐下。

"你先去拿。"老公说。我拿了托盘走到吧台前，拣了几样自己爱吃的食物端回来。等我坐定，老公拿着托盘去拿了一堆他喜欢的食材。两个人边吃边聊，我说："这里只能偶尔潇洒一回，离城有点儿远。东西很干净，环境也好，就是有点儿贵，九十八元一位，我肯定吃不完。"

"你去拿一个海参，喝一碗甲鱼汤，别的就不要吃了，知道你吃得少，出来也不是纯为了吃。"

"嗯，懂！谢谢老公带给我的一切！"说完我端了托盘去找海参，一会儿就跑了回来，老公望着我空空的托盘："没了？"

我赶紧坐下，示意老公不要说话。

"怎么了？"

我赶紧低下头，把脸埋在食物上小声说："完蛋了，我们局长昨天说去北京出差，我怎么看见他带着我们科长的老婆进来了。他们在门口那里坐着，让他看见我就彻底完蛋了，怎么办？"

"我有办法，你别动啊。"老公说。

他站起来向门口走去，问服务生："你好，卫生间在什么地方？"突然又听他说："辛局长，您也来吃饭啊？我是张玲的相公，她在那边。"

"哦，真巧，我碰到一位熟人过来坐坐。"辛局长说。

老公回来得意地说："搞定，走了。"

几天之后，局长出差回来送我一块玉佩："张玲，雅居斋的自助餐好吃吗？"

"我怎么知道？听说很贵，我可不舍得去！"局长笑，我也笑。

年底，我被调到另一个科室当了科长。

张兴梁，中国微篇小说作家协会会员，中国精短文学学会会员，《贵州文学》副主编，作品散见《小小说大世界》《小小说出版》《喜剧世界》等。

钓 鱼

书记来我们乡后的一个周末对我说："兄弟，我们钓鱼去。"

"啊！书记也喜欢钓鱼？行，我这就去拿鱼竿。"

我与书记一起去了河边。我把一根鱼竿递给他，指着一个水滩说："书记，您看这水滩，水流平缓，不深不浅，肯定有鱼，您就在这里钓，我另找一个地方下竿。"

书记说："行。"

三个小时后，书记喊："兄弟，走了，我钓得六条，你呢？"

"唉，我只钓得两条，丢人！"

"书记，这鱼怎么办？"

"怎么办？拿到你家呗；我知道你是钓鱼好手，煮鱼手艺更绝，今晚我要好好尝尝你煮的鱼了！"

"好，好！"

当晚，书记吃得津津有味，与我谈得非常投机。

十天后，我升为乡扶贫站站长。

我知道这是书记的关心，不然，我怎么干了三年副站长都无人问津？我买了两瓶茅台酒送他，可他怎么也不收。

三年后的一个周末，书记又对我说："兄弟，我们钓鱼去。"

"啊！行，我这就去拿鱼竿。"

我与书记一起去了河边。

三个小时后，书记喊："兄弟，走了，我钓得八条，你呢？"

"唉，我只钓得三条，丢人！"

"书记，这鱼怎么办？"

"怎么办？这还用问，和以前一样呗。"

　　"好，好！"

　　晚上，书记边吃鱼边说："兄弟，这几年你工作很出色，不仅得到乡党委政府的肯定，干部们对你评价也很高。"

　　当年换届，我进入副科级，任乡党委委员兼副乡长。

　　年底，当县委书记的表哥来我家，闲聊中，说我们书记来我们乡时是他负责谈话，他给书记说过，只要工作干得好，在边远乡也能进副县级。

　　"哦，我还向他介绍过你，说你很喜欢钓鱼。"表哥说。

提　拔

　　周乡长被调到县卫生局当局长去了，我们乡长的位置一直空着。

　　有人说乡长要从其他乡镇调来；还有人说乡长要从县直单位下来；更有小道消息说乡长要从我乡副科级干部中产生。

　　大家分析，乡长不可能来自其他地方，因为在我乡副科级干部中，张华和罗祥明是有望得到提拔的。

　　张华是副书记，罗祥明是常务副乡长，俩人工作都很扎实，同是我乡副科级干部中的"台柱子"。要说不同的是，张华和县人大主任申德志是同乡，是亲戚。看来，张华被提拔为乡长的可能性最大，当然，连张华自己也这么认为。

　　于是，全乡干部都把张华当"准乡长"了。

　　一天，书记说："张华，县人大申主任对你非常赞赏，说你资历虽然差点儿，但很有水平，是个不可多得的人才。"

　　"哦，真的吗？申主任这样夸我？"

　　又一天，书记说："张华，我陪你去请申主任吃顿饭，沟通沟通。"

　　"不了，申主任又不是不认识我。"

　　还有一天，书记说："张华，你还是买点东西去送送申主任吧！你要是没钱，你买后拿发票来我给你报销，要知道，去得少来得多呀！"

　　"不了，我没这个习惯，再说，申主任才不会奢望我给他送东西呢！"

　　一晃儿，乡镇换届了，县委文件下来，罗祥明任我们乡党委委员、副书记，提名为乡长人选。"

　　大家不解！张华怎会不得提拔？

　　书记一语中的："提拔，他和申主任虽是同乡、亲戚，但他一毛不拔，还能得提拔？没有降职就不错了。"

曾勇，江西省宜春市人，江西省作家协会会员，在《小说选刊》《文艺报》等多家报刊发文五百余篇，已出版小说集《烟花四起》《醉红颜》。

不许小跑

单位里新调来一个局长，据说是"海龟"。许是在国外养成的习惯，新局长每每出席庆典或是上台讲话什么的，总爱跑上那么几步。

小高对此很是欣赏。自去年通过公务员考试进入单位至今，小高参加过不少庆典或会议。相对于老局长和其他局领导那种慢条斯理的步姿，小高觉得新局长在这种场合下的表现更显阳光和潇洒。

于是，有一回局里开大会，小高因为一个偶然的因素被安排上台发言时，他便也学着新局长的样子一路小跑着走了上去……

发完言回到座位，四周好些人都扭过头来看小高，那目光很有些古怪。小高心里发毛，连忙低声问邻座的科长，说我刚才发言说错什么了吗？科长木着脸好一阵才回话：没说错什么。随即又补了一句："你小子好好地走上去不行吗，跑什么？"

接着正欲问个究竟，科长却转过脸不理他：别再说话了，开会！

小高很郁闷。他实在想不明白自己错在哪儿。晚上在家吃饭时，就此向在机关待了几十年的父亲讨教，不料父亲竟也木着脸一时答不出话。小高等得心烦，便干脆直截了当地问他以后碰到上台发言该怎么走过去。

"怎么走都行，"父亲终于开了腔，"就是不许小跑！"

城市风景

不知为何，那段马路上又挖开了一个大坑。

张三骑自行车从坑边经过，不慎碰到一块石头，车轮一偏，连人带车跌进了坑里。

行人李四、王五见了连忙趋身走到坑边去，你一言我一语分析张三的伤情，讨论他那自行车可能摔坏了哪些部件，然后用目光将不无狼狈的张三从那泥坑里一步步"接"上来……

李四、王五站在坑边"参观"张三的时候，在路旁开店的赵六和朱七也在饶有兴致地朝这边看，他们当然看不到泥坑里那狼狈的张三，他们感兴趣的是李四和王五，因为不远处有辆洒水车正喷着水往这边开过来；洒水车一路唱着"洪湖水，浪打浪……"，但全神贯注"关注"着张三的李四、王五对此充耳不闻，结果正如所料，两人被"洪湖水"打了个措手不及。

赵六、朱七哈哈大笑的时候，在街对面开店的吴八和郑九也在望着他俩笑。他们说："那两个傻子，只顾看别人热闹，连小偷进店拿走了东西都不知道！"

……